휴먼

The HUMANS

휴먼

인간에 대한 비공식 보고서

매트 헤이그
강동혁 옮김

INFLUENTIAL
인 플 루 엔 셜

안드레아, 루카스, 펄에게

내게 방금 영원에 관한 새 이론이 생겼다.

—알베르트 아인슈타인

차례

일러두기

- 본문의 주는 모두 옮긴이가 독자의 이해를 돕기 위해 붙인 것입니다.
- 일부 외국어 고유명사는 관용적으로 표기했습니다.

서문(압도적 역경을 마주하는 비논리적 희망)

이 글을 읽는 여러분 중에는 인간의 존재가 신화에 불과하다고 믿는 이도 있을 것이다. 그러나 나는 여기서 인간이 실재한다고 선언하고자 한다. 모르는 분을 위해 말해두자면, 인간이란 중간 정도 지능을 가진 이족 보행 생명체로, 우주의 외딴 구석, 작고 침수된 행성에서 대체로 망상에 빠진 삶을 살고 있다.

인간의 존재를 믿는 여러분, 그리고 나를 보낸 이들에게 말하자면, 인간은 여러 면에서 예상한 것만큼이나 이상하다. 처음 인간을 목격하면 그들의 신체적 모습에 역겨움을 느낄 것이 확실하다.

인간은 얼굴에만도 온갖 끔찍하고 이상한 것을 달고 있다. 중앙에 튀어나온 코, 피부가 얇은 입술, '귀'라고 알려진 원시적인 체외 청각기관, 아주 작은 눈, 도무지 쓸모를 알 수 없는 눈썹 등이다. 이 모든 것을 정신적으로 흡수하고 받아들이는 데는 오랜 시간이 걸린다.

이들의 태도와 사회적 관습 또한 처음에는 당혹스러운 수수께끼로 보인다. 인간은 정말로 이야기하고 싶은 주제를 화제로 삼는 경우가 대단히 드물다. 또, 내가 인간의 외모 평가와 옷 입는 에티켓에 관해 97권의 책을 쓴다 한들 여러분은 이런 현상을 이해할 엄두조차 낼 수 없을 것이다.

아, 인간이 "실제로는 그들을 비참하게 하지만 행복하게 해주리라 착각해서 하는 일"에 대해서도 빼놓을 수 없다. 이런 일의 목록은 무한하다. 쇼핑, TV 보기, 더 나은 직업 갖기, 더 큰 집 갖기, 자전적 소설 쓰기, 자녀 교육, 피부를 약간 덜 늙어 보이게 하기, 이 모든 것에 의미가 있을지 모른다는 모호한 욕망 품기 등이 포함된다.

그렇다. 이 모든 것은 고통스러운 방식으로 매우 재미있다. 하지만 나는 지구에 있는 동안 인간의 시를 발견했다. 그런 시를 쓴 시인 중 가장 뛰어난 인물(이름은 에밀리 디킨슨이다)이 "나는 가능성에 산다"라는 말을 했다. 그러니 우리도 재미 삼아 같은 일을 해보자. 마음을 활짝 열어보자. 지금부터 여러분이 읽게 될 것은 여러분이 가진 모든 편견을 이해라는 이름으로 잠깐 미뤄둘 것을 요구하기 때문이다.

이 점도 생각해보자. 만약 인간의 삶에 실제로 의미가 있다면? 만약에—말이 안 되더라도 한번 들어주기를—지구에서의 삶이 단순히 두려워하고 조롱해야 할 것이 아니라, 소중히 여겨야 하는 무엇이라면? 그러면 어떻게 될까?

여러분 중에는 지금쯤 내가 무슨 일을 했는지 아는 분도 있을 수 있겠다. 하지만 내가 그 일을 한 이유까지 아는 이는 없을 것이다. 이 문서, 이 안내서, 이 보고서—여러분 마음대로 부르시라—가 모든 것을 분명히 밝힐 것이다. 부디 여러분이 열린 마음으로 이 책을 읽고, 인간 삶의 진정한 가치를 스스로 평가해주기를 바란다.

평화가 함께하기를.

1부

나는 내 힘을 손에 쥐고*

*　에밀리 디킨슨의 시. 이어지는 구절은 이렇다. '……세상과 맞서 나아갔다./ 그것은 다윗이 가진 것만큼도 아니었지만/ 나는 두 배로 대담했다.'

내가 아니었던 남자

그래서, 무슨 이야기냐고?

준비됐나?

좋다. 숨을 들이쉬어라. 이야기를 시작하겠다.

이 책, 여러분이 읽고 있는 책은 바로 여기, 지구에서 벌어지는 이야기이다. 이 책은 삶의 의미에 관한 책이자 아무것도 아닌 것에 관한 책이다. 누군가를 죽이는 데 필요한 것과 구하는 데 필요한 것에 관한 책이다. 사랑과 죽은 시인과 알땅콩버터에 관한 책이다. 물질과 반물질, 모든 것과 아무것도 아닌 것, 희망과 증오에 관한 책이다. 이소벨이라는 이름의 41세 여성 역사학자와 그녀의 아들인 걸리버라는 이름의 소년, 그리고 지구에서 가장 영리한 수학자에 관한 책이다. 요컨대, 인간이 되는 방법에 관한 책이다.

하지만 뻔한 이야기부터 밝혀두겠다. 나는 인간이 아니었다. 첫날 밤에, 추위와 어둠과 바람 속에서 나는 인간과는 눈곱만큼도 닮지 않은 존재였다. 주유소에서 《코스모폴리탄》을 읽기 전까지 이렇게 글로 쓰인 언어를 본 적도 없다. 아마 당신에게도 이게 첫 글일 것이다. 이곳 사람들이 이야기를 소비하는 방식에 관한 개념을 전달하기 위해 나는 이 책을 인간이 썼을 법한 방식으로 썼다. 내가 사용하는 단어는 인간의 단어, 인간의 글씨체로 입력되었으며, 인간의 형식에 따라 연속적으로 배치되었다. 가장 이질적이고 원시적인 언어 형태조차 거의 즉각적으로 번역할 수 있는 여러분의 능력이라면 이 글을 이해하는 건 문제가 아니리라 믿는다.

자, 다시 말하지만 나는 앤드루 마틴 교수가 아니었다. 나는 당신과 비슷했다.

앤드루 마틴 교수는 내가 맡은 역할에 불과했다. 일종의 변장말이다. 임무를 완수하기 위해 내가 되어야만 했던 인물. 임무는 앤드루 마틴 교수의 납치와 죽음으로 시작되었다. (이런 말로 분위기가 우울해진다는 사실을 알고 있다. 적어도 이 페이지가 끝날 때까지는 죽음을 다시 언급하지 않겠다.)

앤드루 마틴 교수는 케임브리지 대학교에서 학생들을 가르쳤으며 지금껏 해결할 수 없는 것으로 증명되어온 수학 문제를 해결하는 데 인생의 8년을 바친 43세의 수학자—그리고 남편이자 아버지—였다. 핵심은 나는 그가 아니었다는 점이다.

지구에 도착하기 전에 내게는 자연스럽게 옆가르마를 탄, 갈색 머리카락이 없었다. 마찬가지로, 구스타브 홀스트의 〈행성 모음곡〉이나 토킹 헤즈의 두 번째 앨범에 대해서도 아무 의견이 없었다. 나야 음악이라는 개념에 동의하지 않았고, 어쨌든 동의해서는 안 됐으니 말이다. 게다가 마셔본 것이라고는 액화질소밖에 없는데, 오스트레일리아산 와인이 이 행성의 다른 지역에서 난 와인보다 당연히 열등하다는 걸 어떻게 믿을 수 있었겠는가?

나는 결혼이라는 제도를 이미 지나온 종족의 일원으로서, 학생 중 한 명에게 눈독을 들이는 무관심한 남편이 아니었다. 마찬가지로, 집을 나올 핑계를 대기 위해 잉글리시 스프링어 스패니얼을—일명 '개'라고 알려진, 집 안에서 신처럼 섬기는 털북숭이다—산책시키는 남자도 아니었다. 수학에 관한 책을 쓴 적도 없고, 거의 15년 된 케케묵은 작가 사진을 실어달라고 출판사에 고집을 부리지도 않았다.

그래, 나는 그런 남자가 아니었다.

나는 그 남자에게 어떤 감정도 없다. 하지만 그는 당신이나 나와 마찬가지로 진짜였다. 진짜 포유류, 이배체 진핵 유인원 말이다. 자정이 되기 5분 전까지만 해도 책상에 앉아서 컴퓨터 화면을 바라보며 블랙커피를 마시던 그 동물. (걱정하지 마시라. 커피와 커피 때문에 겪은 나의 재난에 대해서는 잠시 후 설명하겠다.) 인간의 정신이 한 번도 닿아본 적 없는 곳, 지식의 한계선에서 해답을 발견하고 앉은 자리에서 뛰쳐나올 수도 있고, 그러지 않을 수도 있는 생명체.

해답을 찾고 얼마 지나지 않아, 그는 '본체'들에게 잡혀갔다. 나의 고용주들 말이다. 나는 심지어 그를 만나보기까지 했다. 극히 짧은 순간이었지만. 그것으로—그야말로 불완전한—스캔이 이루어졌다. 육체적인 복제는 완벽했지만 정신적인 복제는 그렇지 않았다. 알겠지만, 인간의 뇌는 복제할 수 있어도 그 안에 저장된 것은 복제할 수 없다. 어쨌거나, 많이 복제할 수는 없다. 그래서 나는 아주 많은 것을 직접 습득해야 했다. 나는 지구라는 행성에 갓 태어난 마흔세 살 신생아나 다름없었다. 나중에는 내가 앤드루 마틴 교수를 제대로 만나본 적 없다는 사실에 짜증이 났다. 그와 제대로 만났다면 대단히 도움이 되었을 테니까. 예컨대, 그는 내게 매기라는 여자 사람에 대해서 말해줄 수 있었을 것이다. (아, 그가 매기에 대해 말해주었다면 얼마나 좋았을까!)

아무튼, 내가 얻은 어떤 정보도 인류의 진보를 멈춰야 한다는 단순한 사실을 바꾸지는 못했다. 내가 지구에 간 이유가 그것이었다. 앤드루 마틴 교수가 발견한 해답의 증거를 파괴하기 위해서. 컴퓨터만이 아니라 살아 있는 인간 안에 살아 있는 증거까지도.

자, 이야기를 어디에서 시작해야 할까?

답은 하나밖에 없을 것이다. 내가 차에 치인 이야기로 시작하는 것.

언어 학습자를 위한 분리형 명사를 비롯한 초기의 시험들

말했다시피 내가 차에 치인 이야기부터 시작하려 한다.

그 사건 전에는 정말이지 아무것도 없었기 때문이다. 아무것도 없고 아무것도 없고 아무것도 없다가…….

'뭔가'가 있었다.

내가 그 자리에, '도로' 위에 서 있었다.

도로 위에 서자마자 내게 몇 가지 즉각적인 반응이 일어났다. 일단, 날씨는 어땠을까? 나는 날씨를 고려해야 하는 상황에 그리 익숙하지 않았다. 하지만 이곳은 영국이었다. 날씨를 고려하는 것이 인간의 주된 활동일 뿐 아니라 합리적인 행동이 되는 지구의 한 구역. 둘째, 컴퓨터는 어디에 있었을까? 컴퓨터가 있어야 했다. 그렇다고 내가 마틴 교수의 컴퓨터가 어떻게 생겼는지 정말로 알았던 건 아니지만. 어쩌면 컴퓨터는 도로처럼 생겼을지도 몰랐다. 셋째, 저 소리는 무엇일까? 나지막하게 으르렁거리는 듯한 소리가 났다. 넷째, 시간은 밤이었다. 나는 집에 틀어박혀 있는 것을 좋아하는 편이기에 밤에 그리 익숙하지 않았다. 전에는 익숙했더라도 그날 밤은 여느 밤이 아니었다. 내가 전혀 모르는 밤이었다. 그날은 밤에 밤을 곱하고 또 밤을 곱한 밤이었다. 밤의 세제곱이었다. 하늘은 타협을 모르는 어둠으로 가득했다. 별도 달도 없었다. 여러 개의 태양은 어디에 있을까? 태양이 여러 개 있기는 할까? 추위로 보아 태양이 없는지도 몰랐다. 추위는 충격적이었다. 추위가 폐를 아프게 했고, 피부에 몰아치는 가혹한 바람에 몸이 떨렸다. 나는 인간이 밖에 나가기는 하는 건지 궁금했다. 만일 나간다면 제정신이 아닐 터였다.

처음에는 숨을 들이쉬기가 힘들었다. 이건 문제였다. 어쨌거나 들숨은 인간으로 살 때 가장 중요한 조건 중 하나이니. 하지만 나는 결국 요령을 터득했다.

그다음에는 다른 걱정이 들었다. 내가 있는 곳은 있어야 할 곳이 아니었다. 그 사실이 점점 분명해졌다. 나는 앤드루 마틴 교수가 있던 곳에, 그의 연구실에 있어야 했다. 하지만 여기는 연구실이 아니었다. 나는 당시에도 그 사실을 알고 있었다. 어둡게 몰려드는 구름과 보이지 않는 달까지 갖춘, 하늘 전체를 완전히 갖춘 곳이 연구실일 리 없으니까.

상황을 이해하는 데 상당한 시간이, 너무 오랜 시간이 걸렸다. 나는 그때 도로가 무엇인지 몰랐다. 그러나 지금은 도로가 출발 지점과 도착 지점을 이어주는 존재임을 안다. 이는 중요한 사실이다. 알겠지만, 지구에서는 한곳에서 다른 곳으로 그냥 순식간에 이동할 수 없다. 기술이 아직 그 수준에 이르지 못했다. 그 근처에도 이르지 못했다. 그렇다. 지구에서는 공간을 이동하는 데 엄청나게 많은 시간을 써야 한다. 도로든, 기찻길이든, 일이나 관계에서든.

이 특정 유형의 길은 자동차 도로였다. 자동차 도로는 존재하는 도로 중 가장 선진적인 형태다. 그리고 인간의 발전 대부분이 본질적으로 그렇듯, 도로의 발전 역시 우연한 사망의 확률을 상당히 높였다. 벌거벗은 내 두 발은 아스팔트라 불리는 무언가를 딛고 서서 그 이상하고도 거친 질감을 느끼고 있었다. 나는 왼손을 보았다. 너무도 조악하고 낯설어 보였지만, 손가락이 달린 이 괴물 같은 것이 내 몸의 일부임을 깨닫자 웃음조차 나오지 않았다. 나는 나 자신에게도 낯선 존재였다. 아, 그건 그렇고, 나직하게 으르렁거리는 소리는 여전히 들려왔다. 단, 더는 나직하지 않았다.

그때에야 나는 상당한 속도로 내게 다가오는 존재를 알아보았다.

빛이었다.

흰빛이 넓게, 낮게 퍼져 있었다. 빠르게 움직이는, 등이 은빛인 평야 청소부의 형형한 눈이라고도 할 수 있었다. 그것이 이제 비명을 지르고 있었다. 그것이 속도를 늦추려 애쓰며 방향을 틀었다.

내게는 비킬 시간이 없었다. 그전에는 있었지만, 이제는 없었다. 나는 너무 오래 기다렸다.

그래서 그것은 나를 엄청난, 타협을 모르는 힘으로 쳤다. 그 힘에 나는 땅에서 내팽개쳐져 날아갔다. 다만 진짜로 난 것은 아니다. 아무리 팔다리를 파닥거려도 인간의 몸은 날 수 없으니까. 내게 주어진 유일한 선택지는 고통을 느끼는 것이었는데, 나는 땅에 떨어지기 직전까지 고통을 느꼈고, 그 후에는 다시 아무것도 아닌 존재로 돌아갔다.

아무것도 아니고 아무것도 아니었다가…….

무언가가 되었다.

옷을 입은 남자가 나를 내려다보고 있었다. 그의 얼굴이 너무 가까워서 곤란했다.

아니. 곤란한 것 이상이었다.

나는 혐오감을 느꼈다. 겁을 먹었다. 나는 이 남자와 비슷한 것을 본 적이 없었다. 얼굴이 너무 이질적으로 보였다. 도무지 알 수 없는 구멍과 돌출부로 가득했다. 특히 코가 신경 쓰였다. 천진난만한 내 눈에는 그의 안에 다른 무언가가 들어 있어서 뚫고 나오려는 것처럼 보였다. 나는 시선을 내렸다. 그의 옷이 눈에 띄었다. 나중에 알게 된 것이지만, 그가 입고 있었던 건 셔츠와 넥타이, 바지와 신발이었다. 그가 입고 있어야 마땅한 옷. 하지만 그 옷이 너무 이질적으로 보여서 웃어야 할지 비명을 질러야 할지 알 수 없었다. 그는 내 상처를 보았다. 아니, 상처를 찾고 있었다.

나는 왼손을 확인했다. 왼손은 아무 영향도 받지 않았다. 자동차가 내 다리, 그다음에는 상체와 충돌했지만 내 손은 멀쩡했다.

"기적이야." 남자가 조용히, 비밀이라도 된다는 듯 말했다.

하지만 그 단어에는 의미가 없었다.

그는 내 얼굴을 들여다보며, 자동차 소리와 경쟁하느라 목소리를 높였다. "여기서 뭘 하는 겁니까?"

이번에도 의미는 없었다. 그냥 움직이면서 소음을 내는 입이 보일 뿐이었다.

단순한 언어인 건 분명했다. 하지만 새로운 언어의 문법 퍼즐 전체를 맞추려면, 적어도 단어 100개는 들어야 했다. 그렇다고 나를 성급하게 비난하지는 말기를. 여러분 중에는 10여 개의 단어나 형용사절 하나만 들어도 습득 가능한 이가 있다는 걸 나도 안다. 하지만 언어는 내 특기가 아니다. 내가 여행을 꺼리는 이유 중 하나도 언어 문제일 것이다. 다시 말해두겠는데, 나는 이곳에 파견되고 싶지 않았다. 이건 그냥 누군가는 해야 하는 일이었다. 본체들은 내가 이차방정식 박물관에서 신성모독을 함으로써 소위 수학적 순수성에 대한 범죄를 저질렀다는 보고를 받고 이게 적절한 벌이라고 생각했다. 그들 역시 제정신인 자라면 누구도 이 일에 자원하지 않을 것임을 알았다. 하지만 내 임무는 중요했고, 나 역시 당신처럼 '알려진 우주에서 가장 진보된 종족'에 속한 존재였기에 이 일을 감당할 수 있으리라 여긴 것이다.

"어디서 본 얼굴인데. 낯이 익어요. 당신은 누구죠?"

나는 피곤했다. 텔레포트니 물질 이동이니 생물학적 설정이니 하는 것들은 정말이지 진을 빼놓는다. 곧 회복되긴 하겠지만, 어쨌든 에너지는 쓰이게 마련이다.

나는 어둠 속으로 빠져들어 보라색과 남색이라는 고향의 색깔로 채색된 꿈을 즐겼다. 깨진 달걀과 소수(素數)와 끊임없이 움직이는 스카이라인을 꿈꾸었다.

그런 다음 깨어났다.

나는 이상한 자동차 안에 있었다. 원시적인 심장 판독 장치에 묶인 채였다. 두 명의 인간, 남성과 여성이(여자의 외모는 내 최악의 두려움을 확인해주었다. 이 종족의 추함은 성별을 가리지 않는다) 초록색 옷을 입고 있었다. 그들은 무척 걱정되는 듯 내게 무언가를 물었다. 아마 내가 새로 생긴 위쪽 다리를 써서 조악하게 설계된 심전도 장치를 떼어내려 했기 때문일 것이다. 그들은 나를 제지하려 했지만, 그러기 위해 필요한 수학을 극히 조금밖에 이해하지 못하는 듯했다. 그래서 나는 비교적 쉽게 초록색 옷을 입은 인간 두 명을 바닥에서 고통으로 몸부림치게 만들 수 있었다.

나는 두 발로 일어섰다. 이 행성에 정확히 얼마만큼의 중력이 있는지 알아차렸다. 그때 운전기사가 몸을 돌려 내게 더 긴급한 질문을 던졌다. 자동차는 빠르게 움직이고 있었고, 사이렌의 물결치는 음파는 부정할 수 없이 내 주의를 분산시켰다. 그러나 나는 문을 열고 도로 옆에 있는 부드러운 초목을 향해 몸을 날렸다. 내 몸이 굴러갔다. 나는 숨었다. 모습을 드러내도 괜찮겠다 싶을 때 일어섰다. 인간의 손과 비교했을 때, 발은 발가락만 빼면 비교적 덜 까다롭게 느껴진다.

나는 한동안 제자리에 서서 그 모든 해괴한 자동차들을 빤히 응시했다. 자동차들은 지면 이동에 한정되었고, 화석연료에 의존하는 것이 분명했으며, 저마다 다각형 생성기에 동력을 공급할 때보다 심한 소음을 내고 있었다. 자동차보다도 해괴한 건 인간들의 모습이었다. 그들은 실내인데도 모두 옷을 입고 둥근 조종 장치를 잡고 있었으며, 때로는 체외 원격통신 장비를 쥐고 있었다.

가장 지능이 뛰어난 생명체조차 직접 탈것을 몰아야 하는 행성에 오다니…….

지금껏 나는 나나 여러분의 어린 시절을 둘러싸고 있던 그 단순한 근사함의 가치를 제대로 알지 못했다. 영원한 빛. 매끄럽게 떠다니는 탈것. 선진화된 식물. 감미로운 공기. 날씨의 부재. 아, 친절한 독자여. 여러분은 정녕 모를 것이다.

자동차들이 내 곁을 지나가면서 고주파 경적을 울렸다. 눈을 휘둥그렇게 뜨고 입을 쩍 벌린 얼굴들이 창밖을 내다보았다. 나는 이해할 수 없었다. 나도 그들과 똑같이 추한 모습인데, 왜 섞일 수 없는 걸까? 내가 잘못한 게 뭐였을까? 어쩌면 자동차에 타고 있지 않아서인지도 몰랐다. 자동차 안에 영원히 들어앉아 있는 게 인간이 사는 방식인지도 몰랐다. 아니면 내가 옷을 입지 않았기 때문인지도 몰랐다. 추운 밤이긴 했지만, 인공적인 몸 덮개가 없다는 사소한 문제가 정말 그렇게까지 중요할까? 아니, 그렇게 단순한 이유일 리가 없었다.

나는 하늘을 올려다보았다.

달이 있다는 증거가 이제야 보였다. 달은 옅은 구름에 가려져 있었다. 달도 똑같이 충격받은 듯 얼빠진 표정으로 나를 내려다보았다. 하지만 별은 여전히 보이지 않았다. 나는 별을 보고 싶었다. 별의 위안을 느끼고 싶었다.

이 모든 것에 더해, 비가 올 가능성이 두드러졌다. 나는 비를 싫어했다. 돔에 사는 여러분 대부분이 그렇듯 내게도 비는 거의 신화적 두려움의 대상이었다. 구름에서 비가 쏟아지기 전에 찾던 것을 찾아내야 했다.

내 앞에는 직사각형 알루미늄 표지판이 있었다. 맥락을 제거한 명사는 언어 학습자에게 언제나 까다롭게 느껴지지만, 화살표는 한 방향만을 가리켰으므로 나는 그 표시를 따라갔다.

인간들은 계속 창문을 내리고, 자기들 자동차 엔진 소음을 뚫고 내게 뭐라고 소리쳤다. 때로는 좋은 의도로 그러는 것처럼 보이기도 했다. 오르미누르크에서 그러듯 내가 있는 방향으로 입의 분비액을 내뱉었으니 말이다. 그래서 나 역시 친근한 방식으로 침을 뱉어 빠르게 움직이는 그들의 얼굴을 맞히려 애썼다. 이런 행동은 더 많은 고함을 불러일으켰지만 나는 신경 쓰지 않기로 했다.

언젠가는 그들이 무게를 실어 던진 "이 정신 나간 새끼야, 차도에서 나가!"라는 인사가 무슨 뜻인지 이해하게 되리라고 나 자신을 타일렀다. 그러면서 계속 걸어 표지판을 지났다. 그렇게 도로 옆, 빛은 나지만 불안하게도 정지해 있는 건물을 보았다.

저기로 가야지, 하고 나는 다짐했다. 그리로 가서 답을 찾겠다고.

텍사코

건물의 이름은 '텍사코'였다. 건물은 끔찍하게도 어둠 속에서 고요히 빛나고 있었다. 살아나기만을 기다리는 것 같았다.

그곳으로 걸어가며 나는 그 건물이 일종의 재충전 시설임을 알아챘다. 자동차 여러 대가 수평 지붕 아래에 주차되어 있고, 그 옆에는 단순해 보이는 연료 전달 시스템이 있었다. 이 자동차들은 스스로 하는 일이 아무것도 없는 게 분명했다. 사실상 뇌사 상태였다. 뇌가 있다면 말이지만.

탈것에 연료를 재충전하던 인간들이 차 안으로 들어가면서 나를 빤히 보았다. 언어적 제약을 고려해 최대한 예의를 차리려고 노력하며, 나는 충분한 양의 타액을 그들을 향해 뱉었다.

나는 건물에 들어갔다. 계산대 뒤에 옷을 입은 인간이 있었다. 그의 머리털은 머리통 위가 아니라 얼굴 아랫부분 절반을 뒤덮고 있었다. 몸통은 다른 인간들에 비해 좀 더 구체에 가까웠기에 조금이나마 나아 보였다. 나는 헥산산과 안드로스테론 냄새를 감지하고 위생이 그의 가장 우선적인 관심사는 아님을 알았다. 그는 나의 (볼썽사납다고밖에 할 수 없는) 생식기를 빤히 보더니 계산대 뒤의 무언가를 눌렀다. 나는 침을 뱉었지만, 상대는 마주 인사하지 않았다. 침 뱉기에 대해 내가 오해한 걸지도 몰랐다.

나는 여러 번의 타액 방출로 목이 말랐기에 밝은 색깔의 원기둥 물체로 가득 찬 윙윙대는 냉장 장치로 다가갔다. 그 원기둥 중 하나를 들고 땄다. '다이어트 콜라'라고 불리는 액체가 든 깡통이었다. 액체에서는 극도로 단맛이 났고, 인산 맛도 은근히 느껴졌다. 역겨웠다. 음료는 내 입에 들어가자마자 도로 뿜어져 나왔다. 그런 다음, 나는 다른 것을 소비했다. 합성 포장재로 싸인 음식물이었다. 나중에 알게 된 것이지만, 지구는 물건을 물건으로 감싸는 행성이었다. 음식은 포장지로, 몸은 옷으로, 경멸은 미소로. 모든 것이 감춰졌다. 음식 이름은 마스*였다. 그건 목구멍 좀 더 깊이 집어넣을 수 있었지만, 결과적으로 내게도 구역 반응이 있다는 걸 확인했을 뿐이었다. 나는 냉장 장치의 문을 닫고 '프링글스'와 '바비큐'라는 단어가 적힌 통을 보았다. 그걸 열어서 먹기 시작했다. 맛이 괜찮아서—소르프 케이크와 조금 비슷했다—입에 욱여넣을 수 있을 만큼 욱여넣었다. 이렇게 나 스스로 음식을 먹은 게 얼마 만인지 궁금해졌다. 진지하게, 기억나지 않았다. 유아기 이후로 한 번도 그런 적이 없었던 것만은 분명했다.

"그럼 안 되지. 그냥 먹어버리면 안 돼. 돈을 내야지."

계산대 뒤의 남자가 내게 말하고 있었다. 나는 그때까지도 그가 하는 말을 거의 이해하지 못했지만, 목소리 크기나 말하는 빈도로 봐서 좋은 뜻은 아닌 듯했다. 또, 나는 그의 피부가—그의 얼굴 중 드러나 있는 몇몇 부분이—색깔을 바꾸는 것을 보았다.

* 미국의 유명 초콜릿 바.

나는 머리 위의 조명을 보고 눈을 깜빡였다.

손을 입에 대고 소리를 냈다. 그런 다음 팔을 쭉 뻗으며 같은 소리를 내며 그 차이를 관찰했다.

우주의 가장 외진 구석에서도 소리와 빛의 법칙은 똑같이 적용된다는 정보가 위안이 됐다. 둘 다 조금 생기 없게 느껴진다는 것만은 인정해야겠지만.

그곳에는 선반이 하나 있었다. 내가 머잖아 '잡지'임을 알게 된 것들로 가득 찬 선반이었다. 거의 모든 잡지의 표면에 거의 똑같은 미소를 짓는 얼굴이 있었다. 스물여섯 개의 코. 쉰두 개의 눈. 위협적인 광경이었다.

남자가 전화기를 집어 들었을 때 나는 잡지 중 하나를 집어 들었다.

지구의 미디어는 여전히 캡슐 이전 시대에 갇혀 있으며, 대체로 전자장치를 통해, 아니면 화학 처리한 펄프로 만들어진 '종이'라는 얇은 나무 부산물에 인쇄되어 전달된다. 잡지를 읽어서 기분이 좋아지는 인간은 한 명도 없지만, 그럼에도 잡지는 매우 인기가 있다. 사실, 잡지의 주된 목적은 독자에게 열등감을 불러일으켜 결국 무언가를 사야겠다는 필요를 느끼게 만드는 것이다. 그러면 독자는 실제로 무언가를 사고, 더욱 기분이 나빠져 다음에는 무엇을 살 수 있는지 보기 위해 잡지를 한 권 더 사야 한다. 이는 자본주의라는 이름으로 통하는 영구적이고도 불행한 나선이며, 정말이지 꽤 인기가 좋다. 내가 들고 있던 구체적인 출판물은《코스모폴리탄》이라고 불렸다. 나는 그 잡지가 딴 건 몰라도 언어를 이해하는 데 도움이 되리라는 걸 깨달았다.

그리 오래 걸리지는 않았다. 글로 쓰인 인간의 언어는 터무니없이 단순하다. 거의 전부 단어로 이루어져 있기 때문이다. 나는 첫 번째 기사를 다 읽었을 때쯤 글로 쓰인 언어 전체를 이해했고, 더불어 기분은 물론 관계도 나아지게 할 수 있는 접촉에 대해 알게 되었다. 또한, 오르가슴이 믿을 수 없을 만큼 중요한 문제라는 것도 깨달았다. 오르가슴은 지구의 삶에서 핵심 교리에 해당하는 것 같았다. 어쩌면 이 행성에서 의미 있는 건 오르가슴뿐인지도 몰랐다. 인간의 존재 목적은 오직 오르가즘이라는 깨달음을 추구하는 데 있는 듯했다. 사방에 가득한 어둠에서 벗어나는 몇 초간의 해방.

하지만 읽기와 말하기는 전혀 다른 일이었다. 내 새로운 음성 장치는 삼킬 수 없는 음식처럼 입과 목구멍 속에 여전히 자리를 틀고 있었다.

나는 잡지를 도로 선반에 두었다. 선반 옆에는 얇은 수직의 반사체 금속이 있어서, 나 자신의 모습을 부분적으로 볼 수 있었다. 내게도 튀어나온 코가 있었다. 입술도. 머리카락도. 귀도. 외적인 것이 너무 많았다. 정말이지 안팎으로 뒤집힌 모습이었다. 게다가 목의 가운데에는 커다란 덩어리가 있었다. 아주 짙은 눈썹도.

한 가지 정보가 떠올랐다. 본체들이 말해준 정보였다. **앤드루 마틴 교수.**

심장이 두근거렸다. 공황이 몰려왔다. 이제 이 존재가 나였다. 내가 이 존재가 된 것이다. 나는 이것이 한시적인 임무일 뿐임을 떠올리며 마음을 가라앉혔다.

잡지 진열대 맨 아래에는 신문이 좀 있었다. 미소 짓는 얼굴 사진이 더 있었고, 파괴된 건물 옆에 놓인 시체 사진도 좀 있었다. 신문 옆에는 지도도 모여 있었다. 그중《영국 제도(諸島) 도로 지도》도 있었다. 내가 영국이라는 섬에 있는 건지도 몰랐다. 나는 지도를 집어 들고 건물을 나서려 했다.

남자가 전화를 끊었다.

문은 잠겨 있었다.

어떤 정보가 불쑥 전송되었다. **케임브리지 대학교 피츠윌리엄 칼리지.**

"염병할, 못 나가지." 남자가 말했다. 나는 그의 말을 이해하기 시작했다. "경찰이 오고 있어. 문은 내가 잠갔고."

그로서는 당혹스럽겠지만, 나는 그냥 문을 열었다. 밖으로 나가자 멀리서 사이렌 소리가 들려왔다. 나는 귀를 기울이고, 그 소리가 겨우 300미터 떨어진 곳에서 빠르게 다가오고 있음을 깨달았다. 나는 움직이기 시작했다. 최대한 빨리 도로에서 멀어져 풀로 뒤덮인 둔덕을 올라 다른 평평한 구역으로 달려갔다.

그곳에는 질서정연하게 기하학적인 방식으로 주차된, 움직이지 않는 운반용 차량들이 많이 있었다.

참으로 이상한 세상이었다. 물론, 새로운 시선으로 보면 세상 어디나 이상할 것이다. 그렇다곤 해도 아마 이곳이 가장 이상할 터였다. 나는 유사성을 찾아보려 노력했다. 이곳에서도 만물은 원자로 이루어져 있으며, 원자는 언제나 원자가 움직이는 방식대로 정확히 움직인다고 마음을 다잡았다. 원자들 사이에 거리가 있으면 서로 끌어당기고, 거리가 없으면 서로 밀어내는 법. 그게 우주의 기본적인 법칙이다. 그리고 그 법칙은 모든 것에, 심지어 이곳에서도 적용되었다. 그 점이, 우주 어느 곳에 있든 작은 것들은 언제나 정확히 똑같으리라는 지식이 위로가 되었다. 끌어당기고, 밀어내고. 달라 보인다면, 그건 충분히 자세히 들여다보지 않기 때문이다.

그렇긴 해도, 당시 내게 보인 것은 오직 '차이'뿐이었다.

사이렌이 달린 자동차가 이제 주유소로 들어가며 파란 불을 번쩍이고 있었다. 그래서 나는 주차된 트럭 사이에 몇 분간 숨어 있었다. 얼어 죽을 것처럼 추워서 몸을 웅크렸다. 온몸이 덜덜 떨리고 고환이 수축했다(나는 인간 수컷의 가장 매력적인 부분이 고환임을 깨달았다. 그러나 정작 인간은 이 점을 제대로 알지 못하고, 고환만은 보지 않겠다며 시선을 돌리는 경우가 잦다. 차라리 미소 짓는 얼굴을 보겠다는 듯). 경찰차가 떠나기 전에, 나는 등 뒤에서 어떤 목소리를 들었다. 경찰관이 아니라 내가 몸을 숨기고 있던 차량의 운전사가 낸 소리였다.

"어이, 뭐 하는 거야? 내 트럭에서 떨어져, 이 새끼야."

나는 맨발로 도망쳤다. 여기저기 자갈이 박힌 딱딱한 땅이 느껴졌다. 이어 나는 풀로 뒤덮인 들판을 가로질러 달렸다. 다른 도로가 나올 때까지 같은 방향을 유지했다. 이번 도로는 훨씬 더 좁았으며 차량 통행이 전혀 없었다.

나는 지도를 펼치고, 이 구부러진 도로와 들어맞는 선을 찾았다. '케임브리지'라는 단어가 보였다.

나는 그리로 향했다.

질소 농도가 높은 공기를 들이쉬며 걸어가는 동안 나 자신에 관한 의식이 형성되었다. 앤드루 마틴 교수. 그 이름과 함께, 나를 보낸 자들이 우주 멀리에서 보낸 정보도 떠올랐다.

나는 유부남이었다. 나는 마흔세 살이었다. 인간의 생애에서 정확히 중간 지점에 놓여 있었다. 내게는 아들이 있었다. 나는 방금 인간이 직면한 가장 중대한 수학 퍼즐을 풀어냈다. 불과 세 시간 전에 인간이라는 종족을 상상할 수 없을 만큼 진보시켰다.

이런 사실에 어질어질해졌지만, 나는 계속해서 케임브리지 방향으로 갔다. 이곳 인간들이 내게 또 무엇을 마련해두었을지 보려고.

코퍼스 크리스티

인간의 삶을 다룬 이 문서는 누구의 지시를 받아 작성된 것이 아니다. 내 임무 개요서에 그런 내용은 없었다. 그럼에도 나는 인간이라는 존재의 몇 가지 놀라운 특징을 설명해야 한다는 의무감을 느낀다. 이를 통해 여러분이 내가 한 선택을 이해해주기를 바란다. 지금쯤 여러분 중 그 선택이 무엇인지 아는 이도 분명 있을 테니까.

아무튼, 나는 처음부터 지구가 실재하는 장소라는 것을 알고 있었다. 당연히 그랬다. 나는 캡슐 시절에 《싸우는 멍청이들: 물 행성 7081호의 인간들과 함께한 시간》이라는 유명한 여행기를 소비했다. 나는 지구가 아무 일도 일어나지 않으며 현지 생명체들의 이동 수단조차 극도로 제한된, 지루하고 외딴 태양계에서 실제로 벌어진 하나의 사건이라는 것을 알고 있었다. 나는 또한 인간이 아무리 좋게 보아도 중간 정도의 지능을 가졌으며, 폭력성과 깊은 성적 당혹감, 형편없는 시(詩), 그리고 제자리걸음을 반복하는 습성을 지녔다고 들었다.

하지만 어떤 준비도 충분하지 않았으리라는 걸 깨닫기 시작했다.

아침 무렵, 나는 케임브리지라는 곳에 있었다.

끔찍한 매력이 있는 곳이었다. 가장 먼저 눈에 띈 것은 건물들이었다. 나는 주유소가 그리 특이한 곳이 아니었음을 알고 상당히 놀랐다. 지구의 건물은 모두—상업용이든, 주거용이든, 다른 용도든—정적이었으며 땅에 붙어 있었다.

물론, 이곳이 내가 사는 마을이었다. '내가' 20년 넘게 드나들며 살아온 곳이었다. 내가 살면서 본 가장 이질적인 곳임에도, 나는 이것이 사실인 양 행동해야 할 터였다.

인간의 기하학적 상상력은 놀라울 정도로 빈약했다. 십각형조차 보이지 않았다. 다만, 일부 건물은 크기가 더 크고—상대적으로 말하자면—다른 건물에 비해 장식이 더 많이 들어가도록 설계되었음을 알 수 있었다.

오르가슴의 신전이겠지. 나는 상상했다.

가게들이 문을 열기 시작했다. 곧 알게 된 사실이지만, 인간의 마을에는 사방에 가게가 있다. 지구의 거주자들에게 가게란 보나도리아의 방정식 부스와 같다.

그런 가게 중 한 곳에서 나는 창가에 진열된 수많은 책을 보았다. 인간이 책을 '읽어야만' 한다는 점을 떠올렸다. 인간은 실제로 자리에 앉아 단어 하나하나를 연속적으로 보아야 한다. 그러려면 시간이, 아주 많은 시간이 든다. 인간은 모든 책을 그냥 삼킬 수 없다. 다양한 책을 동시에 씹거나, 몇 초 만에 거의 무한한 지식을 삼킬 수도 없다. 우리와 달리 인간은 입에 단어 캡슐을 털어 넣을 수가 없다. 상상해보라! 유한한 생명을 가지고 있을 뿐 아니라, 그토록 소중하고 제한된 삶의 일부를 들여 글을 읽어야 하는 존재라니. 인간이 원시적인 종족인 것도 무리는 아니다. 지식으로 뭐라도 이뤄낼 만큼 많은 책을 읽었을 때쯤 인간은 죽음을 맞는다.

당연한 말이지만, 인간은 자신이 읽으려는 책이 어떤 종류인지 알아야만 한다. 사랑 이야기인지, 살인 이야기인지, 외계인 이야기인지.

인간이 서점에서 던지는 질문은 그것만이 아니다. 예컨대, 이 책은 영리해졌다는 느낌을 받기 위해 읽는 책인가, 아니면 영리해 보이려면 절대 읽어본 적 없는 척해야 하는 책인가? 웃음이 나는 책인가, 울음이 나는 책인가? 아니면 그냥 창밖을 내다보며 빗줄기의 흔적만 따라가게 만들 책인가? 실화일까, 허구일까? 뇌에 작용하는 이야기일까, 아랫도리의 기관을 노리는 이야기일까? 종교적인 추종자가 생기는 책일까, 아니면 그들에게 불태워질 책일까? 수학에 관한 책일까, 아니면—우주의 다른 모든 것이 그렇듯—그저 **수학 때문에 존재하는 책일까?**

그래, 질문이 많다. 책은 더 많다. 너무 많다. 인간은 늘 그랬듯 인간다운 방식대로 감당하기 어려울 만큼 많은 것을 썼다. 결국 독서는, 인간이 충분히 하지 못했다고 느끼는 일의 기나긴 목록에 더해지고 만다. 일, 사랑, 성행위, 정말로 말해야 할 때 하지 않은 말들과 함께.

그래서 인간은 책에 관해 알아야만 한다. 입사 지원을 할 때, 그로 인해 49세에 미쳐버리거나 사무실 창밖으로 뛰어내리게 될지 알아야 하는 것과 마찬가지다. 첫 데이트 때 캄보디아에서 1년 살아봤다며 익살맞은 농담을 던졌던 상대가 훗날 카프카 작품을 읽어본 적 없지만 카프카적으로 말하는, 홍보 회사를 운영하는 프란체스카라는 더 젊은 여자와 눈이 맞아 떠날지도 알아야 하고.

어쨌든 나는 책방에 들어가 진열대에 놓인 책을 둘러보고 있었다. 그곳에서 일하는 여자 두 명이 웃으며 내 몸 가운데 부분을 가리키고 있음을 깨달았다. 이번에도 나는 혼란스러웠다. 남자는 책방에 들어가면 안 되는 걸까? 젠더 간에 일종의 조롱 전쟁이 있는 걸까? 책 판매자들은 늘 손님을 조롱하며 시간을 보내는 걸까? 아니면 내가 옷을 전혀 입지 않았기 때문인 걸까? 누가 알겠는가? 아무튼 약간 신경이 쓰였다. 내가 들어본 웃음소리는 털보 입소이드가 킬킬거리는 소리뿐이었기에 더욱 그랬다. 나는 책 자체에 집중하기로 하고 책장에 꽂힌 책들을 보기 시작했다.

나는 머잖아 인간이 이용하는 분류 체계가 알파벳순에 따른 것이며, 작가의 성 첫 글자를 기준으로 삼는다는 것을 알게 되었다. 인간의 알파벳은 고작 26개밖에 되지 않는 매우 단순한 체계였고, 나는 머잖아 M 구역을 발견했다. M으로 시작하는 책 중 한 권은 이소벨 마틴이라는 사람이 쓴《암흑시대》였다. 나는 그 책을 책장에서 꺼냈다. 책에는 '지역 작가'라는 작은 표시가 붙어 있었다. 쌓여 있는 책 중에 그 책은 한 권뿐이었다. 앤드루 마틴이 쓴 책에 비하면 확실히 적었다. 예컨대,《정사각 원》이라는 앤드루 마틴의 책은 13부가 있었고,《아메리칸 파이(Pi)》라는 다른 책은 11부가 있었다. 둘 다 수학에 관한 책이었다.

나는 그 책들을 집어 들고, 둘 다 뒤에 '£8.99'라 적혀 있음을 깨달았다. 나는《코스모폴리탄》의 도움을 받아 이곳 언어 전체를 이해했기에, 이것이 책의 가격임을 알고 있었다. 하지만 내게는 돈이 없었다. 그래서 아무도 보지 않을 때까지 (오랫동안) 기다린 뒤, 가게에서 아주 빠르게 달려 나갔다.

나는 결국 속도를 늦추어 걷기로 했다. 옷을 입지 않고 달리는 행위는 외부에 노출된 고환과 그다지 잘 맞지 않았기 때문이다. 나는 책을 읽기 시작했다.

나는 두 책 모두에서 리만 가설에 관한 내용을 찾아보았지만, 오래전에 죽은 베른하르트 리만이라는 독일의 수학자에 관한 무의미한 언급 말고는 아무것도 찾지 못했다.

나는 책을 땅에 떨어뜨렸다.

사람들이 정말로 멈춰 서서 나를 쳐다보기 시작했다. 내 주변에는 아직 완전히 이해되지 않는 것들이 잔뜩 있었다. 쓰레기, 광고, 자전거. 인간 고유의 것들.

나는 긴 코트를 입고 얼굴에 털이 많이 나 있는 덩치 큰 남자를 지나쳤다. 비대칭적인 걸음걸이로 보건대 다친 듯했다.

물론, 우리도 잠깐의 통증은 느낄 수 있다. 하지만 이건 그런 종류가 아닌 듯했다. 그를 보니 지구가 죽음의 장소라는 사실이 떠올랐다. 이곳에서는 사물이 쇠락하고 퇴색하고 죽는다. 인간의 삶은 온통 어둠으로 둘러싸여 있었다. 다들 어떻게 견디며 지구에서 사는 걸까?

느린 읽기로 인한 멍청함 때문이겠지. 멍청함 말고 다른 이유가 있을 리 없었다.

단, 이 남자는 제대로 견디고 있는 것 같지 않았다. 그의 눈에 슬픔과 괴로움이 가득했다.

"오, 주여!" 그가 중얼거렸다. 아마도 나를 다른 사람으로 잘못 알아본 것 같았다. "이제 이런 꼴까지 보는구나." 그에게서 바이러스 감염의 냄새와 내가 식별할 수 없는 몇 가지 역겨운 냄새가 났다.

나는 그에게 길을 물으려 했다. 지도는 2차원으로만 그려져 있는 데다 약간 모호했으며, 나는 아직 그 지도를 잘 이해할 수 없었기 때문이다. 말을 할 수도 있었겠지만, 그렇게 가까운 얼굴—둥글게 튀어나온 코와 슬퍼 보이는 분홍빛 눈을 향해 그 말을 건넬 자신은 없었다(그의 눈이 슬퍼 보인다는 걸, 나는 대체 어떻게 알았을까? 흥미로운 질문이다. 우리 보나도리아인이 딱히 슬픔을 느끼지 않는다는 걸 생각하면 특히 그렇다. 답은, 나도 모르겠다는 것이다. 그냥 느낌이 그랬다. 내 안의 유령, 어쩌면 내가 되어버린 인간의 유령 때문인지도 모르겠다. 내게 앤드루 마틴 교수의 모든 기억이 남아 있는 건 아니지만, 다른 것들은 있었다. 공감 능력은 부분적으로 생물학적인 것일까? 내가 안 것은, 슬픔을 보는 것이 고통을 보는 것보다도 불안하게 느껴졌다는 점이다. 슬픔은 내게 질병처럼 보였고, 나는 그것이 전염될까 봐 걱정했다). 그래서 나는 그를 지나쳐 걸어갔다. 기억조차 나지 않을 만큼 오래간만에 처음으로, 나 스스로 어딘가로 향하는 길을 찾아보려 했다.

나는 앤드루 마틴 교수가 대학교에서 일한다는 것을 알았지만 대학교가 어떻게 생겼는지는 전혀 몰랐다. 대기권 바깥에 떠 있는, 지르코늄으로 감싸인 우주정거장처럼 생기지 않았으리라고는 짐작했지만, 그 외에는 딱히 아는 게 없었다. 두 개의 다른 건물을 보고 "아, 이건 이런 건물이고 저건 저런 건물이구나"라고 알아보는 일은, 글쎄, 그야말로 내 능력 밖이었다. 그래서 나는 웃음소리와 놀라서 헛숨을 들이켜는 소리를 무시한 채 계속 걸어갔다. 시각보다는 촉각에 더 많은 답이 담겨 있다고 느끼며 벽돌이나 유리 외벽을 만지며 지나갔다.

그 순간, 최악의 일이 벌어졌다(각오하라, 보나도리아인이여).

비가 내리기 시작했다.

피부와 머리카락에 닿는 비의 감촉이 너무도 끔찍해서 피하고만 싶었다. 송두리째 노출된 기분이었다. 나는 어디든 들어갈 만한 곳을 찾아 종종걸음 치기 시작했다. 나는 커다란 문과 간판이 달린 거대한 건물을 지나쳤다. 간판에는 '코퍼스 크리스티와 축복받은 동정녀 마리아 칼리지'라고 적혀 있었다. 《코스모폴리탄》을 읽었기에 '동정'이 무슨 뜻인지 완벽하게 알고 있었으나, 다른 단어를 이해하는 건 어려웠다. '코퍼스'와 '크리스티'는 언어가 미치지 않는 공간에 사는 것처럼 보였다. 코퍼스는 신체를 뜻하니, 코퍼스 크리스티는 전신에 경련을 일으키는 오르가슴일 수도 있었다.* 사실은 전혀 알 수 없었지만. 더 작은 단어들과 다른 간판도 있었는데, '케임브리지 대학교'라고 쓰여 있었다. 나는 왼손으로 문을 열고 건물 내부를 통과해 풀밭으로 나간 다음, 불이 켜진 다른 건물로 향했다.

* 코퍼스 크리스티는 케임브리지 대학교의 단과대학 중 하나다. 라틴어로 '그리스도의 몸(성체)'이라는 뜻이다.

생명과 온기의 징후가 있는 곳으로.

풀밭은 축축했다. 그 부드러운 축축함이 역겹게 느껴졌다. 나는 비명을 질러야 할지 심각하게 고민했다.

이곳 풀은 매우 깔끔하게 다듬어져 있었다. 훗날 나는 깔끔하게 다듬어진 잔디밭이 강력한 신호이며, 약간의 두려움과 존경심을 보여야 마땅하다는 것을 깨달았다. (이 건물 같은) '웅장한' 건축물과 관련된 잔디밭은 특히 그랬다. 하지만 당시에 나는 깔끔한 풀밭과 건물의 웅장함을 둘 다 인식하지 못했기에 계속해서 본관으로 걸어갔다.

내 뒤 어딘가에서 자동차가 멈추었다. 이번에도 파란 불이 번쩍이며 코퍼스 크리스티의 돌로 된 정면을 미끄러지듯 스쳐 갔다.

(지구에서 번쩍이는 파란 불 = 문제 발생)

한 남자가 내게 달려왔다. 그의 뒤에 다른 인간들이 잔뜩 모여 있었다. 어디에서 나온 걸까? 모여 있으니, 옷을 입은 이상한 모습의 그들 모두 너무도 불길하게 보였다. 내게 그들은 외계인이었다. 그건 분명했다. 덜 분명했던 건, 나 역시 그들에게 외계인처럼 보이리라는 점이었다. 어쨌거나 나는 그들과 비슷하게 생겼으니까. 어쩌면 이 역시 인간의 또 다른 특징인지도 몰랐다. 인간 자신을 적대하고, 자기 종족을 소외시키는 것. 그렇다면 내 임무는 더욱 막중해지는 셈이었다. 그런 거라면 좀 더 이해가 됐다.

아무튼 나는 그 축축한 풀밭에 서 있었다. 한 남자가 내게 달려오고 그 뒤에 군중이 버티고 있는 채로. 도망칠 수도 있고 싸울 수도 있었지만, 인간이 너무 많았다. 일부는 원시적인 녹화 장비를 가지고 있었다. 남자가 나를 붙들었다. "같이 가시죠." 나는 내 목표를 생각했다. 하지만 당시에는 그 말에 따를 수밖에 없었다. 사실 나는 그저 비를 피하고 싶었다.

"나는 앤드루 마틴 교수입니다." 이 문장만큼은 말할 수 있다는, 완전한 자신감을 실어 말했다. 다른 인간의 웃음이 가진 정말로 무시무시한 힘을 깨달은 것이 그때였다.

"내게는 아내와 아들이 있습니다." 나는 그렇게 말하고 둘의 이름을 댔다. "그들을 봐야겠습니다. 그들을 만나게 해주겠습니까?"

"아뇨. 지금은 안 됩니다. 그렇게는 못 하죠."

경찰이 내 팔을 꽉 잡았다. 그가 그 끔찍한 손을 놓아주기를 무엇보다도 바랐다. 인간에게 붙들리는 건 물론이거니와 그들의 손에 닿는다는 것도 내게는 너무나 힘든 일이었다. 그럼에도 나는 나를 자동차 쪽으로 데려가는 그에게 저항하지 않았다.

임무를 수행하는 동안은 가급적 주목받지 말아야 했다. 그런 면에서는 이미 실패하고 있었지만.

정상적으로 지내려고 노력하라.

네.

그들과 비슷해지려고 노력하라.

압니다.

너무 성급하게 도망치려 하지 마라.

알겠습니다. 그래도 여기 있기 싫습니다. 집으로 돌아가고 싶습니다.

그럴 수 없다는 건 알 텐데. 아직은 말이다.

하지만 시간이 없습니다. 저는 교수의 연구실에, 그다음에는 교수의 집에 가야 하니까요.

그 말이 옳다. 그래야겠지. 하지만 우선 침착하게 그들이 시키는 일을 해야 한다. 그들이 널 보내려는 곳에 가라. 그들이 너한테 시키려는 일을 하라. 절대 널 보낸 존재를 발설해서는 안 된다. 당황하지 마라. 이제 앤드루 마틴 교수는 그들 중 한 명이 아니다. 네가 그들 중 한 명이다. 시간은 있을 거다. 인간은 언젠가는 죽으므로. 그래서 조바심을 낸다. 인간의 목숨은 짧지만 네 목숨은 그렇지 않다. 그들처럼 되지 마라. 주어진 선물을 현명하게 사용하라.

그러겠습니다. 하지만 무섭습니다.

얼마든지 그럴 수 있다. 너는 인간들 사이에 있으니까.

인간의 옷

그들은 내가 옷을 입도록 했다.

인간은 건축이나 비 방사성 동위원소 헬륨 기반 연료에 대해 무지하지만, 옷에 대한 지식으로 그 무지를 보상하고도 남는다. 이 분야에서 인간은 천재였으며 모든 미묘한 것을 알고 있었다. 분명히 말하지만, 옷의 미묘한 점은 수천 가지가 넘는다.

옷이 작동하는 방식은 이렇다. 옷에는 속 층과 겉 층이 있다. 속층은 '팬티'와 '양말'로 이루어져 있으며, 냄새가 강한 생식기, 엉덩이, 발 부분을 가린다. 또한 조금이나마 덜 수치스러운 가슴 부위를 가리는 '러닝셔츠'라는 선택지도 있다. 가슴 부위에는 '젖꼭지'라고 알려진, 민감한 돌출부가 있다. 손가락으로 부드럽게 어루만지면 기분이 좋아지기는 했지만, 젖꼭지에 무슨 목적이 있는지는 전혀 알 수 없었다.

옷의 겉 층은 속 층보다 더 중요한 것처럼 보였다. 겉 층은 얼굴과 머리의 털, 양손만을 드러내고 신체의 95퍼센트를 가린다. 이런 겉 층 옷이 이 행성의 권력 구조를 보여주는 핵심인 것 같았다. 예컨대, 파란 불을 번쩍이며 나를 데려간 남자들은 둘 다 똑같이 생긴 겉 층 옷을 입고 있었다. 양말을 감싸는 검은색 신발과 팬티 위에 걸치는 검은 바지, 그리고 상체에 걸치는 흰 '셔츠'와 우주처럼 짙푸른 '스웨터'로 이루어진 옷이었다. 이 스웨터 왼쪽 젖꼭지 바로 위에 '케임브리지 경찰'이라는 말이 적힌, 약간 더 고운 천으로 만들어진 직사각형 배지가 붙어 있었다. 그들의 재킷도 색깔이 같았으며, 똑같은 배지가 달려 있었다. 반드시 입어야 하는 옷이 분명했다.

아무튼, 나는 '경찰'이라는 단어의 의미를 곧 깨달았다. 경찰이라는 뜻이었다.

믿을 수가 없었다. 나는 **옷을 입지 않았다**는 이유만으로 법을 어긴 것이다. 대부분의 인간은 자신의 벌거벗은 모습을 잘 알 텐데도. 내가 **옷을 입지 않고 있을 때** 무슨 잘못된 일을 한 것도 아니었는데도. 적어도 아직은 말이다.

그들은 나를 작은 방에 집어넣었다. 인간의 모든 방과 완벽하게 일치하게도, 직사각형에 바치는 사원 같은 방이었다. 우스운 사실은, 그 경찰서에 있는 다른 어떤 방이나 심지어 지구라는 행성 자체와 비교하더라도 이 방이 더 좋을 것도, 나쁠 것도 없다는 점이었다. 그런데도 경찰은 '감방'이라는 곳에 나를 넣는 것이 다른 어떤 방에 넣는 것보다 유별난 벌이라고 생각하는 것 같았다. 나는 혼자 키득거렸다. **죽는 몸을 가지고 있으면서 방 안에 갇히는 걸 더 걱정하다니!**

경찰은 바로 그곳에서 내게 옷을 입으라고 했다. '몸을 가리'라고. 그래서 나는 옷을 집어 들고 최선을 다했다. 어느 구멍에 무엇이 들어가는지 가까스로 알아냈을 때 그들은 내게 한 시간 기다려야 한다고 말했다. 그래서 나는 한 시간을 기다렸다. 물론, 탈출

할 수도 있었다. 그러나 경찰과 컴퓨터가 있는 이곳에 있을 때 필요한 것을 알아낼 가능성이 더 높다는 걸 깨달았다. 게다가 나는 명령을 기억하고 있었다. **주어진 선물을 현명하게 사용하라. 그들과 비슷해지도록 노력하라. 정상적으로 지내려고 노력하라.**

그때 문이 열렸다.

질문

남자 두 명이 있었다.

아까와는 다른 남자들이었다. 이 남자들은 같은 옷을 입지 않았지만 거의 비슷한 얼굴을 가지고 있었다. 눈과 튀어나온 코, 입만이 아니라 자신의 불행에 만족한 듯한 표정도 공통적이었다. 삭막한 전등 아래서 나는 적잖이 두려웠다. 그들은 나를 다른 방으로 데려가 질문했다. 흥미로운 정보였다. 특정한 방에서만 질문을 할 수 있다니. 지구에는 앉아서 생각하는 방과 취조하는 방이 따로 있었다.

그들은 자리에 앉았다.

불안감에 피부가 따끔거렸다. 오직 이 행성에서만 느낄 수 있는 불안감이었다. 내가 누구인지 아는 유일한 존재들이 멀리 떨어져 있다는 사실에서 오는 불안감. 그들은 너무도 먼 곳에 있었다.

"앤드루 마틴 교수님." 남자 한 명이 등받이에 기대며 말했다. "조사를 좀 해봤습니다. 교수님을 구글링했죠. 학자 서클에서는 꽤 거물이시던데요."

남자는 아랫입술을 쭉 내밀며 양손 손바닥을 보였다. 내가 무언가 말하기를 바랐다. 내가 아무 말도 하지 않는다면 나를 어떻게 할 작정일까? 저들이 무슨 일을 할 수 있을까?

나를 '구글링'했다는 게 무슨 뜻인지 몰랐지만, 그게 뭐든 구글링당하는 감각을 느끼지는 못했다. '학자 서클'이라는 게 무슨 뜻인지도 몰랐다. 다만, 방을 이 꼴로 만들었을지언정 인간이 원(circle)의 존재를 알기는 한다는 사실에 일종의 안도감을 느꼈다.

나는 고개를 끄덕였다. 여전히 말하는 게 조금 불안하게 느껴졌다. 말을 하는 데 너무 많은 집중력과 협응이 필요했다.

그때 다른 남자가 말했다. 나는 그의 얼굴로 시선을 돌렸다. 내 생각에, 둘의 가장 핵심적인 차이는 눈 위의 머리카락 선에 있는 듯했다. 이 남자는 눈썹을 한껏 치켜올리고 있어서 이마 피부에 주름이 져 있었다.

"할 말 없습니까?"

나는 오랫동안 열심히 생각했다. 이제는 말할 시간이었다. "나는 이 행성에서 가장 지능이 높은 인간입니다. 수학 천재입니다. 나는 군론, 정수론, 기하학 같은 수학의 여러 분야에 중요한 공헌을 했습니다. 나는 앤드루 마틴 교수입니다."

둘은 서로를 보더니, 코로 짧게 공기를 뿜으며 킬킬거렸다.

"이게 우습다고 생각합니까?" 첫 번째 남자가 공격적으로 말했다. "공공질서를 위반하는 게 재미있어요?"

"아뇨. 그냥 내가 누구인지 말하는 것뿐입니다."

"그건 확인했습니다." 경찰관이 말했다. 짝짓기 철의 두나 새처럼 양 눈썹을 맞붙이듯 아래로 잔뜩 내린 경찰관이었다. "선생님이 누구인지는 확인했습니다. 우리가 확인하지 못한 건, 선생님이 왜 아침 8시 30분에 옷도 입지 않고 걸어 다니고 있었느냐는 겁니다."

"나는 케임브리지 대학교의 교수입니다. 나는 이소벨 마틴과 결혼했습니다. 내게는 아들이, 걸리버가 있습니다. 그들을 무척 보고 싶습니다. 부탁합니다. 그 두 사람만 만나게 해주세요."

둘은 서류를 보았다. "네." 첫 번째 경찰관이 말했다. "선생님이 피츠윌리엄 칼리지의 교수라는 건 압니다. 그렇다고 선생님이 코퍼스 크리스티 칼리지 교정을 벌거벗은 채 걸어 다닌 이유가 설명되지는 않습니다. 선생님 머리가 어떻게 됐거나, 선생님이 사회에 대한 위협이거나, 둘 다예요."

"난 옷 입는 걸 좋아하지 않습니다." 나는 섬세하고도 정확하게 말했다. "피부에 옷이 쓸립니다. 생식기 부분이 불편합니다." 그때 나는《코스모폴리탄》에서 배운 모든 것을 떠올렸다. 나는 그들에게 몸을 숙이며 결정타라고 생각되는 말을 덧붙였다. "옷은 탄트라식 전신 오르가슴을 달성할 확률을 심각하게 저해합니다."

바로 이때 그들은 결정을 내렸다. 내게 정신 감정을 받게 하는 것이었다. 이 말은, 본질적으로 또 다른 직선으로 이루어진 방으로 가서 또 다른 튀어나온 코를 가진 또 다른 인간과 마주해야 한다는 뜻이었다. 이번 인간은 여성이었다. 그녀의 이름은 프리티였다. 그 이름은 '예쁘다'라는 뜻의 프리티와 발음이 같고, 예쁘다는 뜻이었다. 불행히도, 그녀는 인간이이었기에 본질적으로 구역질을 일으켰다.

"자." 프리티가 말했다. "아주 단순한 질문부터 시작하죠. 최근 압박감을 느낀 일이 있으셨나요?"

나는 혼란스러웠다. 무슨 압박을 말하는 거지? 대기의 압력? 중력에 의한 압박? "네." 나는 말했다. "아주 많이요. 모든 곳에 일종의 압력이 있으니까요."

정답인 것 같았다.

커피

프리티는 자신이 대학과 이야기했다고 말했다. 말이 되지 않았다. 아니, 어떻게 대학과 말을 할 수가 있지? 그녀는 이어서 말했다. "선생님이 동료들에 비해서도 장시간 근무했다더군요. 대학은 이 모든 일에 상당히 불쾌해하는 것 같았지만, 선생님에 대해서도 걱정하고 있어요. 선생님 아내분도 그렇고요."

"제 아내요?"

나는 아내가 있다는 것도 알고 그녀의 이름도 알았지만, 아내가 있다는 게 무슨 뜻인지는 사실 몰랐다. 결혼은 정말이지 이질적인 개념이었다. 아마 결혼을 이해하기에는 지구의 잡지가 충분하지 않았을 것이다. 프리티가 결혼에 대해 설명했다. 나는 더욱 혼란스러워졌다. 결혼이란 서로를 사랑하는 두 사람이 영원히 함께함을 의미하는 '사랑의 결합'이었다. 사랑이 너무나 약해서 그것을 지탱할 결혼이라는 것이 필요하다는 뜻으로 들렸다. 게다가 이 결합은 '이혼'이라는 것으로 깨질 수 있는데, 그 말은—내가 아는 한—논리적인 면에서 결혼에 별다른 의미가 없다는 뜻이었다. 하긴, 나는 '사랑'을 제대로 이해하지 못했다. 사랑은 내가 읽은 잡지에서 가장 자주 나오는 단어였음에도 여전히 수수께끼로 남아 있었다. 그래서 나는 프리티에게 사랑에 대해서도 설명해달라고 청했고,

그 모든 형편없는 논리 탓에 혼란에 빠졌다. 그것은 흡사 망상 같았다.

"커피 드릴까요?"

"네." 내가 말했다.

그래서 커피가 나왔고, 나는 커피를—뜨겁고 고약하고 시큼한 이중 탄소 화합물 액체다—맛본 뒤 프리티의 몸 쪽으로 뿜었다. 인간 예절에 대한 심각한 위반이었다. 나는 커피를 '삼켜야' 했던 것 같다.

"이게 무슨……." 프리티는 일어서서 자기 몸을 톡톡 두드려 닦아내며, 특히 셔츠에 강렬한 관심을 보였다. 그 후로 더 많은 질문이 이어졌다. 주소가 무엇인지, 여가 시간에 긴장을 풀기 위해 하는 일은 무엇인지와 같은 답할 수 없는 질문이었다.

물론, 나는 프리티를 속일 수도 있었다. 프리티의 정신은 대단히 무르고 말랑말랑했으며 움직임도 미약했다. 아직 제한적이던 당시의 내 언어 능력으로도 나는 멀쩡하다고, 당신이 신경 쓸 일이 아니라고, 제발 나를 가만히 두라고 설득할 수 있었다. 그러기 위해 필요한 최적의 리듬과 주파수도 알아둔 터였다. 하지만 나는 그렇게 하지 않았다.

성급하게 도망치려 하지 마라. 시간은 있을 거다.

진실은 내가 꽤 겁먹었다는 것이다. 심장이 이유 없이 뛰기 시작했다. 손바닥에 땀이 났다. 인간이라는 비합리적인 종족과의 너무 많은 접촉이 그 방의 무언가와, 그 이상한 비율과 맞물려 나를 흔들어댔다. 이곳에서는 모든 것이 검사였다.

어떤 검사에 실패하면, 그 이유를 알아보려는 다른 검사가 이어졌다. 인간은 자유의지를 믿기에 그토록 검사를 좋아하는 것일까.

하!

나는 인간이 자신의 삶을 통제하고 있다고 믿기 때문에 질문과 검사에 경탄한다는 것을 알아차렸다. 검사는 인간이 타인—선택의 결과로 실패한 사람들, 정답에 맞게 열심히 노력하지 않은 사람들—에 대한 우월감을 확인하는 방식이다. 그렇게 마지막 검사에 실패한 사람들은 정신병원에 들어가 디아제팜이라는, 정신을 멍하게 하는 약을 삼키며 또 다른 직각 일색인 방에 배치된다. 나 역시 곧 그렇게 되었다. 차이가 있다면 이번 방에서는 인간이 박테리아를 학살할 때 사용하는 염소 가스의 괴로운 냄새도 들이마셔야 했다는 것이다.

그 방에서 나는 임무가 쉽게 진행되리라고 판단했다. 적어도 임무의 본질적인 부분은 말이다. 인간이 단세포생물에 보이는 무관심과 똑같은 감정을 나 또한 인간에게 품고 있었기 때문이다. **몇 명쯤 박멸해도 되겠지. 아무 문제 없어. 내게는 위생보다 훨씬 큰 대의명분이 있어.** 하지만 나는 미처 알지 못했다. 은밀하게 위장하고 있으며 손댈 수 없는 '미래'라는 거인을 상대할 때는 나 역시 여느 인간과 다름없이 취약하다는 점을.

미친 사람들

인간은 대체로 미친 사람들을 싫어한다. 그들이 그림을 잘 그릴 때는 예외지만, 그것도 사후에나 해당되는 말이다. 지구에서 미쳤다는 말의 정의는 대단히 불분명하고 비일관적인 것으로 보인다. 한 시대에 완벽하게 제정신으로 여겨지던 것이 다른 시대에는 정신 나간 것으로 밝혀진다. 최초의 인간들은 아무 문제 없이 벌거벗고 돌아다녔다. 습도 높은 열대지방의 어떤 인간들은 지금도 그렇게 한다. 그러니 광기라는 것은 시간의 문제이거나 장소의 문제라는 결론을 내릴 수밖에 없다.

기본적으로, 핵심적인 규칙은 지구에서 제정신으로 보이고 싶다면 알맞은 장소에서 알맞은 옷을 입고 알맞은 말을 해야 하며, 알맞은 풀만을 밟아야 한다는 것이다.

912,673의 세제곱근

얼마 뒤, 아내가 나를 만나러 왔다. 이소벨 마틴, 《암흑시대》의 저자가 직접. 나는 그녀에게 혐오감을 느끼고 싶었다. 그러면 모든 것이 더 쉬워질 테니까. 나는 끔찍해하고 싶었다. 물론, 실제로도 그런 감정을 느꼈다. 인간이라는 종 전체가 내게는 끔찍했으니까. 첫 만남에 나는 그녀를 흉측하다고 생각했다. 그녀가 무서웠다. 이제 나는 이곳의 모든 것이 두려웠다. 그건 부정할 수 없는 진실이었다. 지구에 존재한다는 것은 겁나는 일이었다. 심지어는 내 손을 보고도 겁을 먹었다. 이소벨 얘기로 돌아가자. 처음 그녀를 보았을 때 나는 수조 개의 형편없이 배열된, 그저 그런 세포밖에 보지 못했다. 그녀는 창백한 얼굴에 지친 눈, 좁다랗지만 여전히 튀어나온 코를 가지고 있었다. 그녀는 매우 침착하고 반듯한, 매우 절제된 느낌을 풍겼다. 그녀는 대부분의 사람보다 더 많이 참는 것처럼 보였다. 내 입은 그녀를 보는 것만으로도 말라붙었다. 인간 중에서도 그녀는 특별히 어려운 과제였다. 나는 정보를 얻어내기 위해 그녀와 많은 시간을 보내며 그녀를 잘 알아야 했고, 그다음에는 필요한 일을 해야 했기 때문이다.

그녀는 내가 있는 방으로 나를 만나러 왔다. 간호사가 지켜보고 있었다. 물론, 이것도 또 하나의 검사였다. 인간 삶의 모든 것이 검사였다. 모든 인간이 그토록 스트레스받는 것처럼 보이는 이유가 그래서였다.

나는 그녀가 나를 끌어안거나 입을 맞추거나 귀에 입김을 불어넣거나 잡지를 통해 알게 된 다른 인간들이 하는 행동을 하나라도 할까 봐 두려웠지만, 그녀는 그러지 않았다. 심지어 그런 행동을 하고 싶지도 않은 듯했다. 그녀가 원한 것은 그곳에 앉아, 912,673의 세제곱근을 구하라는 문제를 보듯 나를 바라보는 일뿐이었다. 정말이지 나는 그 숫자처럼 조화롭게 행동하려고 매우 노력했다. 파괴할 수 없는 97처럼. 97은 내가 가장 좋아하는 소수다.

이소벨은 간호사에게 미소 지으며 고개를 끄덕였다. 그러나 나는 자리에 앉아 나를 마주 보는 이소벨에게서 두려움을 나타내는 몇 가지 보편적 징후를 확인했다. 팽팽하게 당겨진 얼굴 근육, 팽창한 동공, 빠른 호흡. 나는 이제 그녀의 머리카락에 특별히 관심을 기울였다. 그녀는 머리 꼭대기와 뒤통수에서 자라난 짙은 머리털을 가지고 있었다. 머리털은 어깨 바로 위에서 멈추며 수평으로 선을 형성했다. 흔히 '단발'로 알려져 있는 머리다.

등을 곧게 세우고 의자에 앉은 그녀는 키가 커 보였다. 목이 하도 길어서, 머리가 더는 몸과 얽히기 싫어 떨어져 나온 것처럼 보였다. 나중에 나는 그녀가 마흔한 살이며 아름답다는 것을, 적어도 이 행성에서는 '수수하게' 아름답다고 통하는 외모라는 사실을 알게 되었다. 하지만 당시에 그녀는 그저 또 하나의 인간 얼굴을 하고 있었을 뿐이다. 그리고 인간의 얼굴은 내가 가장 마지막에 배운 인간의 암호였다.

이소벨이 숨을 들이쉬었다. “좀 어때?”

“모르겠어. 기억나는 게 많지 않아. 정신이 약간 뒤죽박죽이야. 특히 오늘 아침 일은. 저기, 누가 내 연구실에 간 적 있어? 어제 이후로?”

이 말에 그녀는 혼란스러워했다. “모르지. 그걸 내가 어떻게 알아? 주말에 누가 당신 연구실에 간 것 같지는 않은데. 아무튼, 열쇠를 가지고 있는 사람은 당신뿐이고. 정말이지, 앤드루. 어떻게 된 거야? 사고라도 당했어? 기억상실증 검사는 했고? 왜 그 시간에 집 밖에 있었던 거야? 뭘 하고 있었는지 말해줘. 일어나보니 당신이 없었어.”

“그냥 나갈 일이 있었어. 그게 다야. 밖에 있어야 했어.”

이제 이소벨은 동요했다. “별별 생각을 다 했어. 집 전체를 확인해봤지만 당신 코빼기도 보이지 않았어. 차는 그대로 있고 당신 자전거도 그대로인데 당신은 전화를 안 받고. 새벽 3시였다고, 앤드루. 새벽 3시.”

나는 고개를 끄덕였다. 그녀는 답을 원했지만 내게는 질문밖에 없었다. “우리 아들은 어디에 있어? 걸리버는? 왜 같이 오지 않은 거야?”

이 답에 그녀는 더욱 혼란스러워했다. “걸리버는 엄마 집에 있어.” 그녀가 말했다. “여기 데려올 순 없잖아. 그 애는 화가 많이 났어. 다른 모든 일에 더해 이런 일까지 있었으니, 당신도 알겠지만 걔한텐 벅찬 일이야.”

이소벨이 하는 말 중 내게 필요한 정보는 하나도 없었다. 그래서 나는 더 직접적으로 묻기로 했다. “내가 어제 뭘 했는지 알아? 내가 연구하다가 무슨 일을 해냈는지 알아?”

이소벨이 이 질문에 어떻게 대답하든 진실은 변치 않는다는 건 확실했다. 나는 그녀를 죽여야 할 것이다. 그곳, 그 자리에서는 아니더라도 곧 어딘가에서 죽여야 할 터였다. 그래도 나는 이소벨이 아는 것을 알아야 했다. 혹은 그녀가 다른 인간들에게 뭐라고 말했는지에 대해서.

간호사가 이 시점에 뭔가를 적었다.

이소벨은 내 질문을 무시하고 내 쪽으로 몸을 가까이 숙이며 목소리를 낮추었다. “사람들은 당신이 신경쇠약이라고 생각해. 물론 말은 그렇게 안 하지만. 그래도 그렇게 생각해. 나한테 아주 많은 걸 물어봤어. 종교재판이라도 받는 것 같았다니까.”

“이곳 전체가 그렇잖아? 온통 질문뿐이야.”

나는 용기를 내 이소벨의 얼굴을 한 번 더 힐끗하며 더 많은 질문을 했다. “우린 왜 결혼한 거야? 결혼은 왜 중요한 거야? 결혼에 관한 규칙은 뭐지?”

어떤 질문은 질문을 위해 설계된 지구 같은 행성에서조차 전달되지 않는다.

“앤드루, 내가 지난 몇 주, 아니 몇 달 내내 여유를 가지라고 말했잖아. 당신은 무리하고 있었어. 말도 안 되는 긴 시간 동안 일했다고. 당신 자신을 하얗게 다 태워버렸으니 무너질 수밖에. 아무리 그래도 이건 너무 갑작스럽지만. 아무 징조도 없었는걸. 난 그냥, 이 모든 걸 촉발한 게 뭔지 알고 싶어. 나 때문이었어? 뭐였어?

당신이 걱정돼."

나는 유효한 설명을 떠올리려 노력했다. "그냥 옷 입기의 중요성을 잊어버렸던 것 같아. 정해진 방식대로 행동하는 것의 중요성 말이야. 모르겠어. 그냥, 인간이 되는 법을 잊어버렸던 거겠지. 그럴 수도 있잖아. 가끔 뭔가 잊어버릴 수 있는 거지?"

이소벨이 내 손을 잡았다. 반들반들한 그녀의 엄지 아랫부분이 내 피부에 닿았다. 나는 더욱 불안해졌다. 그녀가 왜 나를 만지는 건지 알 수 없었다. 경찰이 팔을 잡은 것은 나를 어딘가로 데려가기 위해서였다. 하지만 아내가 내 손을 어루만지는 건 왜일까? 목적이 뭘까? 사랑과 관계된 것일까? 나는 그녀의 반지에서 반짝이는 작은 다이아몬드를 빤히 보았다.

"괜찮을 거야, 앤드루. 이건 그냥 일시적인 현상이야. 내가 장담해. 비 온 뒤에 날이 개듯 곧 멀쩡해질 거야."

"비라고?" 비를 생각하자 목소리가 더 떨렸다.

나는 이소벨의 표정을 읽으려 했지만 어려웠다. 그녀는 이제 겁먹고 있지 않았지만……. 뭐였을까? 슬퍼하는 걸까? 혼란스러워하는 걸까? 화가 난 걸까? 실망한 걸까? 나는 이해하고 싶었지만 이해할 수 없었다. 그녀는 백 마디 정도 더 대화를 나눈 뒤 나를 떠났다. 단어, 단어, 단어. 뺨에 하는 잠깐의 입맞춤이, 포옹이 있었다. 나는 몸을 움찔하거나 힘을 주지 않으려 노력했지만 쉽지 않았다. 그런 뒤에야 그녀는 돌아서서 눈에서 무언가를 닦아냈다. 눈에서 액체가 새어 나왔다. 나는 뭔가를 해야 한다고, 말하거나 느껴야 한다고 생각했지만 그게 무엇인지는 몰랐다. "당신 책을 봤어." 내가 말했다. "서점에서. 내 책 옆에 있더라."

"그럼 당신의 일부는 아직 남아 있는 거네." 그녀가 말했다. 말투는 부드러웠지만 약간 비웃는 듯했다. 아무튼 내 생각에는 그랬다. "앤드루, 몸 조심해. 병원에서 하라는 대로만 하면 괜찮을 거야. 모든 게 괜찮아질 거야."

그렇게 그녀는 떠났다.

죽은 소

그들은 내게 식당에 가서 식사하라고 했다. 끔찍한 경험이었다. 일단, 폐쇄된 공간에서 인간이라는 종족을 그렇게 많이 마주한 건 그때가 처음이었다. 둘째, 냄새가 있었다. 끓인 당근. 완두콩. 죽은 소.

소는 지구에 사는 동물로, 가축으로 길들여진 다목적 유제류다. 인간은 소를 음식, 액체로 된 간식, 비료, 명품 구두 등을 전부 살 수 있는 일종의 가게처럼 대한다. 인간은 농장에서 소를 기른 다음, 소의 목을 베고 조각조각 잘라 포장해 냉장하고 팔고 요리한다. 그들은 이렇게 함으로써 소라는 이름을 쇠고기로 바꿀 권리를 얻는 듯하다. 쇠고기라는 단어는 소라는 단어와 약간 다르게 들린다. 인간이 소를 먹을 때 절대 생각하고 싶어 하지 않는 게 있다면, 바로 진짜 소라는 사실이다.

난 소에 관심이 없었다. 소를 죽이는 것이 내 임무였다면 기꺼이 그렇게 했을 것이다. 하지만 누가 소를 먹고 싶어 한다는 사실에 신경 쓰지 않으려면 어떤 비약이 필요했다. 그래서 나는 채소를 먹었다. 아니, 끓인 당근 한 조각만을 먹었다. 나는 역겹고 익숙하지 않은 음식을 먹는 것만큼 향수병을 부추기는 일은 없다는 사실을 깨달았다. 한 조각으로 충분했다. 충분한 것 이상이었다.

사실, 지나치게 많았다. 나는 구역 반응과 싸우며 토하지 않기 위해 온 힘과 집중력을 기울였다.

나는 구석에 있는 키 큰 화분 옆 탁자에 혼자 앉았다. 식물에는 잎사귀라 불리는 기관이 있었다. 납작하고 관이 있는, 넓고 윤이 나는 풍성한 초록색 기관이었다. 광합성에 쓰이는 게 분명했다. 내게는 이질적으로 보였지만 거부감이 들지는 않았다. 사실, 식물은 꽤 예뻐 보였다. 지구에서 무언가를 보고 마음이 불편하지 않은 건 처음이었다. 그때, 나는 식물에서 눈을 돌려 소음이 나는 곳을 보았다. 거기에 미친 사람으로 분류되는 온갖 인간이 있었다. 이 세상의 방식을 이해하지 못하는 사람들. 내가 이 행성의 누군가와 관계를 맺으면 그 사람은 분명 이 방에 있게 될 터였다. 그런 생각을 하고 있는데, 그중 한 사람이 내게 다가왔다. 짧은 분홍색 머리카락에, 코를 관통하는 원형 은 조각을 달고 있는 소녀였다 (인간의 얼굴에서 코는 이미 충분한 관심을 받는 부위였다. 그 이상의 관심이 필요한 걸까?). 그녀는 팔에 가느다란 분홍색의 흉터가 있었으며 목소리는 조용하고 나직했다. 그녀의 머릿속 모든 생각이 치명적인 비밀이라고 암시하는 것만 같았다. 그녀는 티셔츠를 입고 있었고, 티셔츠에는 "모든 것이 아름다웠다(그리고 어떤 것도 아프지 않았다)"*라는 말이 적혀 있었다. 그녀의 이름은 조에였다. 그녀가 내게 다짜고짜 말해준 사실이다.

* 커트 보니것의 소설《제5도살장》의 구절.

의지와 재현으로서의 세계

그녀가 말했다. "새로 왔어요?"

"네." 내가 말했다.

"낮?"

"네." 내가 말했다. "지금은 우리가 태양을 향해 기울어져 있는 것처럼 보입니다."

그녀가 웃었다. 목소리와는 정반대로 들리는 웃음소리였다. 나는 그 광적인 파동이 내 귀에 다다르지 않도록 공기가 없어졌으면 좋겠다고 생각했다.

조에가 웃음을 가라앉히고 설명했다. "아니, 내 말은, 여기 아주 입원한 건지 낮에만 통원하는 환자인지 물어본 거예요. 혹은 나처럼 '자발적 봉사활동'을 하러?"

"모르겠네요." 내가 말했다. "곧 나갈 것 같은데요. 보면 알겠지만 나는 미치지 않았습니다. 그냥 상황을 약간 혼동했을 뿐입니다. 내게는 착수할 일이 아주 많습니다. 해야 할 일이, 끝내야 할 일이."

"당신을 어디서 본 것 같아요." 조에가 말했다.

"그래요? 어디서요?"

나는 방을 훑어보았다. 불편한 느낌이 들기 시작했다. 이곳에는

76명의 환자와 18명의 직원이 있었다. 나는 사적인 공간에 있고 싶었다. 정말이지 여기서 나가야겠다.

"TV에 나왔던가요?"

"모르겠습니다."

조에가 웃었다. "페이스북 친구인지도 모르겠네요."

"네."

조에는 그 끔찍한 얼굴을 긁적였다. 그 아래에 뭐가 있을지 궁금했다. 얼굴 안쪽이라고 지금보다 더 끔찍할 리는 없었다. 그때 조에가 무언가 깨닫고 눈을 휘둥그레 떴다. "아. 알겠다. 대학에서 당신을 봤어요. 당신, 마틴 교수잖아요? 전설적인 사람인데. 나도 피츠윌리엄에 다녀요. 그 근처에서 당신을 본 적이 있어요. 여기보단 학교 식당이 낫지 않아요?"

"내 학생입니까?"

조에가 다시 웃었다. "아니, 아니요. 수학은 너무 싫어요. GCSE*로 충분하죠."

그 말에 나는 화가 났다. "싫다고요? 어떻게 수학을 싫어할 수 있습니까? 수학이 모든 것인데."

"뭐, 난 그렇게 보지 않았거든요. 뭐랄까, 피타고라스는 꽤 대단한 녀석인 것 같았지만. 난 딱히 숫자의 위버멘쉬**가 아니거든요. 난 철학도예요. 그래서 여기 있는 거겠지만. 쇼펜하우어 과용으로."

* General Certificate of Secondary Education. 영국 중등 교육 과정 말에 치르는 국가시험이다. 이 성적이 진학이나 취업 등에 활용된다.

** '초인'이라는 뜻. 독일 철학자 니체의 개념이다.

"쇼펜하우어요?"

"《의지와 표상으로서의 세계》라는 책을 쓴 사람이에요. 난 그 책에 관한 논문을 써야 하고요. 기본적으로 세계란 우리가 우리 자신의 의지로 인식하는 것이라는 내용을 담고 있는 책이에요. 인간은 본능적인 욕망에 지배받고, 그로 인해 괴로움과 고통을 겪어요. 욕망은 우리로 하여금 무언가를 갈망하게 하지만, 세계란 '표상'에 불과하니까요. 문제는 그 갈망이 우리가 보는 세계를 형성한다는 거예요. 결국 우리는 우리 자신으로부터 먹이를 얻는 셈이고, 결국 미쳐버리고 말아요. 그리고 마침내 이곳까지 오는 거죠."

"이곳이 마음에 듭니까?"

조에는 다시 웃었지만, 나는 어쩐지 조에의 웃음이 그녀를 더 슬퍼 보이게 한다는 걸 알아챘다. "아뇨. 여긴 소용돌이예요. 사람을 더 깊이 빨아들이죠. 여기서 나가는 게 좋을 거예요, 아저씨. 분명히 말하지만, 여기 사람들은 모두 **지도에도 안 잡히는** 사람들이니까." 그녀는 방 안의 다양한 사람들을 가리키며 그들에게 어떤 문제가 있는지 말해주었다. 가장 가까운 테이블에 앉은, 지나치게 몸집이 크고 얼굴이 붉은 여자부터 시작했다. "저 사람은 뚱보 애너예요. 모든 걸 훔치죠. 포크에 자기 모습을 비춰 보면서 소매 주름을 펴요……. 아, 그리고 저 사람은 스콧. 자기가 왕위 계승 서열 3위라고 생각해요. ……그리고 새라는, 하루 중 거의 대부분 시간에 완전히 정상이지만 4시 14분에는 아무 이유 없이 비명을 지르기 시작해요. 하긴, 여긴 정신병원이니까 소리 지르는 사람이 있긴 있어야겠죠. 저 사람은 울보 크리스이고…… 저기 안절부절브리짓도 있네요. 언제나 생각의 속도로 돌아다니는……."

"생각의 속도라니." 내가 말했다. "그렇게 느립니까?"

"……그리고 거짓말쟁이 리사랑……. 흔들거리는 라제시. 아, 맞다. 저기 저 사람 보여요? 구레나룻이 있는. 키가 크고 자기 쟁반을 보면서 중얼거리는 사람?"

"네."

"저 사람, 완전 〈케이팩스〉*예요."

"네?"

"완전히 미쳐서 자기가 다른 행성에서 왔다고 생각한다니까요."

"설마요." 내가 말했다. "정말입니까?"

"진짜예요. 말 못 하는 아메리카 원주민 한 명만 있으면 완전 뻐꾸기 둥지** 그 자체겠죠."

나는 조에의 말을 알아들을 수 없었다.

조에가 내 접시를 보았다. "그거 안 먹어요?"

"네." 내가 말했다. "못 먹을 것 같습니다." 나는 조에에게서 정보를 좀 얻을 수 있을지도 모른다는 생각에 물었다. "내가 무언가를 했다면, 어떤 놀라운 일을 해냈다면 그걸 수많은 사람에게 알려야 할까요? 내 말은, 우리 인간은 자만하는 존재이지 않습니까? 자랑하기를 좋아하죠."

"그렇겠죠, 아마도."

* 진 브루어의 동명 소설을 원작으로 한 2001년 영화. 자신을 외계인이라 주장하는 한 남자가 정신병원에 입원하며 일어나는 이야기.

** 켄 키시의 동명 소설을 원작으로 한 영화 〈뻐꾸기 둥지 위로 날아간 새〉를 말한다.

나는 고개를 끄덕였다. 두려움이 솟는 것을 느끼며 나는 앤드루 마틴 교수의 발견에 대해 얼마나 많은 사람이 알지 고민했다. 그런 다음 질문의 범위를 넓히기로 했다. 인간처럼 행동하려면 결국 그들을 이해해야 했다. 그래서 나는 조에에게 내가 생각할 수 있는 가장 큰 질문을 던졌다. "당신은 삶의 의미가 뭐라고 생각합니까? 의미를 찾았습니까?"

"하! 삶의 의미라. **삶의 의미.** 그런 건 없어요. 사람들은 이 세상에서 의미를 찾지만, 이 세상은 외적인 가치나 의미를 제공할 수 없을뿐더러 그런 것을 추구하는 사람들의 노력에도 냉담하죠. 딱히 쇼펜하우어적이지 않아요. 그보다는 키르케고르 대 카뮈 같달까. 난 그쪽이에요. 문제는, 철학을 공부하면서 의미를 더 이상 믿지 않게 되면 의료적 도움이 필요해진다는 거죠."

"사랑은 어떻습니까? 사랑이라는 게 다 뭔가요? 난 사랑에 대해서 읽어봤습니다. 《코스모폴리탄》에서요."

또 한 번의 웃음. "《코스모폴리탄》? 지금 장난해요?"

"아뇨. 전혀 아닙니다. 나는 이런 것들을 이해하고 싶습니다."

"당신, 그야말로 엉뚱한 사람한테 물어보는 거예요. 사랑이 내 문제거든요." 조에는 최소 두 옥타브쯤 목소리를 낮추고 음험한 눈으로 나를 응시했다. "난 폭력적인 남자들을 좋아해요. 이유는 모르겠어요. 일종의 자해랄까. 나는 피터버러에 자주 가요. 부자들을 고르러."

"아." 내가 말했다. 나는 내가 이곳에 보내진 게 올바른 일임을 깨달았다. 듣던 대로 인간은 이상한 존재였으며 폭력을 사랑했다.

"그러니까 당신에게 사랑이란, 상처를 입혀줄 알맞은 사람을 찾는 것이군요?"

"그런 셈이죠."

"말이 안 되는데요."

"'사랑에는 언제나 광기가 있다. 하지만 광기에는 언제나 약간의 이성이 있다.' 누구더라……. 누가 한 말이에요."

침묵이 흘렀다. 나는 떠나고 싶었다. 예의 바른 절차를 알지 못했기에 그냥 일어나서 떠났다.

조에는 약간 칭얼거리는 소리를 내더니 다시 웃었다. 웃음은 광기처럼 이곳에서 빠져나가는 유일한 길, 인간의 비상구인 듯했다.

낙관적인 기대를 품고, 나는 쟁반을 향해 중얼거리는 남자에게로 갔다. 자신이 외계인이라는 남자에게. 나는 그와 잠시 이야기를 나누었다. 나는 상당한 희망을 품고 그에게 어디에서 왔느냐고 물었다. 그는 타투인에서 왔다고 했다. 내가 한 번도 들어본 적 없는 곳이었다. 그는 자신이 자바의 궁전에서 조금만 차를 타고 가면 되는 카쿤의 거대한 구덩이 근처에 살았다고 말했다. 전에는 스카이워커 가족과 그들의 농장에서 살았지만 그곳이 불타버렸다고.*

"당신 행성은 얼마나 멉니까? 그러니까, 지구에서요."

"아주 멀죠."

"얼마나 먼데요?"

"8,000킬로미터." 그의 말에 나의 기대감은 무너져 내렸다. 윤기

* 모두 영화 〈스타워즈〉 시리즈에 나오는 지명이다.

나는 푸른 잎사귀를 가진 식물이나 관찰할걸 그랬다는 생각이 들었다.

나는 그를 보았다. 잠시나마 내가 혼자가 아니라는 생각이 들었지만, 이내 나뿐임을 알게 되었다.

나는 그에게서 멀어지며, 이게 바로 지구에 살다 보면 벌어지는 일이라고 속으로 생각했다. 지구에서는 무너져 내린다. 두 손에 진실을 잡고 있다가 그 진실이 타버리면 접시를 떨어뜨릴 수밖에 없다(내가 이런 생각을 하고 있을 때 식당 어딘가에 있던 누군가가 실제로 접시를 떨어뜨렸다). 그래, 이제는 알 수 있었다. 인간으로 살다 보면 미치게 된다. 나는 커다란 유리로 이루어진 직사각형 창문을 내다보았다. 나무와 건물, 자동차, 사람 들이 보였다. 분명 인간은 앤드루 마틴이 방금 건네준 선물을 제대로 다룰 능력이 없는 종족이었다. 나는 정말로 저 밖으로 나가 임무를 수행해야 했다. 나는 아내 이소벨을 생각했다. 그녀에게는 지식이, 내게 필요한 정보가 있었다. 그녀와 함께 떠났어야 했는데.

"내가 뭘 하는 거지?"

나는 창문이 나의 행성 보나도리아의 창문과 비슷하기를 기대하며 창가로 다가갔으나 그렇지 않았다. 창문은 유리로 만들어졌다. 유리는 바위로 만든 것이었다. 나는 창문을 가로질러 나가는 대신 유리에 코를 찧었고, 그 바람에 다른 환자들이 몇 차례 웃음을 터뜨렸다. 나는 식당을 나섰다. 모든 사람에게서, 소와 당근의 냄새에서 벗어나고 싶은 절박한 마음이었다.

기억상실증

인간처럼 구는 것이야 어쨌든 간에, 앤드루 마틴이 사람들에게 말했다면 정말이지 이곳에서 시간을 낭비할 여유가 없었다. 내 왼손과 그 손에 들어 있는 선물을 바라보며, 나는 내가 무엇을 해야 하는지 알았다.

점심시간이 지난 후 내가 이소벨과 이야기하는 장면을 앉아서 지켜보던 간호사를 찾아갔다. 나는 딱 맞는 주파수로 목소리를 낮추었다. 말의 속도도 딱 맞게 늦추었다. 인간에게 최면을 거는 일은 쉽다. 우주의 모든 종족 가운데 인간은 가장 절실하게 믿고 싶어 하는 종족이기 때문이다. "난 완벽하게 제정신입니다. 나를 퇴원시켜줄 의사를 만나고 싶습니다. 나는 꼭 집에 돌아가서 아내와 아들을 만나야 합니다. 케임브리지 대학교 피츠윌리엄 칼리지에서 하던 일도 계속 해야 하고요. 게다가, 여기 음식이 정말로 마음에 들지 않습니다. 오늘 아침에 무슨 일이 일어난 건지는 전혀 모르겠어요. 정말 모르겠습니다. 공개적인 장소에서 당혹스러운 모습을 보였지만, 진심으로 말씀드리는데 뭔지는 몰라도 제가 겪은 것은 일시적인 일이었습니다. 지금 저는 제정신이고 행복합니다. 정말로 아주 멀쩡한 기분이에요."

간호사가 고개를 끄덕이며 말했다. "따라오세요."

의사는 내게 의학적 검사를 하고 싶어 했다. 검사는 뇌 스캔이었다. 그들은 대뇌 손상이 기억상실을 촉발했을 가능성을 걱정했다. 나는 무슨 일이 더 일어날지는 몰라도 절대로 해서는 안 되는 일이 한 가지 있다면 뇌를 보여주는 것임을 깨달았다. 선물이 활성화되어 있을 때는 말이다. 그래서 나는 의사에게 기억상실을 겪는 게 아니라고 설득했고, 아주 많은 기억을 지어냈다. 인생 전체를 지어냈다.

나는 의사에게 내가 직장에서 어마어마한 스트레스를 받고 있었다고 말했고, 그는 이해했다. 이어서 내게 몇 가지 질문을 던졌다. 하지만 모든 인간의 질문이 그렇듯, 답은 언제나 원자 속 양성자처럼 질문 안에 들어 있었다. 그 답을 찾아내 나의 독립적인 생각인 것처럼 내놓기만 하면 됐다.

30분 뒤 진단은 명확해졌다. 나는 기억을 잃은 게 아니라 일시적인 정신이상을 겪은 것뿐이었다. 의사는 '신경쇠약'이라는 단어를 마뜩잖게 여겼지만, 내가 수면 부족과 과로, 이소벨이 언급했듯 대체로 진한 블랙커피로 이루어진 식단으로 인한 '정신적 붕괴'를 겪었다고 설명했다. 블랙커피란, 당연하게도 내가 확실히 싫어하는 그 음료였다.

이어 의사는 내게 몇 가지를 넌지시 물어보았다. 그는 내가 공황 발작, 우울감, 신경질적 놀람, 갑작스러운 행동 변화나 비현실감 등을 겪었는지 궁금해했다.

"비현실감요?" 나는 확신을 담아 말할 수 있었다. "아, 그럼요. 비현실감은 확실히 느꼈습니다. 하지만 더는 아닙니다. 기분이 괜잖아요. 아주 현실적인 기분입니다. 태양처럼 현실적인 기분요."

의사가 미소 지었다. 그는 수학에 관한 내 저서 중 한 권을 읽었다고 했다. 그가 읽었다는 책은 앤드루 마틴이 프린스턴 대학교에서 학생들을 가르치던 시절에 대한 '정말로 우스운' 회고록인 듯했다. 내가 이미 본, 《아메리칸 파이》라는 책. 그는 내게 디아제팜 처방전을 써주고, '하루치씩만' 일하라고 조언했다. 그것 외에 하루를 경험할 다른 방법이 있다는 듯이. 그런 다음, 그는 내가 본 것 중 가장 원시적인 형태의 통신 장치를 집어 들고 나를 집으로 데려가라고 이소벨에게 알렸다.

기억하라. 임무 수행 중 절대 인간에게 영향받거나 오염되어서는 안 된다.

인간은 오만한 종족이며 폭력과 탐욕으로 정의되는 존재다. 그들은 자신들이 접근할 수 있는 유일한 행성인 고향 별을 스스로 파괴의 길로 내몰았다. 분열되고 범주화된 세상을 만들었으며, 그들 사이의 유사성을 보는 데 줄곧 실패해왔다. 그들은 인간 심리가 따라잡을 수 없을 정도로 빠르게 기술을 발전시켰고, 그럼에도 여전히 진보를 위한 진보를, 돈과 명성을 향한 집착만을 추구하고 있다.

절대로 인간의 함정에 빠져서는 안 된다. 결코 개별 인간만을 보고, 인류 전체가 저지른 범죄와 그가 무관하다고 여겨서는 안 된다. 미소 짓는 모든 인간의 얼굴 뒤에는 그들이—직간접적으로—책임져야 하며, 또한 저지를 수 있는 경악스러움이 숨어 있다.

절대 마음이 약해져서도, 임무에서 물러나서도 안 된다.

순수함을 유지하라.

논리를 지켜라.

네가 해야 하는 일의 수학적 확실성을 그 누구도 방해하지 못하게 하라.

캠피언가 4번지

따뜻한 방이었다.

창문이 있었지만 커튼이 쳐져 있었다. 커튼은 이 행성에 단 하나뿐인 태양에서 나오는 전자기 방사선이 투과될 정도로 얇아서 나는 모든 것을 선명히 볼 수 있었다. 벽은 하늘색으로 칠해졌고, 천장에 매달린 백열전구에는 종이로 만들어진 원기둥 형태의 갓이 씌워져 있었다. 나는 침대에 누워 있었다. 두 사람이 쓰도록 만들어진, 큰 정사각형 침대였다. 나는 세 시간 넘게 바로 이 침대에 잠든 채 누워 있었고 지금은 깨어 있었다.

이 침대는 앤드루 마틴 교수의 집 2층에 있는 그의 침대였다. 그의 집은 캠피언가 4번지에 있었다. 내가 본 다른 집에 비해 외관상 크기가 큰 집이었다. 안쪽 벽은 전부 흰색이었다. 아래층의 현관과 부엌 바닥은 석회암으로 되어 있고, 석회암은 방해석으로 이루어져 있어서 나에게는 낯설지 않은 무언가를 시각적으로 제공해주었다. 내가 물을 마시러 갔던 주방은 오븐이라 불리는 물체 때문에 특히 따뜻했다. 이 특정 유형의 오븐은 철로 만들어졌고 가스로 동력을 공급받으며 위쪽 표면에는 계속 열기를 유지하는 원반이 두 개 있었다. 그것은 AGA*라고 불렸다. 크림색이었다. 주방에는 문이 아주 많았다. 그건 침실도 마찬가지였다. 오븐 문과 찬장

문과 옷장 문. 온 세상이 닫혀 있었다.

침실에는 양모로 만들어진 베이지색 카펫이 있었다. 양모란 동물의 털이다. 벽에는 인간 두 명의 머리가 그려진 포스터가 있었다. 하나는 남자, 하나는 여자였다. 둘은 매우 가까이 있었다. 포스터에는 '로마의 휴일'이라는 글이 적혀 있었다. 다른 단어도 있었다. '그레고리 펙', '오드리 헵번', '파라마운트 픽처스' 같은 단어들.

나무로 된 입방체 가구 위에 사진이 하나 있었다. 사진이란 기본적으로 오직 시각으로만 감지할 수 있는, 움직이지 않는 2차원 홀로그램이다. 이 사진은 직사각형 강철 틀 안에 있었다. 앤드루와 이소벨의 사진이었다. 그들은 지금보다 젊었다. 피부가 더 광택이 났으며 덜 시들었다. 이소벨은 행복해 보였다. 미소 짓고 있었는데, 미소란 인간의 행복을 나타내는 신호이다. 사진 속에서 앤드루와 이소벨은 풀밭에 서 있었다. 이소벨은 흰 드레스를 입고 있었다. 행복해지고 싶을 때 입는 드레스인 듯했다.

다른 사진도 있었다. 그들은 어느 더운 곳에 서 있었다. 둘 다 드레스를 입고 있지 않았다. 그들은 완벽하게 파란 하늘 아래, 무너져가는 거대한 돌기둥 사이에 있었다. 과거 어느 인간 문명이 세운 중요한 건물이었다(지구에서 문명은 우연하게도 인간 집단이 모여 본능을 억누른 결과로 나타난다). 나는 그 문명이 방치되거나 파괴된 게 틀림없다고 추측했다. 그들은 미소 짓고 있었으나, 이번 미소는 입가에만 머물고 눈가에는 이르지 않는 다른 종류의 미소였다. 그

* 영국에서 흔히 사용되는 전통적인 주방용 조리·난방 겸용 기기. 상단에 조리용 열판이 있어 오븐과 난로 역할을 동시에 한다.

들은 불편해 보였다. 나는 그게 그들의 얇은 피부에 닿는 더위 탓이라고 생각했다. 나중에 찍은 사진도 하나 있었다. 실내에서 찍은 것이었다. 그들은 아이를 데리고 있었다. 어린아이. 남자. 그는 엄마처럼 검은, 어쩌면 엄마보다도 더 검은 머리에 더 흰 피부를 가지고 있었다. '카우보이'라고 쓰인 의류 한 점을 걸치고 있었다.

이소벨은 아주 많은 시간을 그 방 안에 있으면서 나란히 누워 자거나 근처에서 나를 지켜보았다. 나는 대체로 이소벨을 보지 않으려 노력했다.

나는 그녀와 어떤 방식으로든 연결되고 싶지 않았다. 어떤 종류의 연민, 아니, 공감이라도 생겼다가는 임무에 방해가 될 터였다. 그럴 가능성이 낮다는 것은 인정해야겠지만. 이소벨이 너무도 다른 존재라는 게 문제였다. 그녀는 너무도 외계인 같았다. 하긴, 그렇게 따지면 우주 역시 발생하기 전에는 발생할 가능성이 턱없이 낮은 사건이었다. 그럼에도 반박의 여지 없이 실제로 일어난 사건이지만.

다만 나는 한 가지 질문을 던지기 위해 용기 내어 그녀의 눈을 바라보았다.

"날 마지막으로 본 게 언제야? 그러니까 어제. 그 일이 있기 전에."

"아침 식사 때. 그런 다음 당신은 출근했어. 집에는 11시에 돌아왔고. 11시 30분에는 침대에 누워 있었어."

"내가 당신한테 뭔가 말했어? 뭐라도?"

"당신이 내 이름을 불렀지만, 난 자는 척했어. 그게 다였어. 깨어보니 당신이 사라지고 없었고."

나는 미소 지었다. 아마 안심했기 때문이었겠지만, 그때는 그 이유를 알지 못했다.

전쟁과 돈의 쇼

나는 이소벨이 나를 위해 가지고 들어온 'TV'를 보았다. 이소벨은 그 물건 때문에 제법 고생했다. 이소벨에게는 너무 무거운 물건이었다. 그녀는 내가 도와주기를 바랐던 것 같다. 생물학적 생명체가 그렇게까지 힘을 들이며 애쓰는 모습을 지켜보는 게 잘못된 일처럼 느껴졌다. 나는 혼란스러웠고, 왜 이소벨이 이런 일을 해주는지 궁금했다. 나는 TV의 무게를 가볍게 만들어주었다. 순전히 염력에 대한 호기심 때문이었다.

"생각보다 쉽네." 그녀가 말했다.

"아." 나는 그녀의 시선을 정면으로 받으며 말했다. "뭐, 생각이란 우스운 거지."

"지금도 뉴스 보고 싶지?"

뉴스를 본다. 아주 좋은 생각이었다. 뉴스에는 뭔가 있을지도 몰랐다.

"응." 내가 말했다. "뉴스 보고 싶어."

나는 뉴스를 보았고 이소벨은 나를 지켜보았다. 우리는 각자 보고 있는 것에 대해 같은 정도의 불편함을 느끼고 있었다. 뉴스는 인간의 얼굴로 가득했다. 다만 대체로 더 작은 얼굴이었고, 많은 경우 아주 멀리서 찍은 얼굴이기도 했다.

뉴스를 보는 첫 한 시간 동안, 나는 세 가지 흥미로운 사실을 알아냈다.

1. 지구에서 '뉴스'라는 용어는 일반적으로 '인간에게 직접적 영향을 미치는 소식'이라는 의미였다. 사슴이나 해마, 붉은귀거북 등이 행성에 사는 다른 900만 가지 종족에 대해서는 말 그대로 아무 소식도 전하지 않았다.

2. 뉴스의 중요도는 내가 이해할 수 없는 방식으로 매겨졌다. 예컨대 새로운 수학적 발견이나 아직 발견되지 않은 다각형에 관해서는 다루지 않지만, 정치에 관해서는 꽤 많은 뉴스가 있었다. 이 행성에서 정치란, 본질적으로 전부 전쟁과 돈에 관한 것이었다. 사실, 뉴스에서는 전쟁과 돈의 인기가 매우 높았다. 차라리 '전쟁과 돈의 쇼'라고 부르는 게 더 정확했을 것이다. 내가 들은 이야기가 옳았다. 지구는 폭력과 탐욕으로 가득한 행성이었다. 아프가니스탄이라는 나라에서 폭탄이 터졌다. 다른 곳에서는 사람들이 북한의 핵 개발 능력에 관해 걱정하고 있었다. 주가라는 것이 떨어지고 있었다. 이 사실이 아주 많은 사람을 걱정하게 했다. 그들은 숫자로 가득한 화면을 쳐다보면서, 거기에 나오는 것만이 유일하게 중요한 수학이라는 듯 그 화면을 연구했다. 아, 나는 리만 가설에 관한 뉴스를 기다렸지만 아무것도 나오지 않았다. 아무도 그에 관해 모르거나, 관심이 없기 때문이었다. 이론상으로는 두 가능성 모두 위안이 되었으나 편안한 기분은 들지 않았다.

3. 인간은 자신과 가까운 곳에서 벌어지는 일에 더 많은 관심을 쏟았다. 남한은 북한을 걱정했다. 런던 사람은 주로 런던의 집값을

걱정했다. 인간은 자기 집 잔디밭만 아니라면 누가 정글에서 벌거벗고 다녀도 신경 쓰지 않는 듯했다. 그들의 태양계 너머에서 벌어지는 일에는 아무 관심이 없고, 지구에서 벌어지는 일이 아니라면 태양계 안에서 벌어지는 일에도 거의 관심이 없었다(그들의 태양계에서 별다른 일이 벌어지지 않는다는 것만은 인정해야 한다. 이런 경쟁의 부재야말로 인간의 오만함을 설명해주는 실마리일지도 모른다). 대체로 인간은 자기 나라 안에서 벌어지는 일만을 알고 싶어 했다. 그중에서도 자신이 속한 작은 부분, 가능한 한 가까운 곳에서 벌어지는 일을 더 좋아했다. 이런 시각에 따르면, 인간에게 이상적인 뉴스 프로그램이란 그것을 시청하는 인간이 사는 집 안에서 벌어지는 일만을 다루는 프로그램일 것이다. 집 안의 구체적인 방을 기준으로 우선순위를 정해 보도할 것이고, TV가 있는 방에 관한 것을 메인 뉴스로 삼고, 보통은 한 인간이 그 TV를 지켜보고 있다는 가장 중요한 사실을 다루게 될 것이다. 하지만 인간이 뉴스의 논리를 따라 이처럼 불가피한 결론에 이르기 전까지 그들에게 가장 좋은 뉴스란 지역 뉴스였다. 그러므로 케임브리지에서는, 그날 이른 아침에 케임브리지 대학교의 코퍼스 크리스티 칼리지 뉴코트 구역을 벌거벗은 채 돌아다니다 발견된 앤드루 마틴 교수라는 인간에 대한 이야기가 가장 중요한 뉴스였다.

이 마지막 사실이 반복적으로 보도된 덕분에 내가 도착한 이후로 전화가 거의 끊이지 않고 울려댄 이유와 아내가 계속해서 컴퓨터로 이메일이 오고 있다고 말한 이유가 설명되었다.

"내가 처리하고 있어." 이소벨이 말했다. "지금은 당신이 이야기할 수 있는 상태가 아니고, 몸이 안 좋다고 말하고 있어."

"아."

이소벨은 침대에 앉아 내 손을 좀 더 어루만졌다. 소름이 돋았다. 나의 일부는 그냥 바로 이 자리에서 이소벨을 끝장내버리고 싶어 했다. 하지만 절차라는 게 있고, 절차는 따라야 했다.

"다들 당신을 걱정해."

"누가?" 내가 말했다.

"뭐, 일단은 당신 아들이. 이 일이 있고 걸리버가 더 나빠졌어."

"우리 아이가 하나뿐이야?"

이소벨의 눈꺼풀이 천천히 내려왔다. 억지로 침착함을 유지하려는 모습을 그린 그림 같았다. "알면서 왜 이래? 정말이지, 당신이 뇌 스캔을 받지 않고 나왔다는 것도 이해가 안 돼."

"병원에서 필요 없다고 판단했어. 꽤 쉽던데."

나는 이소벨이 침대 옆에 놓아둔 음식을 조금 먹어보려 했다. 치즈샌드위치라는 것이었다. 역시 인간이 소 덕분에 가지게 된 것이었다. 고약했지만 먹을 수는 있었다.

"왜 나한테 이걸 만들어줬어?" 내가 물었다.

"당신을 돌보는 거야." 이소벨이 말했다.

잠깐의 혼란. 이해하기까지 시간이 걸렸다. 하지만 그때 우리 종족이 기술의 도움을 받는 데 익숙한 반면, 인간은 서로 의지한다는 것을 깨달았다.

"그래서 당신이 얻는 게 뭔데?"

이소벨이 웃었다. "그 질문은 우리 결혼 생활 전체에서 일종의 상수(常數)였지."

"왜?" 내가 말했다. "우리 결혼 생활이 나빴어?"

이소벨은 그 질문이 헤엄쳐 지나가야 할 물이라도 되는 듯 깊이 숨을 들이쉬었다. "그냥 샌드위치나 먹어, 앤드루."

낯선 사람

나는 샌드위치를 먹었다. 그런 다음 다른 무언가를 떠올렸다.

"하나만 있는 게 정상이야? 그러니까 아이 말이야."

"지금 상황에서 정상적인 건 그것뿐이지 않을까?"

이소벨은 자기 손을 조금 긁었다. 아주 잠깐이었지만 정신병원에서 만난 조에라는 여자가 생각났다. 팔에는 흉터가 있고 폭력적인 남자친구들이 있으며 머릿속에는 철학이 가득 차 있는 조에.

긴 침묵이 이어졌다. 대부분 홀로 살아온 내게 침묵은 익숙한 것이었다. 하지만 어째서인지 이 침묵은 종류가 달랐다. 깨야만 하는 침묵이었다.

"고마워." 내가 말했다. "샌드위치 말이야. 마음에 들었어. 어쨌든 빵 부분은."

솔직히 내가 이런 말을 왜 했는지는 모르겠다. 샌드위치는 맛있지 않았으니까. 아무튼, 내가 살면서 고맙다는 말을 해본 건 그때가 처음이었다.

이소벨이 미소 지었다. "익숙해지진 마시죠, 황제 폐하."

이소벨은 손으로 내 가슴을 톡톡 두드리더니 손을 그대로 두었다. 나는 그녀의 눈썹이 움직이는 것을 눈치챘다. 이마에도 주름이 하나 더 생겼다.

"이상하네." 그녀가 말했다.

"뭐가?"

"당신 심장박동. 불규칙하게 느껴져. 거의 뛰지 않는 것 같아."

이소벨이 손을 치웠다. 그러고는 낯선 사람 보듯 남편을 보았다. 물론, 그녀의 남편은 낯선 사람이었다. **나였으니까.** 정말이지, 나는 이소벨이 알 수 없을 만큼 낯선 존재였다. 그녀는 걱정스러워 보이기도 했다. 나의 일부는 그 모습에 분노를 느꼈다. 그 시점에 이소벨이 느꼈을 감정이—다른 무엇보다도—두려움이리라는 걸 알면서도.

"슈퍼에 가야 해." 이소벨이 말했다. "집에 아무것도 없어. 다 떨어졌어."

"그래." 내가 말했다. 이런 일이 일어나도록 놔둬도 되는지 궁금했지만, 그럴 수밖에 없다고 판단했다. 내게는 따라야 할 절차가 있고, 그 시작은 피츠윌리엄 칼리지에 있는 앤드루 마틴 교수의 연구실이었다. 이소벨이 집을 떠나면 나 역시 의심받지 않고 집을 떠날 수 있었다.

"그래." 내가 말했다.

"잊지 마. 당신은 침대에 있어야 해. 알았지? 그냥 침대에 누워서 TV를 봐."

"응." 내가 말했다. "그렇게 할게. 침대에 누워서 TV를 볼게."

이소벨은 고개를 끄덕였지만 이마의 주름은 그대로였다. 그녀는 방을 나섰고, 그다음에는 집을 나섰다. 나는 침대에서 나와 문틀에 발가락을 찧었다. 아팠다. 그 자체는 이상한 일이 아니었다.

이상한 건 발가락이 계속 아프다는 거였다. 극심한 통증은 아니었다. 어쨌거나 발가락을 찧었을 뿐이니까. 그러나 그 통증이 고쳐지지 않았다. 방에서 나와 층계참에 간 후에야 통증이 희미해지더니 의심스러운 속도로 사라졌다. 나는 어리둥절해 다시 침실로 돌아갔다. TV에 다가갈수록 통증이 심해졌다. TV에서는 어떤 여자가 날씨를 예측하고 있었다. 나는 텔레비전을 껐다. 그러자 발가락의 통증이 즉시 사라졌다. 이상했다. TV 신호가 내 왼손에 들어 있는 선물과 간섭을 일으킨 게 틀림없었다.

나는 위태로운 순간에는 절대 텔레비전 근처에 가지 않겠다고 맹세하며 방을 나섰다.

나는 아래층으로 내려갔다. 이곳에는 방이 아주 많았다. 주방에서는 바구니 안에 어떤 생물이 잠들어 있었다. 다리가 네 개였으며 몸이 갈색과 흰색 털로 완전히 덮여 있었다. 개였다. 수컷이었다. 개는 눈을 감고 계속 엎드려 있었지만 내가 주방에 들어가자 으르렁거렸다.

나는 컴퓨터를 찾고 있었지만 주방에는 컴퓨터가 없었다. 나는 다른 방으로, 집 뒤쪽에 있는 정사각형 방으로 들어갔다. 나는 곧 그곳이 '앉는 방'임을 알게 되었다. 사실을 말하자면, 인간의 방은 대부분 앉는 방이다.* 그곳에 컴퓨터와 라디오가 있었다. 나는 먼저 라디오를 켰다. 한 남자가 베르너 헤어조크라는 다른 남자의 영화에 관해 이야기하고 있었다. 벽을 주먹으로 치자 주먹이 아팠지

* 원문은 sitting room으로, 일반적으로 거실이나 응접실을 가리킨다.

만, 라디오를 끄자 아프지 않았다. **TV만 문제인 게 아닌 모양이다.**

컴퓨터는 원시적이었다. '맥북 프로'라고 적혀 있었고, 키보드는 글자와 숫자, 가능한 모든 방향을 가리키는 수많은 화살표로 가득했다. 인간 존재에 대한 은유 같았다.

1분쯤 뒤에 나는 컴퓨터에 접속해 이메일과 서류를 탐색했지만, 리만 가설에 관해서는 아무것도 찾지 못했다. 나는 인터넷이라는 지구의 주된 정보 원천에 접속했다. 앤드루 마틴 교수에 관한 소식은 어디에서도 찾을 수 없었다. 다만 피츠윌리엄 칼리지에 가는 길은 쉽게 알 수 있었다.

나는 그것을 외우고, 복도에 있는 상자에서 커다란 열쇠 꾸러미를 챙겨 집을 나섰다.

절차의 시작

리만 가설을 증명할 수만 있다면 수학자들은 메피스토펠레스에게 영혼이라도 팔 것이다.

—마커스 드 사토이

TV 속 여자가 비가 오지 않을 것이라고 말했기에 나는 앤드루 마틴 교수의 자전거를 타고 피츠윌리엄 칼리지로 갔다. 이제는 저녁이었다. 이소벨은 이미 슈퍼에 도착했을 것이므로 시간이 별로 없다고 생각했다.

일요일이었다. 그 말은 대학이 조용하리라는 뜻이었다. 하지만 조심해야 했다. 나는 어디로 가야 하는지 알고 있었으며 자전거 타기는 상대적으로 쉬운 일이었다. 그러나 도로 규칙이 여전히 조금 헷갈려서 두어 차례 사고 위기를 넘겼다.

마침내 나는 양옆에 나무가 늘어선, 길고 조용한 길에 도착했다. 스토리스 웨이라는 곳이었다. 거기에 대학도 있었다. 나는 자전거를 벽에 기대어 세워놓고 세 건물 중 가장 큰 건물의 정문으로 걸어갔다. 비교적 현대적인 지구 건축물의 예로, 널찍한 3층 건물이었다. 건물로 들어가면서 나는 양동이와 대걸레로 나무 바닥을 닦는 여자를 지나쳤다.

"안녕하세요." 여자가 말했다. 나를 아는 듯했다. 알아서 기분이 좋은 것 같지는 않았지만.

나는 미소 지었다(병원에서 미소가 누군가에게 인사를 건네기에 적절한 첫 반응임을 알았기 때문이다. 침 뱉기는 아니었다). "안녕하세요. 저는 여기 교수입니다. 앤드루 마틴 교수요. 굉장히 이상하게 들리겠지만, 제가 작은 사고를 겪었습니다. 대단한 건 아니었는데 단기 기억상실이 일어날 정도이긴 했죠. 아무튼 제가 당분간 일을 쉬게 되었는데 연구실에 있는 뭔가가 정말로 필요해서요. 제 연구실요. 순전히 개인적인 가치가 있는 물건입니다. 혹시 제 연구실이 어디인지 아세요?"

그녀는 몇 초쯤 나를 골똘히 보더니 말했다. "심각한 건 아니었으면 좋겠네요." 하지만 그 말은 별로 진심처럼 들리지 않았다.

"네. 심각한 건 아니었습니다. 자전거를 타다가 넘어졌어요. 아무튼, 죄송하지만 지금 시간이 좀 촉박해서요."

"위층으로 올라가 복도를 따라가세요. 왼쪽 두 번째 문이에요."

"감사합니다."

나는 계단에서 누군가를 지나쳤다. 회색 머리를 한 여성으로, 인간의 기준으로 영리한 인상을 풍기고 목에는 안경이 걸려 있었다.

"앤드루!" 그녀가 말했다. "세상에, 좀 어때요? 여기서 뭐 하는 거예요? 몸이 안 좋다고 들었는데."

나는 그녀를 자세히 살펴보았다. 그녀가 얼마나 아는지 궁금했다.

"네, 머리를 좀 부딪혔어요. 지금은 괜찮습니다. 정말이에요. 걱정하지 마세요. 검사도 다 받았고 괜찮을 겁니다. 비 온 뒤에 날이 개듯이."

"아." 그녀는 못 믿겠다는 듯 말했다. "그렇군요. 그래요."

이어 나는 설명할 수 없는 약간의 두려움을 느끼며 중요한 질문을 했다. "저를 마지막으로 보신 게 언제죠?"

"일주일 내내 못 봤죠. 지난주 목요일일 거예요."

"그 이후로 다른 연락은 안 했고요? 전화라든가? 이메일이라든가? 뭐든요."

"네. 연락할 만한 이유라도 있었어요? 흥미로운데요."

"아아, 아무것도 아닙니다. 그냥 좀 머리를 부딪혀서요. 엉망진창이에요."

"세상에, 끔찍하네요. 여기 있어도 괜찮은 거 맞아요? 집에서 누워 있어야 하는 거 아니에요?"

"네, 아마 그래야 할 것 같아요. 이 일만 처리하고 집에 가려고요."

"그래요. 아무튼, 쾌차하길 바라요."

"아. 감사합니다."

"잘 가요."

그녀는 자신이 방금 목숨을 건졌다는 걸 깨닫지 못한 채 계속 계단을 내려갔다.

나는 열쇠를 가지고 있었으므로 그 열쇠를 사용했다. 혹시라도 누가 나를 보았을지 모르니 의심스러워 보일 만한 행동은 하지 않는 것이 좋았다.

그런 다음, 나는 앤드루 마틴 교수의—나의—연구실에 들어갔다. 뭘 예상했는지 모르겠다. 지금은 예상하는 것 자체가 문제였다. 참조할 만한 기준이 없었다. 모든 것이 처음이었다. 적어도 이곳에서는, 사물이 어떻게 존재해야 하는지를 단번에 파악할 수 있는 전형 같은 것이 없었다.

아무튼, 연구실 얘기로 돌아가자.

움직이지 않는 책상 뒤의 움직이지 않는 의자. 블라인드가 내려진 창문. 벽의 거의 삼면을 채운 책들. 잎이 갈색으로 변한 화분이 창틀에 놓여 있었다. 병원에서 본 것보다 작고 목말라하는 식물이었다. 책상 위에 사진 액자 여러 개가 놓여 있고, 정리되지 않은 서류들과 이해할 수 없는 필기구가 흩어져 있었다. 그 모든 것의 한가운데에 컴퓨터가 있었다.

시간이 별로 없었으므로 나는 곧바로 자리에 앉아 컴퓨터를 켰다. 이 컴퓨터는 내가 집에서 쓴 것보다 아주 조금 더 나아 보였다. 지구의 컴퓨터는 아직 지각 능력이 생기기 전 단계에 머물러 있으며, 그저 가만히 앉은 채 사람이 들어와 원하는 것을 꺼내 가기만 기다렸다. 최소한의 불평조차 없이 말이다.

나는 금세 찾던 것을 발견했다. '제타(zeta)'라는 문서였다.

열어보니 수학 기호로 이루어진 26페이지짜리 문서였다. 아무튼 대부분 수학 기호였다. 처음에는 단어로 쓰인 짧은 서문이 있었다. 그 내용은 이랬다.

리만 가설의 증명

주지하다시피 리만 가설의 증명은 수학에서 가장 중요한 미해결 문제다. 이 가설이 해결된다면, 수학적 해석의 응용은 상상할 수 없을 만큼 다양한 방식으로 혁신될 것이며, 이는 우리 삶과 미래 세대의 삶을 송두리째 바꾸게 될 것이다. 사실 수학이야말로 문명의 토대라 할 수 있다. 이집트의 피라미드와 같은 건축학적 업적이나 건축에 꼭 필요한 천문학적 관측에서 그 점이 가장 먼저 드러났다. 그 후로 우리의 수학적 이해는 발전해왔지만, 그 속도는 결코 일정하지 않았다.

진화가 그러했듯, 그 여정에서 눈부신 진보와 뼈아픈 퇴보가 반복되었다. 알렉산드리아 도서관이 초토화되지 않았다면 우리는 고대 그리스인의 업적 위에 더 큰 발전을 더 빠르게 이루었을지도 모른다. 그리하여 카르다노*나 뉴턴, 파스칼의 시대에 인간을 달에 보낼 수 있었을지도 모른다. 지금쯤 우리가 어떤 행성을 개척하고 식민화했을지는 그저 상상만 해볼 뿐이다. 의학적 진보는 또 어떠한가. 암흑시대**가 없었다면, 빛이 꺼지지 않았다면, 우리는 늙지도, 죽지도 않는 방법을 찾아냈을 것이다.

우리 분야에서는 피타고라스에 대한, 완벽한 기하학 등 추상적인 수학 형태에 근거한 그의 종교 집단에 관한 농담이 널리 퍼져 있다. 그러나 종교가 반드시 필요하다면 수학의 종교야말로 가장 이상적으로 보인다. 신이 존재한다면 수학자가 아니고 무엇이겠는가?

그리고 오늘 우리는 신에게 조금 더 가까이 다가섰다고 감히

* 16세기의 이탈리아 수학자 지롤라모 카르다노.

** 학문과 예술이 쇠퇴한 시기로 여겨지는 중세를 이르는 말.

말할 수 있을지 모른다. 우리는 시간을 되돌리고, 그 옛날의 도서관을 다시 지어 존재하지 않았던 거인들의 어깨 위에 설 기회를 얻은 것일지도 모른다.

소수

문서는 이런 식으로 흥분한 어조로 이어졌다. 나는 베른하르트 리만에 대해 좀 더 알게 되었다. 그는 괴로울 만큼 수줍음이 많았던 19세기의 독일 신동으로, 어린 나이부터 숫자를 다루는 특출한 능력을 보였으나 성인기 내내 그를 괴롭힌 수학자라는 직업과 일련의 신경쇠약에 굴복하고 말았다. 나중에 나는 이것이 인간이 숫자를 이해할 때 생기는 핵심적인 문제 중 하나임을 알게 되었다. 인간의 신경계가 그야말로 숫자를 따라가지 못하는 것이다.

소수는 문자 그대로 사람을 미치게 했다. 특히 아직 풀리지 않은 수수께끼들이 너무 많았기 때문이다. 그들은 소수가 1이나 자기 자신으로밖에 나눠지지 않는 정수라는 걸 알았지만, 그 이후로는 온갖 종류의 문제에 맞닥뜨렸다.

예컨대 그들은 모든 소수의 합이 전체 수의 합과 정확히 같다는 것을 안다. 둘 다 무한하기 때문이다. 이것은 인간에게 매우 혼란스러운 사실이었다. 소수보다는 전체 수의 수가 더 많을 테니까. 이것을 이해하기가 도무지 불가능했기에 어떤 인간은 이 문제에 골몰하다가 자기 입에 총을 넣고 방아쇠를 당겨 뇌를 날려버리기도 했다.

인간은 또한 소수가 지구의 공기와 매우 비슷하다는 것을 이해했다. 둘 다 높아질수록 희소해지니까. 예컨대 100 이하에는 소수 25개가 있지만, 100과 200 사이에는 21개밖에 없고, 1,000과 1,100 사이에는 16개밖에 없다. 그러나 지구의 공기와는 달리 소수는 아무리 높은 곳에도 언제나 몇 개쯤 존재한다. 예컨대 2,097,593은 소수이고, 이 수와 4,314,398,832,739,895,727,932,419,750,374,600,193 사이에는 수백만 개의 소수가 있다. 그러니 소수의 대기는 숫자의 우주 전체를 포괄한다.

인간은 무작위적으로 보이는 소수의 패턴을 설명하는 데 어려움을 겪어왔다. 소수는 점점 희박해지지만, 그 분포 방식은 인간이 이해할 수 있는 수준이 아니었다. 이 점은 인간을 매우 좌절하게 만들었다. 그들은 이 문제를 풀면 온갖 방식으로 진보할 수 있다는 걸 알았다. 소수는 수학의 핵심이며, 수학은 지식의 핵심이기 때문이다.

인간은 다른 것도 이해했다. 예컨대 원자 같은 것. 그들은 분자의 구성 원자를 확인할 수 있게 해주는 분광기라는 기계를 가지고 있었다. 그러나 소수에 대해서는 원자를 이해하듯 그렇게 이해하지 못했다. 소수가 이런 방식으로 흩어져 있는 이유를 알아내지 못하는 한 영영 소수를 이해할 수 없다고 느꼈다.

1859년, 점점 병이 깊어져가던 베른하르트 리만은 베를린 아카데미에서 수학계 전체에서 가장 많이 연구되고 회자될 가설 하나를 발표했다. 소수에 패턴이 있으며, 최소한 첫 10만 개 정도의 소수에는 패턴이 있다고 선언하는 가설이었다. 그의 가설은 아름답고 깔끔했으며 '제타 함수'라는 것과 관련되어 있었다. 제타 함수란 소수의 속성을 조사하는 데 유용한 복잡하게 생긴 곡선으로, 그 자체로 일종의 정신적 장치다. 제타 함수에 숫자 여러 개를 넣으면 숫자는 누구도 알아채지 못했던 순서를, 어떤 패턴을 이룬다. 소수의 분포는 무작위가 아니었던 것이다.

리만이—공황 발작을 일으키던 도중—이 가설을 선언하자 세련된 옷을 입고 턱수염을 기른 그의 동료들은 헛숨을 들이켰다. 그들은 끝이 보인다고, 자신들의 생애 안에 모든 소수에 대해 작동하는 증명이 나올 거라고 정말로 믿었다. 그러나 리만은 자물쇠를 발견했을 뿐 열쇠를 찾은 것은 아니었고, 그로부터 얼마 지나지 않아 결핵으로 사망했다.

시간이 지나면서 탐구는 더욱 절박해졌다. 페르마의 마지막 정리나 푸앵카레 추측 같은 다른 수학적 수수께끼는 마땅한 과정에 따라 해결되었다. 그러는 바람에 오랫동안 묻혀 있는 독일의 가설을 증명하는 일이 최후이자 가장 큰 미해결 문제로 남았다. 분자 속 원자들을 보는 것이나 주기율표의 화학 원소를 식별하는 것과 같은 문제, 궁극적으로 인간에게 슈퍼컴퓨터와 양자물리학이나 성간 이동에 관한 설명을 제공할 문제로.

나는 이 모든 것을 파악한 뒤 숫자와 그래프, 수학 기호로 가득한 페이지를 샅샅이 훑었다. 그건 내가 배워야 하는 또 하나의 언어였지만, 《코스모폴리탄》의 도움을 받아 배운 것보다 쉽고 진실한 언어였다.

작업이 끝나고 순수한 공포의 순간이 지난 뒤 나는 심각한 상태에 빠졌다. 최후의 결론적인 ∞, 그걸 본 나는 증명이 이루어졌으며 중요한 자물쇠에 열쇠가 꽂혔음을 정확히 알게 되었다.

그래서 나는 두 번 생각하지도 않고 그 문서를 지웠다. 약간의 자긍심이 솟는 게 느껴졌다.

"자." 나는 혼잣말했다. "너는 방금 우주를 구하는 데 성공한 거나 마찬가지야." 하지만 물론 세상일이 그렇게 단순할 리 없다. 지구에서조차도.

순수한 공포의 순간

$$\xi(1/2+it)$$

$$= [e^{\text{Ŗ}\log(r(s/2))}\pi^{-1/4}(-t^2-1/4)/2] \times [\mathrm{e}^{i\mathrm{J}\log(r(s/2))}\pi^{-it/2}\zeta(1/2+it)]$$

소수의 분포

나는 앤드루 마틴의 이메일을 살펴보았다. 특히 그의 보낸 편지함에 있는 마지막 편지에 주목했다. 편지에는 '153년에 걸친……' 라는 제목이 붙어 있고, 옆에 작은 빨간색 느낌표가 달려 있었다. 메시지 자체는 단순했다. "내가 리만 가설을 증명했어요. 맞죠? 당신에게 가장 먼저 말할 수밖에 없었어요. 대니얼, 이걸 한번 봐줘요. 당연한 말이지만 지금은 당신만 봐야 합니다. 정식 발표 전까지는요. 어떻게 생각해요? 인간은 이제 더는 예전 같지 않겠죠? 1905년* 이후 가장 큰 뉴스가 되겠죠? 첨부파일을 보세요."

첨부파일은 내가 이미 지워버린 그 문서였다. 방금 같은 문서를 읽은 나는 시간을 낭비하는 대신 수신자를 보았다. daniel.russell@cambridge.ac.uk.

나는 대니얼 러셀이 케임브리지 대학교 수학과의 루커스 석좌교수**임을 빠르게 알아냈다. 그는 63세였다. 열네 권의 책을 썼고, 그중 대부분은 세계적인 베스트셀러였다. 인터넷은 내게 그가 높은 평판을 가진 모든 영어권 대학교—케임브리지(지금 있는 곳),

* 아인슈타인이 4편의 논문을 발표한 해. '기적의 해'로 불린다.

** 케임브리지 대학교의 수학 석좌교수직으로, 아이작 뉴턴, 폴 디랙, 스티븐 호킹 등이 이를 역임했다.

옥스퍼드, 하버드, 프린스턴과 예일 등등—에서 교편을 잡아왔으며 수많은 상과 작위를 받았음을 알려주었다. 그는 앤드루 마틴과 함께 꽤 많은 학술지에 기고했지만, 내가 짧은 조사로 알아낸 바에 따르면 두 사람은 친구라기보다 동료였다.

나는 시계를 살폈다. 약 20분 뒤면 내 '아내'가 집에 와 내가 어디에 있는지 궁금해할 터였다. 이 단계에는 의심을 덜 받을수록 좋았다. 어쨌건 일 처리에는 절차라는 게 있으니까. 나는 절차를 따라야 했다.

절차의 첫 부분은 지금 당장 해야만 했다. 그래서 나는 이메일과 첨부파일을 삭제했다. 그런 다음 확실히 하기 위해 빠르게 바이러스를 설계했다—그렇다, 소수의 도움을 받았다. 이 컴퓨터의 그 무엇도 다시는 온전한 상태로 접근할 수 없게 하는 바이러스였다.

떠나기 전에 나는 책상 위의 서류를 확인했다. 걱정할 만한 건 없었다. 무의미한 편지, 시간표, 빈 종이. 하지만 그때, 전화번호가 적힌 종이 한 장이 보였다. 07865542187. 나는 그 종이를 주머니에 넣다가 책상 위의 사진 한 장을 알아보았다. 이소벨과 앤드루, 걸리버로 보이는 소년. 걸리버는 머리가 검고, 세 사람 중 유일하게 미소 짓고 있지 않았다. 그의 커다란 눈이 검은 머리카락 아래에서 내다보고 있었다. 그는 인간 특유의 추함을 대부분의 인간에 비해 더 나은 방식으로 띠고 있었다. 적어도 그는 자신의 존재가 만족스럽지 않은 듯했고, 그건 대단한 일이었다.

1분이 더 지났다. 떠날 시간이었다.

너의 진전에 만족한다. 하지만 이제는 진짜 작업을 시작해야 한다.

네.

컴퓨터에서 문서를 삭제하는 것은 생명을 삭제하는 것과 다르다. 제아무리 인간의 목숨이라도.

알고 있습니다.

소수는 강력하다. 다른 것에 의지하지 않는다. 소수는 순수하고 완전하며 절대 약해지지 않는다. 너도 소수처럼 되어야 한다. 약해지지 말고 거리를 유지하며 접촉으로 인해 변하지 않도록 해야 한다. 너는 나눌 수 없는 존재여야 한다.

네. 그러겠습니다.

좋다. 계속하라.

명예

내가 집에 돌아왔을 때, 이소벨은 아직 돌아오지 않은 상태였다. 나는 조사를 좀 더 했다. 그녀는 수학자가 아니라 역사학자였다.

지구에서 이는 중요한 구분이었다. 이곳에서 역사는 아직 수학의 일부로 간주되지 않기 때문이다. 실제로는 당연히 그런데도. 나는 이소벨이 그녀의 남편과 마찬가지로 인간이라는 종족의 기준으로 볼 때 매우 영리하다는 사실 또한 알게 되었다. 내가 그 점을 아는 것은 침실 책장에 있던 책 중 한 권이 내가 서점 진열대에서 본《암흑시대》였기 때문이다. 이제 나는 그 책에《뉴욕타임스》라는 출판물의 인용문이 붙어 있다는 걸 알 수 있었다. 거기에 '내단히 영리하다'라고 쓰여 있었다. 책은 1,253쪽 분량이었다.

아래층에서 문이 열렸다. 나는 금속제 열쇠가 나무 상자에 놓이는 나지막한 소리를 들었다. 이소벨이 나를 보러 올라왔다. 그게 이소벨이 가장 먼저 한 행동이었다.

"좀 어때?" 이소벨이 물었다.

"당신 책을 보고 있었어. 암흑시대에 관한 책."

이소벨이 웃었다.

"왜 웃어?"

"아, 울지 않으려면 웃어야 하니까."

"저기." 내가 말했다. "대니얼 러셀이 어디에 사는지 알아?"

"당연히 알지. 그 집에 저녁을 먹으러 갔었잖아."

"어디 사는데?"

"바브함. 집이 끝내주던걸. 정말 기억 안 나? 궁전에 다녀와놓고 기억 못 하는 거나 마찬가지인데."

"아니, 기억나. 기억나지. 그냥, 아직도 조금 흐릿한 구석이 있어서 그래. 약 때문인 것 같아. 그게 빈칸이었어. 그래서 물어본 거야. 그게 다야. 난 대니얼이랑 친했어?"

"아니. 당신은 대니얼을 싫어했어. 못 견뎌했지. 하긴, 요즘에는 아리를 뺀 모든 학자에게 당신이 기본적으로 보이는 태도가 적대적인 것 같지만."

"아리?"

이소벨이 한숨을 쉬었다. "당신이랑 가장 친한 친구 말야."

"아아, 아리. 그래. 그렇지. 아리. 귀가 좀 막혔나 봐. 당신 말을 제대로 못 들었어."

"아무튼, 대니얼에 대한 증오심은." 이소벨이 조금 더 목소리를 높였다. "이렇게 말해도 될지 모르겠지만, 당신 열등감의 표출일 뿐이었어. 그래도 겉으로는 잘 지냈지. 심지어 소수 문제에 대해서 몇 번인가 그분의 조언을 구하기도 했어."

"그래. 그렇지. 소수 문제. 그 문제에서 난 어땠어? 얼마나 진척이 있었던 거야? 전에, 내가 당신하고 마지막으로 얘기했을 때……." 나는 문제의 질문을 던지고 싶다는 충동을 느꼈다. "내가 리만 가설을 증명했어?"

"아니, 못 했어. 적어도 내가 아는 한은. 하지만 확인해봐야겠지. 당신이 정말 그런 일을 해냈다면 우리에게 백만 파운드가 생길 테니까."

"뭐?"

"정확히는 백만 달러가. 그렇지?"

"난……."

"밀레니엄 상이던가. 리만 가설 증명이 아직 해결되지 않은 최대의 난제잖아. 그래서 클레이 연구소라고, 미국 매사추세츠에 있는 케임브리지 비슷한 곳에서 상을 내걸었고. 당신, 이런 거라면 눈 감고도 알았잖아. 잠꼬대까지 할 정도로."

"당연하지. 눈 감고도 알고, 뜨고도 알고, 모든 방식으로 알았지. 그냥 살짝 기억나게만 해주면 돼."

"뭐, 거긴 아주 돈이 많은 연구소야. 이미 다른 수학자들한테 천만 달러 가까이 준 걸 보면 돈이 엄청나게 많은 게 분명하지. 그 마지막 사람 빼고."

"마지막 사람?"

"그 러시아 사람. 그리고리 뭐랬나. 무슨무슨 추측을 풀고도 상금을 거절한 사람 말이야."

"백만 달러면 큰돈이잖아?"

"맞아. 괜찮은 금액이지."

"근데 왜 거절했대?"

"내가 어떻게 알아? 나야 모르지. 그 사람이 어머니랑 같이 사는 은둔자라고 당신이 말했었잖아. 이 세상에는 돈 말고 다른 동기를 가진 사람들도 있어, 앤드루."

내게는 정말로 놀라운 소식이었다. "그래?"

"그럼. 있지. 당신도 알겠지만, 돈으로 행복을 살 수 없다는 새롭고 혁명적이며 논쟁적인 이론도 등장했잖아."

"아." 내가 말했다.

이소벨이 다시 웃었다. 이소벨이 나를 웃기려는 것 같아서 나 역시 웃었다.

"그래서, 아직 아무도 리만 가설을 풀지 못한 거야?"

"뭐? 어제 이후로?"

"글쎄, 뭐, 옛날부터?"

"맞아. 아무도 그 문제를 풀지 못했어. 몇 년 전에 가짜 경보가 울리긴 했지. 프랑스의 어떤 사람이 푼 줄 알고. 근데 사실이 아니었어. 상금은 여전히 그대로야."

"그래서 그 사람이……. 내가……. 그게 내 동기였을까? 돈이?"

이제 이소벨은 침대 위에서 양말 짝을 맞추고 있었다. 그녀가 개발한 끔찍한 체계에 따라서. "그것만은 아니야." 이소벨이 말을 이었다. "당신의 동기는 명예야. 자존심이고. 당신은 모든 곳에 당신의 이름이 있기를 바라. 앤드루 마틴. 앤드루 마틴. 앤드루 마틴. 당신은 모든 위키피디아 페이지에 실리길 원해. 아인슈타인이 되고 싶어 해. 문제는 앤드루, 당신이 아직 두 살배기라는 거야."

이 말에 나는 혼란스러웠다. "내가? 어떻게 그럴 수가 있어?"

"당신 어머니는 당신한테 필요한 사랑을 전혀 주지 않았어. 당신은 젖이 나오지 않는 젖꼭지를 언제까지고 빨겠지. 당신은 세상이 당신을 알아주길 바라고 위대한 사람이 되고 싶어 해."

이소벨은 이 말을 상당히 담담한 말투로 했다. 사람들은 늘 서로에게 이렇게 말하는 걸까, 아니면 부부끼리만 그러는 걸까. 나는 궁금했다. 그때 열쇠 꽂히는 소리가 들렸다.

이소벨은 놀라 휘둥그레진 눈으로 나를 보았다. "걸리버야."

암흑 물질

걸리버의 방은 집 꼭대기에 있었다. '다락방'. 열권*에 이르기 전 마지막 정류장 같은 곳이었다. 걸리버는 곧장 그리로 올라갔다. 그의 발이 내가 있던 침실을 스쳐 지나갔다. 그는 아주 잠깐 멈칫했다가, 마지막 계단을 올랐다.

이소벨이 개를 산책시키러 나가 있는 동안 나는 주머니 속 종이에 적힌 전화번호에 전화를 걸기로 했다. 대니얼 러셀의 번호인지도 몰랐다.

"여보세요." 목소리가 들렸다. 여자였다. "누구시죠?"

"앤드루 마틴 교수입니다." 내가 말했다.

여자가 웃었다. "어머, 안녕하세요, 앤드루 마틴 교수님."

"누구시죠? 절 아세요?"

"교수님이 유튜브에 나오잖아요. 이젠 모두 당신을 아는걸요. '벌거벗은 교수님'으로 입소문이 났답니다."

"아."

"아니, 걱정하지 마세요. 사람들은 노출증을 좋아하니까." 그녀는 천천히 말했다. 단어 하나하나에 맛이 있어서 천천히 음미하는

* 지표로부터 약 80킬로미터에서 500킬로미터 사이의 지구 대기권 영역.

듯한 말투였다.

"제발, 우리가 어떻게 아는 사이인지 말해줘요."

대답은 듣지 못했다. 바로 그 순간, 걸리버가 방에 들어오는 바람에 전화를 끊었기 때문이다.

걸리버. 내 '아들'. 사진에서 본 검은 머리카락의 소년. 그는 내가 예상한 모습 그대로였지만, 키는 조금 더 큰지도 몰랐다. 거의 나만큼이나 컸다. 눈은 머리털로 가려져 있었다(참고로, 지구에서는 머리털이 매우 중요하다. 옷만큼 중요하지는 않은 듯하지만 거의 비슷하다. 인간에게 머리털이란 단순히 머리에서 자라나는 섬유성 생체 물질이 아니다. 머리털에는 온갖 사회적 신호가 담겨 있고, 나는 그중 대부분을 해석할 수 없다). 그의 옷은 우주처럼 검었으며 티셔츠에는 '암흑 물질'이라는 단어가 적혀 있었다. 일부 인간들은 티셔츠에 적힌 슬로건을 통해 의사소통하는 듯했다. 그는 손목 밴드를 차고 있었다. 두 손은 주머니에 넣고 있었으며, 내 얼굴을 보는 게 불편한 듯했다(그렇다면 둘 다 같은 감정이었던 셈이다). 목소리는 나직했다. 적어도 인간의 기준으로는 그랬다. 보나도리아의 흥얼거리는 식물과 비슷한 높낮이였다. 그가 다가와 침대에 앉았다. 처음에는 상냥하게 굴려 했지만, 어느 순간 목소리 주파수가 올라갔다.

"아빠, 왜 그런 짓을 했어요?"

"모르겠어."

"이제 학교는 지옥이 될 거예요."

"아."

"할 수 있는 말이 그것뿐이에요? '아'? 진짜 이러기예요? 개 같네. 그게 다냐고요?"

"아니야. 맞아. 개 같은 난 개같이 몰라, 걸리버."

"아빠는 내 인생을 망쳤어요. 난 이제 웃음거리예요. 전에도 그랬지만. 이 학교에 다니기 시작한 이후로 쭉. 근데 이제는……."

나는 듣고 있지 않았다. 대니얼 러셀에 대해, 지금 당장 그에게 전화를 해야 한다는 생각뿐이었다. 걸리버는 내가 딴생각을 한다는 걸 알아챘다.

"상관없어요. 아빠는 나랑 얘기할 생각도 없잖아요. 어젯밤만 빼고."

걸리버가 방을 나섰다. 그는 문을 쾅 닫더니 일종의 으르렁거리는 소리를 냈다. 그는 열다섯 살이었다. 말인즉슨 그가 인간의 아종인 '십 대'라는 뜻이었다. 그들의 주된 특징은 중력 저항력 약화로 인한 늘어짐과 꿍얼거림으로 이루어진 어휘력, 공간 감각 결여, 지나치게 많은 자위행위, 시리얼에 대한 끝없는 식욕이다.

어젯밤.

나는 침대에서 나가 다락방이 있는 위층으로 올라갔다. 걸리버의 방문을 두드렸다. 답은 없었지만 어쨌든 문을 열었다.

방 안은 만연한 어둠이었다. 음악가들의 포스터가 있었다. 서보스탯, 스크릴렉스, 페티드, 마더 나이트, 그리고 걸리버의 티셔츠에 적혀 있던 '다크 매터(Dark Matter, 암흑 물질)'. 천장을 따라 비스듬하게 창이 나 있었지만, 창문에 블라인드가 쳐져 있었다. 침대에는 책 한 권이 있었다. 찰스 부코스키의 《호밀빵 햄 샌드위치》라는 책이었다. 바닥에는 옷이 있었다. 전체적으로 이 방은 절망으로 가득 찬 클라우드 저장소 같았다. 나는 그가 어떤 식으로든 이 고통에서 벗어나고 싶어 한다고 느꼈다. 물론 그때가 오긴 하겠지만, 그전에 몇 가지 질문을 더 해야 했다.

걸리버는 귀에 꽂은 오디오 전송 장치 때문에 내가 들어오는 소리를 듣지 못했다. 컴퓨터 화면을 뚫어지게 들여다보느라 나를 보지도 못했다. 모니터에는 내가 벌거벗고 대학 건물을 지나가는 모습이 정지 화면으로 떠 있었다. 글씨도 좀 보였다. 영상 위에 "걸리버 마틴, 정말 자랑스럽겠다"라는 글이 떠 있었다.

그 아래에 많은 댓글이 달려 있었다. 전형적인 예시는 이랬다. "하! 아, 잊어버릴 뻔했네, 하!" 댓글 옆의 이름을 읽었다.

"'개쩌는 테오 클라크'가 누구야?" 걸리버는 내 목소리에 움찔하며 뒤를 돌아보았다. 나는 다시 질문했지만 대답은 없었다.

"뭐 하니?" 나는 순전히 조사 목적으로 물었다.

"나가줘요."

"얘기하고 싶어서 그래. 어젯밤 일에 대해서 얘기하고 싶어."

걸리버는 내게 등을 돌렸다. 몸이 뻿뻿하게 긴장해 있었다. "나가요, 아빠."

"아니. 난 내가 너한테 무슨 말을 했는지 알고 싶다."

걸리버가 의자에서 벌떡 일어나더니, 인간의 표현을 빌리자면 '폭풍처럼' 다가왔다. "그냥 나 좀 가만 놔두라고요. 네? 아빤 내 인생에서 벌어지는 일에 아무 관심 없잖아요. 그러니까 이제 와서 관심 갖지 말라고요. 개같이, 이제 와서 왜 이러는데요?"

나는 벽에 달린 둥근 거울을 보았다. 거울은 깜빡이지 않는 멍한 눈알처럼 걸리버의 뒷모습을 비추고 있었다.

거칠게 방 안을 왔다 갔다 하던 걸리버가 다시 의자에 앉아 컴퓨터를 켜더니 이상한 생김새의 조작 장치를 손가락으로 눌렀다.

"난 꼭 알아야겠어." 내가 말했다. "내가 지난주에 직장에서 하던 일에 대해서 알고 있니?"

"아빠, 제발……."

"잘 들어, 이건 중요한 문제야. 내가 어젯밤에 집에 들어왔을 때 넌 깨어 있었니? 집에 있었고, 깨어 있었어?"

걸리버가 뭐라고 웅얼거렸다. 뭐라는지 들리지 않았다. 입소이드만이 들을 수 있는 소리였다.

"걸리버, 너 수학은 어떠냐?"

"젠장, 제가 수학에 얼마나 젬병인지 알잖아요."

"젠장, 아니. 지금은 모른다. 그래서 물어보는 거야. 젠장할, 네가 아는 걸 말해봐라."

아무 말도 없었다. 나는 내가 걸리버의 언어를 적절히 활용한다고 생각했지만, 걸리버는 그냥 그 자리에 앉아 먼 곳을 바라보고 있었다. 그의 오른쪽 다리가 조금씩 빠르게 위아래로 움직였다. 내 말은 아무 효과가 없었다. 나는 그가 여전히 한쪽 귀에 꽂고 있는 오디오 전송 장치를 떠올렸다. 그 장치가 무선 신호를 보내고 있는 건지도 몰랐다. 나는 조금 더 기다리다가 이제 떠날 때라고 느꼈다. 내가 문으로 가려는데 걸리버가 말했다. "네. 깨어 있었어요.

아빠가 나한테 말을 했죠."

내 심장이 뛰기 시작했다. "뭐라고? 내가 뭐라고 했어?"

"자기가 인류의 구원자가 됐다나."

"더 구체적인 얘기는? 내가 자세한 내용도 말했니?"

"아빠가 그 소중한 '레인맨 가설'을 증명했다고 했어요."

"리만이야. 리만. 리만 가설. 젠장. 내가 너한테 그 얘기를 했구나. 맞아?"

"네." 걸리버는 여전히 침울한 투로 말했다. "일주일 만에 나한테 처음으로 한 말이었어요."

"누군가에게 그 얘기를 했어?"

"뭐라고요? 솔직히 말해서 사람들은 아빠가 벌거벗고 시내 한복판을 걸어 다녔다는 사실에 더 관심 있다고요. 누가 방정식 같은 것에 신경이나 쓰겠어요?"

"네 엄마는? 엄마한테는 말했니? 내가 사라지고 네 엄마가 나랑 얘기했느냐고 묻지 않았니? 당연히 물어봤지?"

걸리버가 어깨를 으쓱했다(나는 이 동작이 십 대의 주된 의사소통 방법임을 깨달았다). "네."

"그래서? 뭐라고 했어? 자, 말해, 걸리버. 네 엄마가 리만 가설에 대해서 뭘 알지?"

걸리버가 몸을 돌려 내 눈을 똑바로 보았다. 얼굴을 찡그리고 있었다. 화가 나 있었다. 혼란스러워했다. "젠장, 도무지 이해가 안 되네요."

"젠장, 이해?"

"아빠는 부모고 나는 애잖아요. 자기밖에 모르는 사람은 아빠가 아니라 나여야 한다고요. 난 열다섯 살이고 아빠는 마흔세 살이에요. 아빠, 아빠가 정말로 아픈 거라면 아빠 곁에 있어주고 싶어요. 하지만 알몸으로 다니는 걸 좋아하게 된 거나 욕을 해대는 걸 빼고는 아빠는 아주아주아주 평소와 똑같아요. 근데 속보 하나 알려드리죠. 준비됐어요? 우린 사실 아빠의 소수인지 뭔지에 관심이 없어요. 아빠의 빌어먹을 소중한 연구나, 개같이 멍청한 책이나, 천재 같은 두뇌에도, 세계에서 가장 위대하고 뛰어난 수학적 뭐시기를 풀 수 있는 능력에도 아무 관심 없다고요. 왜냐하면, 왜냐하면, 그 모든 게 우릴 아프게 하니까요."

"널 아프게 한다고?" 어쩌면 이 소년은 보기보다 현명한지도 몰랐다. "그게 무슨 뜻이냐?"

걸리버의 시선이 내게 머물렀다. 그의 가슴이 눈에 띄게 들썩였다.

"아무것도 아니에요." 결국 그가 말했다. "아무튼 내 대답은, 아뇨, 엄마한테 말 안 했어요. 아빠가 일에 대해서 뭐라고 했다고만 했죠. 그게 다예요. 아빠의 그 개 같은 가설이 말해야 할 정도로 중요한 정보라고 생각 안 했어요."

"하지만 돈이 걸려 있잖아. 너도 알고 있지?"

"네, 당연히 알죠."

"그런데도 별일 아니라고 생각한 거냐?"

"아빠, 우리 집은 은행에 돈이 많아요. 케임브리지에서 가장 큰 집 중 하나에 살고, 학교에서 우리 집이 제일 부자일 거예요. 하지만 그래 봐야 다 똥이에요. 여긴 퍼스가 아니라고요. 기억 안 나요?"

"퍼스?"

"아빠가 1년에 2만 파운드를 쓴 학교요. 그걸 잊어버렸어요? 아빤 대체 누구예요? 제이슨 본*?"

"아니, 난 제이슨 본이 아니야."

"제가 거기서 퇴학당했다는 것도 잊었겠죠."

"아니." 나는 거짓말했다. "당연히 안 잊었어."

"돈이 더 있다고 우리를 구해줄 것 같진 않네요."

나는 정말로 혼란스러웠다. 이건 우리가 인간에 대해 알고 있던 모든 것과 정면으로 어긋나는 이야기였다.

"그래." 내가 말했다. "네 말이 맞다. 그렇겠지. 게다가, 그건 실수였어. 난 리만 가설을 증명하지 못했어. 실은 증명 불가능하다고 생각해. 증명한 줄 알았는데 아니었어. 그러니까 누구에게든 해줄 말은 없다."

그 말에 걸리버는 오디오 전송 장치를 반대쪽 귀에 끼우고 눈을 감았다. 더는 나를 상대하려 하지 않았다.

"젠장, 알았어." 나는 속삭이고 그 방을 나섰다.

* 소설과 영화로 잘 알려진 〈제이슨 본〉 시리즈의 주인공. 기억을 잃은 전직 CIA 요원.

에밀리 디킨슨

나는 아래층으로 내려가 '주소록'을 찾았다. 안에는 사람들의 주소와 전화번호가 알파벳 순서로 나열되어 있었다. 나는 찾던 전화번호를 발견했다. 어떤 여자가 대니얼 러셀은 자리를 비웠지만 한 시간 안에 돌아올 거라고 말해주었다. 그가 내게 다시 전화를 걸 거라고 했다. 그동안 나는 더 많은 역사책을 읽었다. 행간을 통해 많은 것을 배웠다.

인간의 역사는 종교 외에도 식민지배, 질병, 인종차별주의, 성차별주의, 동성애 혐오, 계급적 속물근성, 환경 파괴, 노예제, 전체주의, 군사 독재, 스스로 감당할 줄도 모르면서 만든 발명품들(원자폭탄, 인터넷, 세미콜론), 똑똑한 사람을 희생양으로 삼기, 멍청한 사람에 대한 숭배, 지루함, 절망, 주기적인 붕괴, 정신적 영역에서의 대재앙 등 우울한 것들로 가득했다. 그리고 그 모든 것을 관통하여 늘 끔찍한 음식이 있었다.

나는《위대한 미국 시인들》이라는 책을 발견했다.

"나는 풀잎 하나가 별들의 여정보다 못하다고 생각하지 않는다" 라고 월트 휘트먼이라는 사람은 썼다. 뻔한 주장이었지만, 어쩐지 꽤 아름다웠다. 같은 책에는 다른 시인이 쓴 글도 있었다. 에밀리 디킨슨이라는 시인이 쓴 글은 다음과 같았다.

작은 돌은 얼마나 행복한가
홀로 길가를 굴러다니며
출세 따위엔 관심 없고
급한 일도 두려워하지 않으며.
그 자연스러운 갈색 겉옷은
지나가는 우주가 걸쳐준 것.
태양처럼 독립적으로
함께 빛나거나 홀로 빛나며
태평한 단순함 속에서
절대적인 이치를 이루는 존재.

절대적인 이치를 이룬다. 나는 생각했다. **왜 이 글이 거슬리는 거지?** 개가 내게 으르렁댔다. 나는 페이지를 넘기다가 예상치 못한 지혜를 더 많이 발견했다. 나는 혼자 소리 내어 읽어보았다. "영혼은 언제나 열려 있어야 한다, 황홀한 경험을 환영할 준비를 하고서."

"안 누워 있네." 이소벨이 말했다.

"응." 내가 말했다. 인간으로 산다는 건 뻔한 말을 하는 것이다. 반복적으로, 계속해서, 시간이 끝날 때까지.

"뭘 좀 먹어야지." 이소벨은 내 얼굴을 살피더니 덧붙였다.

"응." 내가 말했다.

이소벨은 재료를 몇 가지 꺼냈다.

걸리버가 문 앞을 지나갔다.

"걸리버, 어디 가니? 저녁 차리려는데." 아이는 아무 말도 하지 않고 나갔다. 문이 쾅 닫히는 소리에 집이 거의 흔들렸다.

"걸리버가 걱정돼." 이소벨이 말했다.

이소벨이 걱정하는 동안 나는 조리대에 놓인 재료를 살펴보았다. 대체로 녹색 채소였다. 하지만 다른 것도 있었다. 닭가슴살. 나는 그에 대해 생각했다. 계속해서 생각했다. **닭의 가슴. 닭의 가슴. 닭의 가슴.**

"고기 같은데." 내가 말했다.

"볶으려고."

"저걸?"

"응."

"닭의 가슴을?"

"응, 앤드루. 이제 채식주의자라도 된 거야?"

개는 바구니 안에 있었다. 뉴턴이라고 불렸다. 여전히 내게 으르렁거리고 있었다. "개의 가슴은? 그것도 먹을 거야?"

"아니." 이소벨이 체념한 듯 말했다. 내가 이소벨을 시험에 들게 하고 있었다.

"개가 닭보다 똑똑해?"

"응." 이소벨이 말했다. 그녀는 눈을 감았다. "몰라. 모르겠어. 이럴 시간 없어. 아무튼, 당신 고기 좋아했잖아."

나는 불편했다. "난 닭의 가슴을 먹고 싶지 않아."

이제 이소벨은 눈을 질끈 감았다. 숨을 깊이 들이쉬었다. "제게 힘을 주소서." 그녀가 속삭였다.

물론, 나는 이소벨에게 힘을 줄 수 있었다. 하지만 당장은 나도 힘이 필요했다.

이소벨이 내게 디아제팜을 건넸다. “최근에 약 먹었어?”

“아니.”

“먹어야 할 것 같아.”

그래서 나는 이소벨의 기분을 맞춰주었다.

나는 뚜껑을 돌려 열고 손바닥에 알약을 놓았다. 알약들은 단어 캡슐처럼 생겼다. 지식처럼 녹색이었다. 나는 입에 알약 하나를 넣었다.

조심하라.

식기세척기

나는 채소 볶음을 먹었다. 마사네아인의 배설물 같은 냄새가 났다. 나는 채소 볶음을 보지 않으려고 대신 이소벨을 보았다. 인간의 얼굴을 보는 것이 가장 쉬운 선택지였던 건 그때가 처음이었다. 그래도 먹긴 먹어야 했다. 그래서 먹었다.

"걸리버한테 내가 없어졌다는 얘기를 했을 때 걸리버가 당신한테 뭔가 말했어?"

"응." 그녀가 말했다.

"뭐라고 했어?"

"당신이 11시쯤에 들어왔댔어. 걸리버가 TV를 보고 있는데 당신이 거실에 들어오더니 늦어서 미안하다며 무슨 일을 마무리했다고 했대."

"그게 다였어? 더 구체적인 얘기는 없었고?"

"응."

"그게 무슨 뜻이었을까? 내 말은, 내가 한 말이 무슨 뜻이었을까?"

"몰라. 하지만 이 말은 해야겠어. 당신이 집에 와서 걸리버한테 친근하게 굴다니, 그것만으로도 당신답지 않아."

"왜? 내가 걸리버를 싫어해?"

"2년 전부터는. 그래. 나도 이런 말 하기 고통스럽지만, 당신은 요즘 들어 당신답지 않게 행동하고 있어."

"2년 전부터라고?"

"걸리버가 퍼스에서 퇴학당한 후로. 불을 질렀다는 이유로."

"아, 그래. 화재 사건이 있었지."

"당신이 걸리버한테 노력 좀 했으면 좋겠어."

그 이후에 나는 이소벨을 따라 주방으로 들어간 다음 접시와 식기를 식기세척기에 넣었다. 나는 이소벨에 대해 더 많은 것을 알아채기 시작했다. 처음에 나는 그녀를 일반적인 인간으로만 보았다. 하지만 이제는 세부 사항이 제대로 눈에 들어왔다. 전에는 눈치채지 못한 것이 보였다. 그녀와 다른 인간의 차이가. 그녀는 카디건에 청바지로 알려진 푸른색 바지를 입고 있었다. 긴 목에는 은으로 만든 가는 목걸이가 장식되어 있었다. 그녀의 눈은 존재하지 않는 것을 계속 찾는 것처럼 깊은 곳을 응시하고 있었다. 혹은, 그것이 존재하긴 하지만 시야 밖 어딘가에 있는 것처럼. 세상 모든 것에 깊이가, 내적인 거리가 있다는 듯이.

"기분은 좀 어때?" 이소벨이 물었다. 뭔가를 걱정하는 것처럼 보였다.

"괜찮아."

"당신이 식기세척기에 그릇을 넣고 있기 때문에 묻는 거야."

"당신이 그렇게 하기에."

"앤드루, 당신은 절대로 식기세척기에 그릇을 넣지 않아. 당신은, 최대한 순화해서 하는 말이지만, 일종의 집안일 원시인이거든."

"왜? 수학자는 식기세척기에 그릇을 넣지 않아?"

"이 집에서는." 이소벨이 슬프게 말했다. "아니, 실제로는 맞아. 수학자들은 그래."

"아, 그렇구나. 알겠어. 그렇겠지. 오늘은 그냥 돕고 싶었어. 나도 가끔은 도와."

"그 '가끔'이 얼마인지 계산 좀 해봐야겠네."

그녀는 내 스웨터를 보았다. 파란 니트에 국수 한 가닥이 붙어 있었다. 이소벨이 국수를 떼어내고 국수가 있던 자리의 천을 쓸며 짧게 미소 지었다. 그녀는 나를 신경 썼다. 자제하는 듯했지만, 분명 신경 쓰고 있었다. 나는 그녀가 나를 신경 쓰기를 바라지 않았다. 도움이 되지 않을 테니까. 그녀는 손으로 내 머리카락을 정돈하듯 쓸었다. 놀랍게도 나는 움찔하지 않았다.

"아인슈타인 스타일도 멋있긴 하지만, 이건 말도 안 돼." 그녀가 부드럽게 말했다. 나는 그 말을 이해한다는 듯 미소 지었다. 이소벨도 미소 지었지만 그건 다른 무언가의 위에 놓인 미소였다. 그녀가 가면을 쓰고 있고, 그 아래에는 거의 비슷하지만 미소를 덜 짓는 얼굴이 있는 것 같았다.

"꼭 외계인 복제인간이 내 주방에 있는 것 같네."

"그런 느낌이네." 내가 말했다. "맞아."

전화가 울린 건 그때였다. 이소벨이 전화를 받으러 갔다가 잠시 후 주방으로 돌아와 수화기를 내밀었다.

"당신 전화야." 이소벨이 갑자기 심각한 목소리로 말했다. 그녀의 눈이 커졌다. 나로서는 잘 이해할 수 없는 조용한 메시지를 전달하는 듯했다.

"여보세요?" 내가 말했다.

오랜 침묵이 흘렀다. 숨소리가 들리더니, 다음번 날숨에 목소리가 함께 나왔다. 한 남자가 천천히, 조심스럽게 말했다. "앤드루? 자네인가?"

"네. 누구시죠?"

"대니얼이야. 대니얼 러셀."

심장이 덜컹했다. 나는 지금이 바로 그때임을, 상황이 바뀌어야 하는 순간임을 깨달았다.

"아아, 안녕하세요, 대니얼."

"좀 어떤가? 자네가 아픈 것 같다는 얘기를 들었는데."

"아, 괜찮아요, 정말로요. 그냥 정신적 피로 때문이었어요. 정신적 마라톤을 하느라 시달렸거든요. 제 두뇌는 단거리 달리기에 적합해서요. 장거리 달리기를 할 체력이 없어요. 아무튼 걱정하지 마세요, 정말로. 원래 자리로 돌아왔으니까요. 그렇게 심각한 문제는 아니었어요. 어쨌든, 약을 써도 억제할 수 없는 문제는 아니었죠."

"뭐, 좋은 소식이군. 난 자네를 걱정했어. 아무튼, 자네가 나한테 보낸 놀라운 이메일에 대해서 이야기하고 싶었네."

"네." 내가 말했다. "근데 전화로는 얘기하지 말죠. 만나서 얘기해요. 만나면 좋겠어요."

이소벨이 인상을 찡그렸다.

"좋은 생각이군. 내가 갈까?"

"아뇨." 나는 어느 정도 단호하게 말했다. "아닙니다. 제가 갈게요."

우리는 기다리고 있다.

큰 집

이소벨은 나를 태워다주겠다고 했다. 내가 집을 나설 준비가 되지 않았다면서 고집을 부렸다. 물론 나는 이미 피츠윌리엄 칼리지에 다녀왔지만 이소벨은 모르는 사실이었다. 나는 운동을 좀 하고 싶다고, 대니얼과 급하게 나눌 이야기가 있다고 말했다. 아마 일자리 제안일 거라고. 나는 이소벨에게 휴대전화를 가져갈 것이며, 내가 어디에 있을지도 알리겠다고 했다. 그래서 결국은 이소벨의 노트에서 주소를 얻어, 집을 나서서 바브함으로 갈 수 있었다.

큰 집으로. 내가 본 것 중 가장 큰 집으로.

대니얼 러셀의 아내가 문을 열어주었다. 키가 매우 크고 어깨가 넓은 여자로, 꽤 긴 회색 머리카락에 늙은 피부를 가지고 있었다.

"오, 앤드루."

그녀가 두 팔을 활짝 벌렸다. 나도 그 동작을 따라 했다. 그녀가 내 뺨에 입을 맞추었다. 비누와 향신료 냄새가 났다. 그녀는 나를 아는 게 분명했다. 내 이름을 말하는 걸 멈추지 못했다.

"앤드루, 앤드루. 어떻게 지내요?" 그녀가 물었다. "약간 소동이 있었다고 들었는데."

"뭐, 괜찮아요. 그냥 에피소드 같은 거였죠. 지금은 끝났고요. 삶은 이어집니다."

그녀는 나를 좀 더 살펴보더니 문을 열어젖혔다. 활짝 미소 지으며 내게 안으로 들어가라고 손짓했다. 나는 복도에 들어섰다.

"제가 여기 왜 왔는지 아시나요?"

"위층에서 그이를 만나려고요." 그녀가 천장을 가리키며 말했다.

"네, 근데 제가 그분을 '왜' 만나려 하는지 아시나요?"

그녀는 내 태도에 잠시 어리둥절했지만, 최대한 분주하고 활기찬 정중함으로 그것을 감췄다. "아뇨, 앤드루." 그녀가 빠르게 말했다. "실은, 그이가 말하지 않았어요."

나는 고개를 끄덕였다. 바닥에 놓인 커다란 도자기 화병이 보였다. 화병에는 노란색 꽃무늬가 있었다. 나는 사람들이 왜 그런 빈 화병에 신경을 쓰는지 궁금해졌다. 무슨 의미가 있을까? 영영 모를 노릇이었다. 우리는 방을 지났다. 소파와 TV와 책장 여러 개와 어두운 빨간색 벽이 있는 방이었다. 핏빛 방.

"커피 줄까요? 과일 주스나? 우린 요즘 석류 주스에 맛을 들였답니다. 대니얼은 항산화 효과는 다 마케팅이라고 생각하지만."

"물 한 잔만 주시면 됩니다."

이제 우리는 주방에 있었다. 주방은 앤드루 마틴의 주방보다 약 두 배 컸다. 머리 위에는 냄비가 걸려 있었다. 조리대에는 '대니얼과 태비사 러셀' 앞으로 온 봉투가 있었다.

태비사가 물병에 든 물을 따라주었다.

"레몬도 한 조각 권하고 싶지만, 레몬이 다 떨어졌네요. 그릇에 하나 들어 있긴 한데 지금쯤이면 썩었을 거예요. 청소 도우미들은 과일을 정리해주지 않거든요. 손도 안 대죠. 게다가 대니얼은 과일을 먹지 않아요. 의사가 권했는데도요. 하긴, 의사는 대니얼에게 긴장을 풀고 느긋하게 살라는 말도 했죠. 대니얼은 그것도 안 해요."

"아. 왜요?"

태비사는 당황한 표정이었다.

"심장마비가 있었잖아요. 기억나죠? 이 세상에 너덜너덜해진 수학자가 당신만 있는 건 아니랍니다."

"아." 내가 말했다. "대니얼은 어때요?"

"뭐, 베타차단제를 복용하고 있어요. 난 대니얼이 뮤즐리랑 저지방 우유를 먹고 느긋하게 지내게 하려고 애쓰는 중이고요."

"심장 때문에요." 나는 생각을 소리 내서 말했다.

"네. 심장 때문에요."

"실은, 그것도 제가 찾아온 이유 중 하나입니다." 태비사가 내게 유리잔을 내밀었고 나는 물을 한 모금 마셨다. 그러면서 이 종족이 지닌 놀라운 '믿음의 능력'을 떠올렸다. 나는 점성술, 민간요법, 기성 종교, 프로바이오틱 요거트 같은 개념들을 완전히 이해하기도 전에, 인간이란 신체적 매력이 부족한 만큼 매우 잘 속아 넘어가는 존재임을 깨달았다. 그럴듯한 목소리로 말하기만 하면 인간은 그 말을 믿는다. 진실만 빼고. "대니얼은 어디에 있습니까?"

"서재에요. 위층에."

"서재요?"

“어디인지 알죠?”

“그럼요. 그럼요. 어디인지 압니다.”

대니얼 러셀

물론 내 말은 거짓말이었다.

나는 대니얼 러셀의 서재가 어디인지 전혀 몰랐고, 이곳은 아주 큰 집이었다. 하지만 1층 층계참을 따라 올라갈 때 어떤 목소리가 들렸다. 내가 전화로 들었던 건조한 목소리였다.

"인류의 구원자 아니신가?"

나는 그 목소리를 따라 왼쪽 세 번째 문이 있는 곳까지 갔다. 문은 반쯤 열려 있었다. 액자에 넣은 종이가 벽에 쭉 걸려 있었다. 나는 문을 밀어 열었다. 뾰족하고 각진 얼굴에 인간치고는 작은 입을 가진 대머리 남자가 보였다. 그는 세련된 옷을 입고 있었다. 빨간색 나비넥타이를 하고 체크무늬 셔츠를 입었다.

"옷을 입고 있는 걸 보니 좋구먼." 그는 비꼬듯 살짝 웃으며 말했다. "우리 이웃들은 예민한 사람들이거든."

"네. 적당량의 옷을 입고 있습니다. 그건 걱정하지 마세요."

대니얼은 고개를 끄덕였고, 계속 고개를 끄덕였다. 그러고는 의자 등받이에 기대 턱을 긁적였다. 그의 뒤에서 컴퓨터 화면이 빛났다. 화면에는 앤드루 마틴의 곡선과 공식이 가득했다. 커피 냄새가 났다. 빈 커피잔이 두 개 있었다.

"살펴봤네. 또 살펴봤고. 자네가 탈진할 만도 했겠어. 정말이지 대단하더군. 활활 타는 기분이었겠어, 앤드루. 난 읽는 것만으로도 타올랐거든."

"아주 열심히 일했습니다." 내가 말했다. "이 일에 몰입했죠. 숫자를 다룰 때는 다들 그렇게 되지 않나요?"

대니얼은 걱정스러운 듯 귀를 기울였다. "약 처방은 받았나?" 그가 물었다.

"디아제팜요."

"듣는 것 같아?"

"네. 그런 것 같습니다. 효과가 있어요. 모든 게 좀 낯설게 느껴져요. 약간 이질적으로, 딴 세상처럼 느껴진다고 해야겠네요. 대기 밀도도 좀 다른 것 같고, 중력도 좀 덜 끌어당기는 느낌이고, 커피잔처럼 평범한 것도 기이한 느낌을 주더라고요. 뭐랄까, 제 관점에서는요. 당신도 그래요. 제게는 당신이 꽤 끔찍해 보입니다. 거의 무시무시해 보여요."

대니얼 러셀이 웃었다. 즐거운 웃음은 아니었다.

"뭐, 우리 사이에 약간의 긴장감이야 늘 있었지. 하지만 난 그걸 학자로서의 라이벌 의식으로 여겼다네. 당연한 거니까. 우린 지리학자나 생물학자가 아니야. 숫자를 다루는 인간이지. 우리 수학자들은 언제나 이런 식이었어. 아이작 뉴턴이라는 불쌍한 개자식을 보라고."

"저는 뉴턴의 이름을 따서 개 이름을 지었습니다."

"그랬지. 하지만 잘 듣게, 앤드루. 지금은 자넬 몰아세울 순간이 아니야. 오히려 자네 등을 두드려줄 순간이라고."

우리는 시간을 낭비하고 있었다. “이 건에 대해 누구에게 말했습니까?”

대니얼은 고개를 저었다. “아니. 당연히 말하지 않았네. 앤드루, 이건 자네 거야. 자네가 원하는 방식으로 발표하면 돼. 다만 친구로서 약간 기다리라고 조언하겠네. 최소 일주일, 코퍼스 사건에 대한 잡음이 가라앉을 때까지만 말일세.”

“인간에게 수학은 벌거벗은 몸보다 덜 흥미로운 겁니까?”

“그런 경향이 있지, 앤드루. 사실이야. 잘 듣게. 집에 가서 좀 쉬어. 이번 주는 편안히 지내도록 해. 내가 피츠윌리엄의 다이앤에게 얘기해두지. 자네는 괜찮아질 테지만 지금은 잠시 쉬어야 한다고. 다이앤이라면 분명 유연하게 대처해줄 거야. 자네가 돌아오는 첫날에는 학생들이 까다롭게 굴 테지. 기운을 차려야 해. 한동안 쉬게나. 어서, 앤드루. 집으로 돌아가.”

커피 냄새가 더욱 역하게 진동했다. 나는 벽에 걸린 수많은 증서들을 바라보며 나 자신이 개인의 성취가 무의미한 곳에서 왔다는 사실에 감사했다.

“집이라.” 내가 말했다. “내 집이 어디인지 아십니까?”

“당연히 알지. 앤드루, 무슨 말인가?”

“사실 내 이름은 앤드루가 아닙니다.”

또 한 번의 긴장된 미소. “앤드루 마틴이 예명이었단 말인가? 내가 더 나은 이름을 지어줄걸 그랬군.”

“나는 이름이 없습니다. 이름은 개체의 자아를 공동체 전체보다 우선시하는 종족이 쓰는 것입니다.”

대니얼이 처음 의자에서 일어난 게 그때였다. 그는 키가 컸다. 나보다도 컸다. "앤드루, 자네가 내 친구만 아니었다면 이런 일도 재미있었을 거야. 난 정말로 자네가 이번 사건과 관련해 제대로 된 의학적 도움을 받아야 한다고 생각하네. 잘 듣게, 내가 아주 훌륭한 정신과 의사를 아는데……."

"앤드루 마틴은 다른 사람입니다. 그는 제거되었습니다."

"제거되었다고?"

"앤드루 마틴이 증명을 해냈기에 우리도 어쩔 수 없었습니다."

"우리라니? 무슨 말인가? 이성적으로 좀 들어보게, 앤드루. 자네는 지금 정신 나간 사람처럼 말하고 있어. 이만 자네 집으로 돌아가는 게 좋겠네. 내가 태워다주지. 그게 더 안전할 거야. 자, 가세. 내가 집으로 데려다주겠네. 자네 가족에게로."

그는 오른팔을 내밀어 문 쪽을 가리켰다.

하지만 나는 어디로도 가지 않을 터였다.

고통

"아까 제 등을 두드려주고 싶다고 했었죠?"

대니얼은 얼굴을 찡그렸다. 찡그린 이마 위로 그의 두개골을 덮은 피부가 번들거렸다. 나는 그것을, 그 광택을 바라보았다.

"뭐라고?"

"당신은 제 등을 두드려주고 싶다고 했습니다. 그렇게 말했어요. 왜 두드리지 않습니까?"

"뭐라고?"

"제 등을 두드리세요. 그러면 갈게요."

"앤드루……."

"제 등을 두드리세요."

대니얼은 천천히 숨을 내쉬었다. 그의 시선이 걱정과 두려움 사이를 오갔다. 나는 돌아서서 그에게 등을 보였다. 손이 오기를 기다렸고, 좀 더 기다렸다. 그러자 손이 다가왔다. 그가 내 등을 두드렸다. 그 첫 번째 접촉이 이루어지자마자, 우리 사이에 옷이 있었음에도, 나는 판독했다. 그리고 내가 돌아섰을 때 아주 잠깐이지만 내 얼굴은 앤드루 마틴의 것이 아니었다. 내 본래 얼굴이었다.

"이게 무슨……."

대니얼은 휘청거리며 뒷걸음질하다 책상에 부딪혔다. 지금이야 내가 다시 앤드루 마틴으로 보이겠지만, 그는 이미 내 진짜 모습을 본 후였다. 그가 비명을 지르기 전까지 내게는 찰나의 시간밖에 없었다. 그래서 나는 그의 턱을 마비시켰다. 그의 불거진 두 눈 속, 두려움 아래에 질문 하나가 있었다. **어떻게 한 거지?** 임무를 완수하기 위해 나는 그와 한 번 더 접촉해야 했다. 그의 어깨에 왼손을 대는 것만으로 충분했다.

그러자 고통이 시작되었다. 내가 불러온 고통이었다.

대니얼이 내 팔을 붙잡았다. 그의 얼굴이 보라색으로 변했다. 고향의 색으로.

나도 고통을 느꼈다. 두통. 피로.

하지만 나는 대니얼을 지나쳐 걸어갔다. 그가 무릎을 꿇으며 쓰러졌다. 나는 그의 컴퓨터에서 이메일과 첨부파일을 삭제했다. 보낸 편지함을 확인했지만 수상한 건 없었다.

나는 복도로 나갔다.

"태비사! 태비사, 구급차를 불러주세요! 빨리요! 대니얼이, 대니얼이 심장마비를 일으킨 것 같아요!"

이집트

1분도 되지 않아 태비사가 위층으로 올라왔다. 그녀는 전화기를 들고 있었다. 무릎을 꿇고 알약—아스피린—을 남편의 입에 밀어 넣으려는 그녀의 얼굴에 두려움이 가득했다. "입이 안 열려요! 입이 안 열려! 대니얼, 입 벌려요! 여보, 세상에, 여보, 입 좀 벌리라고!" 그러고는 전화에 대고 말했다. "네! 말했잖아요! 말했잖아요! 홀리스! 네! 초서가예요! 죽어가고 있어요! 죽으려고 해요!"

태비사는 간신히 남편의 입에 알약 조각을 밀어 넣을 수 있었다. 알약은 부글거리며 거품이 되었다가 카펫으로 뚝뚝 떨어졌다. "으으으으." 그녀의 남편이 처절하게 말하고 있었다. "으으으으으."

나는 대니얼을 지켜보며 가만히 서 있었다. 그의 눈은 크게, 휘둥그렇게, 입소이드처럼 커다랗게 뜨여 있었다. 억지로 눈만 뜨고 있으면 세상에 머물 수 있다는 듯이.

"대니얼, 괜찮아." 태비사는 그의 얼굴을 똑바로 보며 말했다. "구급차가 오고 있어. 당신은 괜찮을 거야, 여보."

그의 눈은 이제 나를 보고 있었다. 그가 내 쪽으로 경련하듯 몸을 움직였다. "으으으으!"

그는 아내에게 경고하려 했다. "으으으으."

태비사는 이해하지 못했다.

그녀는 부드러운 손길로 미친 듯이 남편의 머리카락을 쓰다듬었다. "대니얼, 우리 이집트에 가기로 했잖아. 자, 이집트를 생각해 봐. 피라미드를 보러 가기로 했잖아. 이제 2주밖에 안 남았어. 정말 아름다울 거야. 당신, 오래전부터 가고 싶어 했잖아……."

태비사를 지켜보며 나는 이상한 느낌을 받았다. 어떤 갈망, 무언가를 향한 열망 같은 감정이었지만 그게 정말 무엇인지는 전혀 알 수 없었다. 나는 그 남자—내 힘으로 인해 피가 심장으로 들어가지 못하는 남자—위에 웅크린 이 인간 여성의 모습을 넋을 잃고 바라보고 있었다.

"당신은 지난번에도 이겨냈어. 이번에도 이겨낼 거야."

"아니." 나는 들리지 않게 속삭였다. "아니, 아니, 아니야."

"으으으." 대니얼은 무한한 고통 속에서 어깨를 움켜쥐며 신음했다.

"사랑해, 대니얼."

이제 대니얼의 눈은 꽉 감겨 있었다. 고통이 너무 컸던 것이다.

"나와 있어줘. 제발 나와 있어줘. 나 혼자선 못 살아……."

대니얼의 머리가 그녀의 무릎에 놓여 있었다. 태비사는 그의 얼굴을 계속 쓰다듬었다. 그러니까, 이것이 사랑이었다. 서로 의존하는 두 생명체. 나는 나약함을, 경멸해야 할 무언가를 보고 있다고 생각해야 마땅했으나 그런 생각은 전혀 들지 않았다.

대니얼은 더 이상 소음을 내지 않았다. 순식간에 그가 태비사에게 너무 무거워 보였다. 그의 눈 주변에 파여 있던 깊은 주름이 누그러지고 편안해졌다. 끝났다.

태비사는 울부짖었다. 무언가가 몸에서 뜯겨나간 것처럼. 나는 그런 소리를 들어본 적이 없었다. 내가 그 소리에 대단히 불편해졌음을 인정해야겠다.

고양이 한 마리가 문에서 나왔다. 큰 소리에 놀랐겠지만 이 광경에는 무관심한 듯했다. 고양이는 왔던 곳으로 돌아갔다.

"안 돼!" 태비사가 말했다. 계속해서, 다시. "안 돼, 안 돼, 안 돼!"

밖에서 구급차가 끼익 소리를 내며 자갈길에 멈추었다. 번쩍이는 파란 조명이 창문 너머로 보였다.

"사람들이 왔어요." 나는 태비사에게 말하고 아래층으로 내려갔다. 카펫이 깔린 부드러운 계단을 혼자 터덜터덜 내려가자 절박한 흐느낌과 헛된 외침들도 점차 희미해졌다. 나는 무어라 설명하기 어려운 압도적인 안도감을 느꼈다.

우리가 있던 곳

나는 우리가, 당신과 내가 있던 곳에 관해 생각했다.

우리가 있던 곳에는 위안을 주는 환상이나 종교, 불가능한 허구가 존재하지 않는다.

우리가 있던 곳에는 사랑도, 증오도 없다. 이성의 순수함만이 있다.

우리가 있던 곳에는 격정적인 범죄가 없다. 격정 자체가 없기 때문이다.

우리가 있던 곳에는 후회가 없다. 모든 행동에는 논리적 동기가 있고, 주어진 상황은 언제나 최선의 결과로 이어지기 때문이다.

우리가 있던 곳에는 이름이 없고, 함께 사는 가족도 없으며, 남편이나 아내, 시무룩한 청소년기, 광기도 없다.

우리가 있던 곳에서는 죽음이라는 문제가 해결됨에 따라 두려움이라는 문제도 해결되었다. 우리는 죽지 않을 것이다. 말인즉슨, 우주가 하고 싶은 대로 하게 놔둘 수 없다는 얘기다. 우리가 그 우주 안에 영원히 존재할 테니까.

우리가 있던 곳에서는 가슴을 부여잡고 고급스러운 카펫에 쓰러져 얼굴이 검푸르게 변한 채 마지막으로 세상을 보려고 안간힘을 쓰는 일이 벌어지지 않는다.

우리가 있던 곳에서는 탁월하고도 포괄적인 수학적 지식에 기반한 기술 덕택에 어마어마한 장거리 여행이 가능하다. 뿐만 아니라, 우리 몸의 생물학적 요소를 재배치하고 갱신하고 보충할 수 있다. 우리는 그러한 진보에 정신적으로 준비되어 있다. 우리는 우리끼리 전쟁을 벌인 적이 없다. 우리는 개체의 욕망을 공동체의 필요보다 앞세운 적이 한 번도 없다.

우리가 있던 곳에서는 심리적 성숙도를 능가하는 수학적 진보를 이룬 인간에게 조치를 취해야 한다는 점을 이해한다. 예컨대, 대니얼 러셀과 그가 가진 지식의 죽음은 결국 수많은 생명을 구할 수 있을 것이다. 그것은 논리적이고도 정당한 희생이었다.

우리가 있던 곳에는 악몽이 없다.

그럼에도 그날 밤, 나는 처음으로 악몽을 꾸었다.

죽은 인간들이 나와 함께 있는 세상. 시체로 뒤덮인 카펫이 깔린 거대한 거리를 무심히 걸어가는 고양이. 나는 집으로 돌아가려 애썼지만 그럴 수 없었다. 나는 이곳에 갇혀 있었다. 그들 중 하나가 되었다. 인간의 형체에 갇힌 채 모든 인간에게 닥쳐오는 운명을 피할 수 없게 되었다. 나는 배가 고팠다. 뭔가 먹어야 했지만 먹을 수가 없었다. 내 입이 쥠쇠로 조인 듯 꽉 다물려 있었기 때문이다. 허기가 극도로 심해졌다. 굶어 죽을 것 같았다. 빠른 속도로 기운이 빠졌다. 나는 첫날 밤에 들어갔던 주유소에 들어가 입에 음식을 쑤셔 넣으려 했지만 아무 소용이 없었다. 설명할 수 없는 마비 때문에 입이 여전히 다물려 있었다. 나는 내가 죽으리라는 것을 알았다.

죽는다.

인간은 어떻게 그런 생각을 견디며 살 수 있었을까?

나는 깨어났다.

땀이 났다. 숨이 찼다. 이소벨이 내 등을 어루만졌다. "괜찮아." 태비사가 말했듯 그녀가 말했다. "괜찮아, 괜찮아, 괜찮아."

개와 음악

다음 날, 나는 혼자였다.

아니, 이 말은 진실이 아니다.

나는 혼자가 아니었다. 개가 있었다. 뉴턴. 중력과 관성이라는 개념을 제안한 인간의 이름을 딴 개였다. 개가 바구니에서 기어나오는 속도를 보니, 그 개에게 중력의 발견을 기리는 이름을 붙인 게 꽤 적절하게 느껴졌다. 지금 뉴턴은 깨어 있었다. 뉴턴은 늙고 다리를 절었으며 반쯤 눈이 멀었다.

뉴턴은 내가 누구인지 알았다. 그러니까, 내가 앤드루 마틴이 아니라는 것을 알았다. 그는 내가 근처에 갈 때마다 으르렁거렸다. 아직 그의 언어를 제대로 이해하지 못했지만, 그가 불쾌해한다는 것은 느꼈다. 그는 이빨을 드러냈다. 그러나 나는 그가 이족 보행을 하는 주인들에게 오랜 세월 복종해왔으며, 내가 두 발로 서 있다는 사실 자체가 그에게서 어느 정도 존경심을 끌어낸다는 걸 알 수 있었다.

구역질이 났다. 나는 그게 내가 들이쉬는 새로운 공기 탓이라고 생각했다. 하지만 눈을 감을 때마다 카펫에 누워 있는 대니얼 러셀의 괴로워하는 얼굴이 보였다. 두통도 있었다. 다만, 두통은 어제 힘을 쓴 여파였다.

나는 뉴턴이 내 곁에 있으면 이곳에서 지내는 짧은 시간이 더 편해지리라는 걸 알았다. 뉴턴에게는 정보가 있을지도 몰랐다. 뉴턴은 신호를 포착하고 뭔가를 들었을지도 몰랐다. 그리고 내가 아는, 우주 전체에 통용되는 법칙이 하나 있다. 누군가를 곁에 두고 싶다면 **그들의 고통을 덜어주는 일**이 필요하다는 것. 지금 와서 생각하면 참 터무니없는 논리다. 하지만 진실은 그보다도 터무니없었다. 진실은, 그저 내가 누군가를 해쳤기에 다른 누군가를 치유해야겠다는 욕구를 느꼈다는 것이다. 그러나 이런 진실을 인정한다는 건 나 자신에게 너무 위험한 일이었다.

그래서 나는 뉴턴에게 다가가 비스킷을 주었다. 그런 다음에는 시력을 되돌려주었다. 그런 다음에는 뉴턴의 뒷다리를 쓰다듬었다. 뉴턴이 내 귀에 대고 나로서는 이해할 수 없는 무슨 말을 낑낑대듯 말했다. 나는 극심한 두통뿐만 아니라 연달아 몰아치는 피로를 감수하고 뉴턴을 고쳐주었다. 사실 나는 너무 기진맥진해 주방 바닥에서 쓰러져 잠들었다. 깨어났을 때 나는 개 침으로 범벅되어 있었다. 뉴턴의 혀가 멈추지 않고 나를 열렬하게 핥고 있었다. 핥고, 핥고, 또 핥고. 개로서 존재하는 의미가 내 피부 아래의 무언가에 달려 있다는 듯했다.

"그만할 수 없을까?" 내가 말했다. 하지만 뉴턴은 멈추지 못했다. 내가 일어설 때까지 그는 물리적으로 멈출 수 없는 상태였다.

심지어 내가 일어선 다음에도 뉴턴은 나와 함께 일어서 내게 닿으려 했다. 마치 자기도 이족 보행을 하고 싶은 것 같았다. 그제야 나는 깨달았다. 개에게 미움받는 것보다 더 끔찍한 일은 개에게 사랑받는 것이다. 정말이지, 나는 이 우주에서 개보다 애정 결핍인 종족을 만나본 적이 없다.

"가." 내가 뉴턴에게 말했다. "난 네 사랑을 원하지 않아."

나는 거실로 가서 소파에 앉았다. 생각해야 했다. 대니얼 러셀의 죽음이 인간들에게 수상해 보일까? 심장약을 복용 중인 남자가 두 번째 심장마비를 겪고, 이번에는 죽었다는 것이? 나는 어떤 독도 쓰지 않았고, 인간들이 식별할 수 있는 무기도 사용하지 않았다.

개는 곁에 앉아 내 무릎에 머리를 얹었다. 머리를 들었다가 다시 얹었다. 내 무릎에 머리를 올려놓느냐, 마느냐가 여태 마주한 가장 큰 결정이라는 듯이.

우리는 그날 몇 시간을 함께 보냈다. 나와 개. 처음에 나는 뉴턴이 나를 혼자 두지 않는 것에 짜증이 났다. 내가 해야 하는 일은 정신을 집중해 다음 행동을 언제 취할지 결정하는 것이기 때문이다. 나는 지구에서의 최종적 임무를 수행하기 전에, 그러니까 마틴의 아내와 아이를 제거하기 전에 얼마나 더 많은 정보를 얻어야 하는지 파악해야 했다. 나는 개에게 나를 가만두라고 또 한 번 소리쳤고, 뉴턴은 그렇게 했다. 하지만 오직 생각과 계획만을 품은 채 거실에서 일어섰을 때 끔찍한 외로움이 느껴진다는 것을 깨닫고 뉴턴을 다시 불렀다. 뉴턴은 내게로 왔다. 누가 자신을 다시 원한다는 사실에 기뻐하는 듯했다.

나는 흥미롭게 느껴지는 음반을 얹었다. 구스타브 홀스트의 〈행성 모음곡〉으로, 인간의 소소한 태양계만을 다룬 음악이었다. 그러니 그 음악을 들으면서 그야말로 웅장한 기분이 들었다는 건 놀라운 일이었다. 또 한 가지 혼란스러운 점은 그 음악이 '별자리 점성술의 상징물'을 따서 이름 지은 일곱 개의 '악장'으로 나뉘었다는 점이다. 예컨대 화성은 '전쟁을 가져오는 자', 목성은 '환희를 가져오는 자', 토성은 '노년을 가져오는 자'였다.

이런 원시성이 내게는 우스꽝스럽게 느껴졌다. 이 음악이 죽은 행성들과 어떤 식으로든 관련되어 있다는 발상도 마찬가지였다. 그러나 음악은 뉴턴을 약간 진정시키는 듯했고, 인정하건대, 몇몇 부분은 내게도 어느 정도 전자화학적 반응과도 같은 영향을 미쳤다. 음악을 듣는다는 건, 숫자를 세고 있다는 사실조차 의식하지 못한 채 숫자를 세는 것에서 오는 기쁨을 누리는 일이라는 걸 나는 처음으로 깨달았다. 청각 뉴런에서 시작된 전기 신호들이 내 몸을 타고 전달되자 뭐랄까⋯⋯ 침착해지는 기분이 들었다. 대니얼 러셀이 카펫 위에서 죽는 것을 지켜본 후로 나를 따라다니던 그 이상한 불안감도 조금 가라앉는 듯했다.

뉴턴과 함께 음악을 들으며 나는 뉴턴과 그의 종족이 인간에게 왜 그토록 매료되는지를 이해해보려 애썼다.

"말해봐." 내가 말했다. "인간이 뭐가 그렇게 좋은 거야?"

뉴턴이 웃었다. 어쨌든 개가 웃을 수 있는 한에서는. 상당히 웃음과 비슷한 표정이었다.

나는 계속해서 같은 선상의 질문을 던졌다. "계속해봐." 내가 말했다. "비밀을 알려줘." 뉴턴은 약간 수줍어하는 듯했다. 나는 녀석에게 사실 답이 없었다고 생각한다. 어쩌면 그는 아직 판단을 내리지 못했을지도 모른다. 진실을 말하기에는 너무 충성스러웠거나.

나는 다른 음반을 틀었다. 엔니오 모리코네라는 사람의 음악. 데이비드 보위의 〈스페이스 오디티〉라는 앨범도 틀었다. 그 앨범은 특유의 단순한 패턴으로 시간의 흐름을 측정했기에, 실제로 상당히 듣기 좋았다. 에어의 〈문 사파리〉도 그랬다. 다만, 그 음악은 달 자체에 대해 특별한 통찰을 주지는 않았다. 나는 존 콜트레인의 〈어 러브 수프림〉과 셀로니어스 몽크의 〈블루 몽크〉를 틀었다. 재즈 음악이었는데, 복잡성과 모순으로 가득했다. 얼마 지나지 않아 나는 그런 것이 인간을 인간답게 만든다는 걸 알게 되었다. 나는 조지 거슈윈의 〈랩소디 인 블루〉와 베토벤의 〈월광 소나타〉, 브람스의 〈인터메조 17번〉을 들었다. 비틀스, 비치 보이스, 롤링 스톤스, 다프트 펑크, 프린스, 토킹 헤즈, 앨 그린, 톰 웨이츠, 모차르트를 들었다. 나는 음악에 담길 수 있는 소리를 알게 되었다는 점에 흥미를 느꼈다. 비틀스의 〈아이 엠 더 월러스〉에 나오는, 이상하게 말하는 라디오 목소리. 프린스의 〈라즈베리 베레〉 시작 부분과 톰 웨이츠 노래의 끝에 나오는 기침 소리. 어쩌면 인간에게는 그런 것이 아름다움인지도 몰랐다. 예쁘장한 패턴 안에 들어 있는 우연과 불완전성, 비대칭. 수학에 대한 도전. 나는 이차방정식 박물관에서 했던 내 연설을 떠올렸다. 비치 보이스의 노래를 들었을 때는 눈 뒤쪽과 뱃속에서 묘한 감각을 느꼈다. 그게 무슨 느낌인지 몰랐지만, 그 소리를 들으니 이소벨이 떠올랐다. 어젯밤, 내가 집에 돌아와 대니얼 러셀이 내 눈앞에서 심장마비로 죽었다고 말했을 때 그녀가 나를 안았던 기억이.

그녀의 눈빛이 잠깐 굳어지며 의심스러운 기색이 스쳤지만, 곧 연민으로 부드러워졌다. 이소벨은 남편이 딴 건 몰라도 살인자는 아니라고 생각했다. 내가 마지막으로 들은 곡은 드뷔시의 〈달빛〉이었다. 내가 들어본 것 중 우주를 가장 가깝게 재현한 곡이었다. 나는 인간이 이토록 아름다운 소음을 낼 수 있다는 사실에 충격을 받은 채 방 한가운데에서 꼼짝하지 않고 서 있었다.

아름다움은 난데없이 출몰하는 외계 생명체처럼 나를 두렵게 했다. 사막에서 튀어나오는 입소이드처럼. 나는 집중해야 했다. 내가 들은 모든 말을 계속 믿어야 했다. 인간은 추하고 폭력적인, 구원의 여지가 없는 종족이라고.

뉴턴이 현관문을 긁었다. 그 소리에 음악에서 빠져나와 문으로 다가갔다. 뉴턴이 뭘 원하는지 해석해보려 했다. 알고 보니 밖으로 나가자는 것이었다. '목줄'이라는 게 있는데, 이소벨이 쓰는 걸 본 적이 있어서 뉴턴의 목걸이에 그것을 연결했다.

개를 산책시키면서, 나는 인간에 대해 더 부정적으로 생각하려고 노력했다.

사실, 인간과 개의 관계는 윤리적으로 꽤 문제가 있는 듯했다. 이 우주에 사는 모든 종족을 포괄하는 척도로 볼 때 둘의 지능은 모두 중간 어딘가에, 그리 멀리 떨어지지 않은 곳에 위치한다. 그러나 개들은 그 점에 별로 개의치 않는 것 같았다. 사실, 개들은 이런 상황에 대체로 만족스럽게 따랐다.

나는 뉴턴이 앞장서게 했다.

우리는 길 건너편의 한 남자를 지나쳤다. 그 남자는 멈춰 서서 나를 빤히 보더니 혼자 미소 지었다. 나도 미소 지으며 손을 흔들었다. 그게 인간의 적절한 인사법이라는 생각에서였다. 그는 마주 손을 흔들지 않았다. **그래, 인간은 골치 아픈 종족이야.** 우리는 계속 걸었고, 또 다른 남자를 지나쳤다. 휠체어를 탄 남자였다. 그는 나를 아는 듯했다.

"앤드루." 그가 말했다. "끔찍하지 않아요? 대니얼 러셀 소식 말입니다."

"네." 내가 말했다. "제가 그 자리에 있었어요. 그 일이 일어나는 걸 봤어요. 끔찍했죠. 그야말로 끔찍했어요."

"아니, 정말입니까? 전혀 몰랐군요."

"삶의 유한성이란 매우 비극적인 것이죠."

"그렇죠. 정말 그래요."

"아무튼, 저는 가봐야겠습니다. 개가 보채네요. 다음에 뵙죠."

"네, 네, 그럼요. 그런데, 괜찮으세요? 당신도 몸이 좋지 않다고 들었는데요."

"아, 괜찮아요. 저는 회복했습니다. 실은, 그냥 오해가 좀 있었던 거예요."

"아아, 그렇군요."

대화는 점점 흐지부지되었고, 나는 핑계를 대며 자리를 떴다. 뉴턴이 나를 끌고 간 끝에 우리는 넓게 펼쳐진 풀밭에 도착했다. 나는 그것이 개들이 좋아하는 일임을 깨달았다. 개들은 자유로워진 척하면서 "우린 자유로워, 우린 자유로워, 봐, 봐, 우리가 얼마나 자유로운지 봐!"라고 서로에게 소리치며 풀밭을 뛰어다니는 걸 좋아했다. 정말이지 딱한 모습이었지만 개들에게는 통하는 방법이었다. 뉴턴에게는 특히 그랬다. 그건 개들이 받아들이기로 선택한 집단적 환상이었고, 개들은 늑대라는 과거에 대한 그리움이라고는 전혀 없이 그 환상에 진심으로 굴복했다.

인간의 놀라운 점이 그것이었다. 다른 종족의 앞길을 정해주는 능력, 그들의 근본적 본성을 바꿔놓는 능력. 어쩌면 내게도 그런 일이 일어날 수 있을지 몰랐다. 어쩌면 나 역시 변할 수 있을지 몰랐다. 혹시 이미 변하고 있는 건 아닐까? 누가 알겠는가? 그러지 않았으면 좋겠다. 나는 지시받은 대로 순수하게 남아 있고 싶었다. 소수처럼, 97처럼, 강하고 고립된 채로.

나는 벤치에 앉아 자동차들을 지켜보았다. 이 행성에 아무리 오래 머물러도 자동차의 모습에 익숙해질 것 같지 않았다. 자동차는 중력과 형편없는 기술력 때문에 길에 묶여 있으며, 너무 많아서 도로에서 거의 움직이지도 못했다.

한 종족의 기술적 진보를 방해하는 것이 잘못된 일일까? 그게 내 머릿속에 떠오른 새로운 질문이었다. 나는 그 질문이 머릿속에 남아 있는 걸 바라지 않았기에 때마침 뉴턴이 짖기 시작하자 안도했다. 나는 고개를 돌려 뉴턴을 보았다. 뉴턴은 가만히 서서 한 방향으로 고개를 돌린 채 최대한 시끄럽게 계속 소리를 냈다.

"봐!" 그는 이렇게 말하는 것 같았다. "봐! 봐! 봐!" 나는 그의 언어를 조금씩 습득하고 있었다.

그곳에는 다른 길이 있었다. 자동차가 꽉 막힌 그 도로와는 다른, 공원 맞은편에 테라스가 딸린 주택들이 줄지어 있는 거리가.

나는 그쪽을 돌아보았다. 뉴턴이 그러기를 바라는 게 분명했기 때문이다. 혼자서 인도를 걸어오는 걸리버가 보였다. 걸리버는 자기 머리카락 뒤에 숨으려고 최선을 다하고 있었다. 걸리버는 학교에 있어야 했다. 하지만 그러지 않았다. 인간의 학교가 길거리를 걸어 다니며 생각하는 것이 아니라면. 정말이지, 그런 학교가 있어야 할 텐데. 아무튼 걸리버는 나를 보고 얼어붙었다. 그런 다음, 그는 돌아서서 반대 방향으로 걷기 시작했다.

"걸리버!" 내가 소리쳤다. "걸리버!"

걸리버는 내 말을 무시했다. 오히려 전보다 더 빠르게 걸었다. 나는 걸리버의 행동이 걱정되었다. 왜냐하면 그의 머릿속에는 세계 최대의 수학 퍼즐이 해결됐다는 사실이 있었고, 그걸 푼 사람이 바로 그의 아버지였기 때문이었다. 나는 어젯밤에 행동하지 않았다. 그전에 더 많은 정보를 찾아야 한다고, 앤드루 마틴이 그 비밀을 말했을 법한 사람이 더는 없다는 사실을 확인해야 한다고 나 자신을 타일렀다. 대니얼과의 만남으로 너무 지쳐 있기도 했다. 나는 하루, 어쩌면 이틀 더 기다릴 생각이었다. 계획은 그랬다. 걸리버는 아무 말도 하지 않았다고, 말할 생각도 없다고 했다. 하지만 그를 전적으로 믿을 수 있을까? 지금 이 순간에도 걸리버의 엄마는 걸리버가 학교에 있다고 믿고 있지만, 걸리버는 학교에 없는 게 분명했다. 나는 벤치에서 일어나 쓰레기가 흩어져 있는 풀밭을 가로질러 뉴턴이 여전히 짖고 있는 곳으로 갔다.

"가자." 나는 이미 늦었을지 모른다고 생각하며 말했다. "가야 해."

우리는 걸리버가 길에서 벗어나는 순간에 아슬아슬하게 그 길에 접어들었다. 나는 걸리버를 따라가며 그가 어디로 가는지 보기로 했다. 어느 시점에 걸리버는 멈춰 서서 주머니에서 무언가를 꺼냈다. 작은 상자였다. 그는 상자에서 원기둥 모양의 물체를 꺼내 입에 물고 불을 붙였다. 걸리버가 뒤를 돌아보았지만, 나는 이미 나무 뒤에 숨어 있었다.

걸리버는 다시 걷기 시작했다. 머잖아 더 큰 길에 이르렀다. 길의 이름은 콜리지가였다. 걸리버는 그 도로에 오래 머물지 않았다. 거기에는 자동차가 너무 많았다. 눈에 띌 확률이 너무 높았다. 걸리버는 계속 걸어갔다. 잠시 후 건물들이 사라졌다. 자동차와 사람도 더는 없었다.

나는 걸리버가 돌아볼까 봐 걱정했다. 근처에는 나무도, 몸을 숨길 어떤 것도 없었기 때문이다. 게다가 나는 걸리버가 돌아보면 쉽게 눈에 띌 만큼 가까우면서도 정신 조종이 통하지는 않을 정도로 멀리 있었다. 그러나 놀랍게도 걸리버는 다시 뒤를 돌아보지 않았다. 단 한 번도.

우리는 밖에 빈 차가 많이 있는 건물을 지났다. 차들은 햇빛을 받아 빛나고 있었다. 건물에는 '혼다'라는 글자가 적혀 있었다. 유리창 너머에서 셔츠에 넥타이 차림인 한 남자가 우리를 지켜보았다. 그때 걸리버가 풀밭을 가로질렀다.

결국 그는 철길에 도달했다. 평행하게 뻗은 네 개의 금속 레일. 서로 가까이 붙어 있지만 끝없이 이어지는 그 선들 앞에서 그는 가만히 서 있었다. 아주 고요하게 무언가를 기다렸다.

뉴턴은 걱정을 담아 걸리버를, 그다음에는 나를 쳐다보았다. 일부러 요란하게 낑낑댔다. "쉿!" 내가 말했다. "조용히 해."

잠시 후, 기차가 멀리서 나타났다. 기차는 레일을 따라 점점 가까워졌다. 나는 걸리버가 주먹을 꽉 쥐는 모습을, 기찻길에서 겨우 1미터밖에 떨어지지 않은 곳에 선 그의 온몸이 빳빳하게 굳는 것을 보았다. 기차가 걸리버가 서 있는 곳을 막 지나가려 할 때 뉴턴이 짖었다. 그러나 기차 소리가 너무 크고 걸리버와 너무 가까웠기에 걸리버에게는 그 소리가 들리지 않았다.

흥미로웠다. 어쩌면 내가 아무것도 하지 않아도 될지도 몰랐다. 걸리버가 스스로 하려는 것 같았다.

기차가 지나갔다. 걸리버는 이제 주먹을 쥐고 있지 않았다. 다시 긴장을 푼 것처럼 보였다. 아니면 그냥 실망한 건지도 모르겠다. 나는 걸리버가 돌아서서 걷기 전에 뉴턴을 끌어당겼고, 우리는 시야에서 벗어났다.

그리고리 페렐만

나는 걸리버를 두고 떠났다.

건드리지 않고, 해치지 않고.

나는 걸리버가 계속 걸어가는 동안 뉴턴과 함께 집으로 돌아왔다. 걸리버가 어디로 가는지는 알 수 없었지만, 방향성이 없다는 점으로 미루어볼 때 특정한 목적지로 가는 건 아니라는 게 분명했다. 그래서 나는 걸리버가 누구도 만나지 않으리라 결론지었다. 사실, 걸리버는 사람을 피하고 싶은 것처럼 보였다.

그래도 나는 이것이 위험한 일임을 알았다.

나는 리만 가설의 증명만이 문제가 아님을 알았다. 그것이 증명 가능하다는 사실 자체에 대한 인식이 문제였다. 그리고 걸리버는 그 인식을 지닌 채로 거리를 돌아다니고 있었다.

그러나 나는 인내심을 가지라는 지시를 받았다는 핑계로 나의 망설임을 정당화했다. 나는 정확히 누가 아는지 알아보라는 지시를 받았다. 인간의 진보를 저지하기 위해 나는 철저해져야 했다. 지금 걸리버를 죽이는 건 섣부른 일이다. 걸리버와 그의 어머니를 죽이고 나면, 나는 더 이상 인간 사회에서 의심을 사지 않고 행동할 수 없을 테니 말이다.

그래, 이것이 내가 나 자신에게 한 말이었다. 그렇게 나는 뉴턴의 목줄을 풀어주고 집에 들어와 거실 컴퓨터 검색창에 '푸앵카레 추측'이라고 입력했다.

곧 나는 이소벨의 말이 옳았음을 확인했다. 이 추측은 구와 4차원 공간에 관한 매우 기초적인 위상수학 법칙들에 대한 것으로, 그리고리 페렐만이라는 러시아 수학자에 의해 증명되었다. 2010년 3월 18일, 그러니까 3년 남짓 전에 그가 클레이 밀레니엄 상을 수상했다는 발표가 있었다.

하지만 그는 상도, 그 상에 딸려오는 백만 달러도 거절했다.

"나는 돈이나 명예에 관심이 없습니다." 그는 말했다. "나는 동물원의 동물처럼 전시되고 싶지 않습니다. 나는 수학의 영웅이 아닙니다."

그가 거절한 상은 밀레니엄 상만이 아니었다. 다른 상도 여럿 있었다. 유럽 수학회의 명망 높은 상, 마드리드에 있는 국제 수학자 대회에서 주는 상, 그리고 수학 분야 최고의 상인 필즈 상까지. 그리고리는 그 모든 상을 거절하고, 늙은 어머니를 돌보며 가난하고 고용되지 않은 상태로 살기를 택했다.

인간은 오만하다. 인간은 탐욕스럽다. 인간은 오로지 돈과 명예에만 관심이 있다. 인간은 수학의 가치를 그 자체로 알아보지 못하고, 수학이 자신들에게 무엇을 가져다줄지만 생각한다.

나는 로그아웃했다. 갑자기 힘이 빠졌다. 배가 고팠다. 그게 문제인 게 틀림없었다. 그래서 나는 주방으로 가 먹을 것을 찾았다.

크런치 알땅콩버터

나는 케이퍼를, 그다음에는 고형 수프를 좀 먹고 셀러리라는 막대형 채소를 씹었다. 결국 인간의 주식이라 할 수 있는 빵을 꺼냈고, 빵에 바를 것을 찾으려 찬장을 들여다보았다. 가장 먼저 선택한 것은 고운 백설탕이었다. 그런 다음에는 혼합 허브를 시도해보았다. 둘 다 별로 만족스럽지 않았다. 긴 망설임과 영양정보 분석 끝에 나는 크런치 알땅콩버터라는 것을 시도하기로 했다. 그것을 빵에 발라 개에게 조금 주었다. 뉴턴은 좋아했다.

"나도 먹어볼까?" 내가 뉴턴에게 물었다.

응, 당연하지. 그렇게 대답하는 것 같았다(개의 언어는 말이라기보다 멜로디에 가깝다. 가끔은 조용한 멜로디이지만, 어쨌든 멜로디다). **정말 맛있어.**

뉴턴은 틀리지 않았다.

입에 넣고 씹기 시작하는 순간, 나는 인간의 음식이 실제로 꽤 괜찮을 수 있음을 깨달았다. 나는 그동안 음식에서 즐거움을 느껴본 적이 없다. 생각해보니 나는 지금껏 무엇도 즐겨본 적이 없었다. 그런데 오늘, 무기력과 의심 속에서도 음악과 음식의 즐거움을 경험했다. 심지어 개와 함께하는 단순한 기쁨까지도 느꼈다.

땅콩버터를 바른 빵 하나를 다 먹은 다음, 나는 우리 둘을 위해

또 한 조각을 만들었다. 그리고 또 한 조각. 뉴턴의 식욕은 결코 내게 뒤지지 않았다

"난 내가 아니야." 어느 순간 내가 뉴턴에게 말했다. "너도 알고 있지? 그래서 처음에 그렇게 적대적으로 군 거잖아. 네 곁에 갈 때마다 으르렁거린 것도 그래서잖아. 넌 알아차린 거지? 넌 인간들보다 빠르게 차이를 감지했어."

뉴턴의 침묵에는 엄청난 의미가 있었다. 유리처럼 맑고 정직한 뉴턴의 눈을 들여다보며 좀 더 많은 이야기를 하고 싶다는 충동을 느꼈다.

"난 사람을 죽였어." 나는 안도감을 느끼며 그에게 말했다. "난 인간이 살인자라고 분류할 만한 존재야. 살인자라니, 섣부른 용어지. 이번 경우에는 그런 판단의 근거가 틀렸어. 뭐랄까, 때로는 무언가를 구하기 위해서 그 일부를 죽여야 하거든. 하지만 사실을 안다면 인간들은 나를 살인자라고 부르겠지. 물론 내가 어떻게 그 일을 했는지 진짜로 이해할 수 있을 리 없지만.

있잖아, 너도 알다시피 인간은 아직도 정신과 육체를 서로 뚜렷이 구분하는 단계에 머물러 있어. '같은 몸 안에' 있는데도 말야. 그 둘이 서로에게 직접적인 영향을 주지 않는다는 듯 정신병원과 몸을 위한 병원을 따로 두고 있지. 정신이 자기 몸에 미치는 영향조차 받아들이지 못하니까, 다른 누군가의 정신이—아무리 인간 아닌 존재의 정신이라 해도—다른 누군가의 신체에 영향을 줄 수 있다는 사실을 이해하지는 못할 거야. 물론, 내 능력은 생물학의 산물만은 아니야. 나한테는 기술이 있지만, 그 기술은 보이지

않아. 내 안에 있거든. 지금은 내 왼손에 깃들어 있어. 덕분에 내가 이 모습을 취할 수 있었던 거야. 그 기술이 고향과 연락하게 해주고 내 정신을 강화해주지. 그 기술 덕분에 난 정신과 신체의 작용을 조종할 수 있어. 나는 염력을 쓸 수 있어. 이걸 봐. 내가 땅콩버터 병뚜껑으로 뭘 하는지 보라고. 난 최면 비슷한 것도 할 수 있어. 내가 있던 곳에서는 모든 것이 끊김없이 이어지거든. 정신, 몸, 기술이 모두 아름답게 융합되어 있지."

그 순간 전화가 울렸다. 사실 아까도 한 번 울렸었다. 하지만 나는 받지 않았다. 비치 보이스의 몇몇 노래들(〈인 마이 룸〉, 〈갓 온리 노우즈〉, 〈슬룹 존 B〉)이 그렇듯, 중간에 멈추고 싶지 않은 맛이라는 것이 있으니까.

하지만 이내 땅콩버터가 바닥났고, 나와 뉴턴은 서로를 바라보며 함께 상실감을 느꼈다. "미안해, 뉴턴. 땅콩버터가 다 떨어진 것 같아."

그럴 리가 없어. 잘못 안 거지? 다시 확인해봐.

나는 다시 확인했다. "아니, 잘못 안 게 아니야."

제대로. 제대로 확인해봐. 방금은 그냥 힐끗 본 거잖아.

나는 제대로 확인했다. 심지어 뉴턴에게 병 속을 보여주기까지 했다. 뉴턴은 여전히 믿지 못했으므로 나는 병을 그의 코앞에 댔다. 그가 원했던 것도 분명 그것이었다. 봐, 아직 조금 남았잖아. 여기. 여기. 그는 병 안을 핥기 시작했고, 마침내 우리 둘 다 땅콩버터가 다 떨어졌다는 데 동의할 수밖에 없었다. 나는 크게 웃었다. 나는 한 번도 웃어본 적이 없었다. 매우 이상한 감각이었지만 불쾌하지는 않았다. 그런 다음 우리는 거실 소파로 가서 앉았다.

넌 왜 여기에 있어?

개의 눈이 내게 던진 질문이 과연 이것인지 확실히 알 수 없었지만, 어쨌든 나는 대답했다. "난 정보를 파괴하러 왔어. 특정한 기계의 내부와 특정한 인간의 정신 안에 존재하는 정보를 파괴해야 해. 그게 내 임무야. 물론 여기 있는 동안 정보를 수집하기도 하고. 인간은 얼마나 불안정한가? 얼마나 폭력적인가? 자신에게, 그리고 다른 존재에게 얼마나 위험한가? 인간의 결점은—결점이 꽤 많은 것 같은데—정녕 극복할 수 없는 것인가? 아니면 인간에게도 희망이 있나? 이런 질문들이 머릿속에 떠올라. 그런 생각을 해서는 안 된다고 들었지만 말이야. 아무튼 가장 중요한 건 제거야."

뉴턴은 나를 암울하게 바라보았지만 선불리 비난하지는 않았다. 그렇게 우리는 그곳에, 자주색 소파 위에 한동안 앉아 있었다. 나는 내게 무슨 일이 일어나고 있으며, 그 일이 드뷔시와 비치 보이스의 음악을 들은 이후로 계속 벌어지고 있음을 깨달았다. 차라리 그 음악을 틀지 말걸 그랬다. 우리는 10분 정도 말없이 앉아 있었다. 이 슬픈 기분은 현관문이 열리고 닫히는 소리에 비로소 깨어졌다.

걸리버였다. 걸리버는 잠시 복도에 서 있다가 코트를 걸고 책가방을 내려놓았다. 그는 천천히 거실로 걸어 들어왔다. 나와 눈을 맞추지는 않았다.

"엄마한테는 말하지 마세요. 알겠죠?"

"뭘?" 내가 말했다. "뭘 말하지 말라는 거야?"

걸리버는 어색해했다. "제가 학교에 가지 않았다는 거요."

"그래. 말 안 할게."

걸리버는 뉴턴을 보았다. 뉴턴의 머리가 다시 내 무릎에 얹혀 있었다. 걸리버는 혼란스러워 보였지만 아무 말도 하지 않았다. 돌아서서 위층으로 향했다.

"기찻길에선 뭘 하고 있었지?" 내가 물었다.

나는 걸리버의 두 손에 힘이 들어가는 것을 보았다. "뭐라고요?"

"기차가 지나갈 때 거기 서 있었잖아."

"날 미행했어요?"

"그래. 널 따라갔지. 원래는 말 안 하려고 했어. 사실, 지금 이렇게 말하고 있는 나 자신이 놀랍기도 해. 하지만 내 타고난 호기심이 결국 이겼지."

걸리버는 낮게 끙 소리를 내고는 위층으로 올라갔다.

개를 무릎에 두고 있다 보면 쓰다듬지 않을 수 없다는 걸 깨닫게 된다. 어떻게 이런 결론에 이르렀는지는 묻지 마라. 인간 상반신의 구조와 관련이 있는 것 같다. 아무튼, 나는 개를 쓰다듬었다. 그렇게 쓰다듬으면서 그것이 꽤 기분 좋은 느낌이라는 걸 깨달았다. 따뜻하고 일정한 리듬이 있었다.

이소벨의 춤

마침내 이소벨이 돌아왔다. 나는 소파에서 몸을 옮겨 이소벨이 현관문을 지나 들어오는 모습을 볼 수 있는 자리에 앉았다. 문을 물리적으로 밀어 열고 열쇠를 꺼내고 문을 닫고 그 열쇠를(또 열쇠에 연결된 다른 것들을) 움직이지 않는 나무 가구 위의 작은 타원형 바구니에 넣는 그 모든 동작이 나를 매혹하는 것 같았다. 이소벨은 그런 일들을 단 한 번의 미끄러지듯 이어지는 동작으로 해냈고, 그 모든 동작에 대해 별다른 생각도 하지 않은 채 거의 춤을 추듯 움직였다. 나는 그런 것들을 깔보아야 마땅했다. 하지만 그러지 않았다. 이소벨은 무슨 일을 하면서도 그 일을 초월해 있는 것처럼 보였다. 리듬 위로 떠오르는 멜로디. 하지만 그럼에도 그녀는 여전히 인간이었다.

그녀는 복도를 따라 걸어오는 내내 숨을 내쉬었다. 얼굴에는 미소와 찡그림이 동시에 담겨 있었다. 이소벨은 아들이 그랬듯, 내 무릎에 엎드려 있는 개를 보고 혼란스러워했다. 개가 내 무릎에서 뛰어내려 자신에게 달려오는 것을 보았을 때도 똑같이 혼란스러워했다.

"뉴턴은 어떻게 된 거야?" 이소벨이 물었다.

"뉴턴이 왜?"

"생기 있어 보이는데."

"그래?"

"응. 게다가, 잘은 모르겠지만 눈도 더 초롱초롱해 보여."

"아아. 땅콩버터 때문일지도 몰라. 음악이랑."

"땅콩버터? 음악? 당신은 음악을 듣는 법이 없잖아. 음악을 들었어?"

"응. 뉴턴이랑 같이."

이소벨이 의심스럽다는 듯 나를 보았다. "그래. 그렇구나."

"우린 하루 종일 같이 음악을 들었어."

"기분은 좀 어때? 그러니까, 대니얼 일 말이야."

"아아, 아주 슬퍼." 내가 말했다. "당신 하루는 어땠어?"

이소벨이 한숨을 쉬었다. "그럭저럭 괜찮았어." 거짓말이었다. 나는 알 수 있었다.

나는 이소벨을 보았다. 내 시선이 편안하게 그녀에게 머물 수 있다는 걸 알아차렸다. 무슨 일이 일어난 걸까? 이것도 음악의 부작용일까? 아마도 나는 그녀에게, 또 인간 일반에게 익숙해지고 있는 모양이었다. 적어도 겉으로 보기에는 나도 인간이었으니까. 어떤 면에서는 그런 상태가 정상적이라고 느끼고 있었다. 그 점을 감안하더라도, 나는 창밖을 지나가며 나를 들여다보는 다른 인간을 보았을 때보다 이소벨을 볼 때 훨씬 속이 덜 불편했다. 실제로 그날, 아니 그 시점에서는 아예 불편한 느낌이 들지 않았다.

"태비사한테 전화해야 할 것 같아." 그녀가 말했다. "근데 어렵겠지? 태비사는 정신이 하나도 없을 거야. 그냥 이메일만 보내서 우리가 도울 일이 있으면 알려달라고 해야 할지도 모르겠어."

나는 고개를 끄덕였다. "좋은 생각이네."

그녀는 잠시 나를 살펴보았다.

"응." 이소벨이 더 낮은 주파수로 말했다. "그런 것 같아." 그녀는 전화를 보았다. "누가 전화했었어?"

"그런 것 같아. 전화가 몇 번 울렸어."

"그런데 안 받았어?"

"응. 안 받았어. 딱히 길게 대화할 기분이 아니라서. 요즘 나는 저주받은 기분이야. 당신이나 걸리버가 아닌 사람하고 길게 대화했을 때 그 사람이 내 눈앞에서 죽고 말았으니까."

"그런 식으로 말하지 마."

"어떤 식으로?"

"경솔하게. 슬픈 날이잖아."

"알아." 내가 말했다. "그냥……. 아직 별로 실감이 안 나서 그래."

이소벨은 음성 메시지를 들으러 갔다가 돌아왔다.

"아주 많은 사람들이 당신한테 전화했어."

"아." 내가 말했다. "누구?"

"당신 어머니. 경고하는데, 어머님은 특유의 걱정 폭탄을 터트리고 계실지도 몰라. 코퍼스에서 있었던 소동에 대해 들으셨나 봐. 어디서 들으셨는지는 모르겠지만. 대학에서도 전화했어. 이야기하고 싶대. 제법 걱정하는 듯 말하던데. 《케임브리지 이브닝 뉴스》 기자한테서도 전화가 왔고. 아리도. 상냥하게도 토요일 축구 경기에 가겠냐고 묻더라. 다른 사람도 전화했고." 이소벨이 잠시 멈추었다. "이름이 매기래."

"아, 그래." 나는 꾸며내며 말했다. "그래. 매기."

이소벨이 나를 보며 눈썹을 치켜올렸다. 분명 무슨 의미가 있긴 있는데, 도저히 알아차릴 수 없었다. 답답했다. 알겠지만, 단어로 이루어진 언어는 그저 인간 언어의 한 종류일 뿐이다. 이미 지적했듯 인간에게는 다른 언어가 많다. 한숨의 언어, 침묵의 언어. 가장 중요한 건 찡그림의 언어다.

그러더니 이소벨은 정반대 행동을 했다. 눈썹을 잔뜩 내렸다. 그녀는 한숨을 쉬고 주방으로 갔다.

"설탕으로 뭘 한 거야?"

"먹었어." 내가 말했다. "실수였어. 미안."

"뭐, 혹시 모를까 봐 하는 말인데 정리는 얼마든지 해도 돼."

"잊어버렸어. 미안."

"괜찮아. 그냥 오늘 좀 지쳐서 그래."

나는 고개를 끄덕이고 인간처럼 굴려고 노력했다. "당신은 내가 뭘 하면 좋겠어? 내 말은, 내가 뭘 해야 할까?"

"뭐, 어머님께 전화를 드리는 것부터 시작해도 괜찮을 거야. 하지만 병원 얘기는 하지 마. 당신을 잘 아니까 하는 말이야."

"뭐? 내가 어떤데?"

"당신은 나보다 어머님한테 더 많이 얘기하잖아."

그건 걱정스러운 일이었다. 정말이지 매우 걱정스러운 일. 나는 즉시 앤드루의 어머니에게 전화하기로 했다.

어머니

놀랍게 들릴지도 모르지만, 어머니는 인간에게 중요한 개념이다. 인간은 자신의 어머니가 누구인지 정말로 알 뿐만 아니라, 많은 경우 평생 어머니와 연락하며 지낸다. 물론, 나처럼 애초에 어머니라는 존재에 대해 알 수도 없는 존재에게 이는 매우 이질적인 개념이었다.

너무도 이질적이어서 그 개념에 접근하는 것조차 두려웠다. 하지만 그녀의 아들이 너무 많은 정보를 흘렸을 경우 나 역시 반드시 그것을 알아야 했기에 나는 전화를 걸었다.

"앤드루?"

"네, 어머니. 저예요."

"아, 앤드루." 어머니는 높은 음성으로 말했다. 내가 지금껏 들어본 것 중 가장 높은 주파수였다.

"안녕하세요, 어머니."

"앤드루, 나도 네 아버지도 네 걱정을 정말 많이 했단다."

"아." 내가 말했다. "작은 사건이 있었어요. 일시적으로 정신을 잃었달까. 옷 입는 걸 잊었어요. 그게 다예요."

"할 말이 그것뿐이니?"

"아뇨. 아니에요. 여쭤볼 게 있어요, 어머니. 중요한 문제예요."

"아, 앤드루. 뭐가 문제니?"

"문제요? 무슨 문제요?"

"이소벨 때문이야? 걔가 또 바가지를 긁디? 그래서 전화한 거야?"

"'또'라고요?"

한숨 소리처럼 들리는 정적인 잡음. "그래. 지금껏 1년 넘게 너랑 이소벨이 어려움을 겪고 있다고 우리한테 말했잖니. 이소벨이 네가 하는 일에 대해 이해해주지 않고 네 곁에 있어주지도 않는다면서."

나는 이소벨을 생각했다. 내게 걱정을 끼칠까 봐 자신의 하루에 대해 거짓말하고, 내게 음식을 만들어주고, 내 살갗을 쓰다듬어주던 이소벨을.

"아뇨." 내가 말했다. "이소벨은 앤드루 곁에…… 제 곁에 있어줘요."

"걸리버는? 걔는 어떠니? 난 이소벨이 걸리버랑 네 사이를 이간질했다고 생각했다. 걸리버가 하고 싶다던 밴드 때문에 말이지. 하지만 얘야, 네 말이 옳았어. 걸리버는 밴드에서 빈둥거릴 상황이 아니야. 지금까지 저질러온 일들을 생각하면 더더욱."

"밴드요? 모르겠네요, 어머니. 그것 때문은 아닌 것 같아요."

"왜 나를 어머니라고 부르는 거니? 넌 한 번도 그렇게 부르지 않았잖아."

"하지만 어머니잖아요. 그럼 뭐라고 불러요?"

"엄마. 넌 날 엄마라고 불러."

"엄마." 내가 말했다. 모든 이상한 단어 중에서도 가장 이상한 단어 같았다. "엄마. 엄마. 엄마. 엄마. 엄마, 들어보세요. 제가 최근에 엄마랑 이야기한 적이 있는지 알고 싶어요."

그녀는 듣지 않았다. "우리가 거기 있었으면 좋겠구나."

"이리로 오세요." 내가 말했다. 나는 어머니의 모습을 직접 보고 싶었다. "지금 바로 오세요."

"뭐, 우리가 1만 9,000킬로미터 떨어진 곳에 살지 않았다면 그랬겠지."

"아." 내가 말했다. 1만 9,000킬로미터가 그리 먼 거리 같지는 않았다. "그럼 오늘 오후에 오세요."

어머니가 웃었다. "유머 감각은 여전하구나."

"네." 내가 말했다. "저는 지금도 꽤 웃겨요. 그런데, 제가 지난 토요일에 엄마랑 이야기했나요?"

"아니. 앤드루, 기억을 잃은 거니? 기억상실증이야? 기억상실증이 있는 것처럼 구는구나."

"약간 혼란스러워서요. 그게 다예요. 기억상실증은 아니에요. 의사들도 그건 아니라고 했어요. 그냥……. 제가 일을 너무 열심히 해서 그렇대요."

"그래. 안다. 네가 그 이야길 했었지."

"그래서, 제가 뭐라고 말씀드렸죠?"

"거의 잠을 못 잔다고. 적어도 박사 학위를 딴 후로는 그 어느 때보다 열심히 일하고 있다고 했었지."

이어서 어머니는 내가 요구하지 않은 정보를 주기 시작했다. 그녀는 자기 고관절에 대해 이야기했다. 고관절이 아주 많이 아프다고, 진통제를 먹고 있지만 전혀 듣지 않는다고 했다. 나는 그 대화가 당황스럽고, 심지어 메스껍다고 느꼈다. 만성적인 통증이라는 개념은 내게 매우 이질적인 것이었다. 인간은 자신이 의학적으로 상당히 진보되었다고 생각하지만, 이 문제를 해결할 실질적인 방법은 아직 찾지 못한 것이다. 죽음이라는 문제를 해결하지 못한 것처럼.

"어머니. 엄마, 잘 들으세요. 리만 가설에 대해 뭔가 아세요?"

"네가 연구하던 것 아니니?"

"연구하던 것, 맞아요. 지금도 연구하고 있어요. 절대 증명하지 못할 거예요. 이제야 깨달았어요."

"아, 그래, 얘야. 그래도 너무 자책하지 말렴. 아무튼, 그런데 말이지……."

어머니는 또다시 통증에 대해 이야기하기 시작했다. 의사가 고관절 교체 수술을 받으라고 했다고 어머니는 말했다. 그 관절은 티타늄으로 만들어질 거라고. 어머니가 그 말을 했을 때 나는 헛숨을 들이켤 뻔했지만, 어머니에게 티타늄 얘기를 하고 싶지는 않았다. 인간은 티타늄에 대해 아직 잘 모르는 게 분명하니까. 언젠가는 인간도 인간의 속도로 알게 될 것이다.

이어 어머니는 나의 '아버지'에 관해, 아버지의 기억력이 점점 나빠지고 있다는 이야기를 시작했다. 의사는 아버지에게 이제 운전을 하지 말라고 했다. 아버지가 그토록 출판하고 싶어 하던 거시경제학 이론에 관한 책 집필도 마치기 힘들 것 같다고 했다.

"그래서 네가 걱정된다, 앤드루. 알겠지만, 내가 지난주에 의사가 한 얘기를 전했었잖니. 네가 뇌 스캔을 받아야 할 것 같다는. 그게 유전될 수 있으니까."

"아." 내가 말했다. 의사는 또 뭘 요구했을까. 진실을 말하자면, 나는 이 대화가 끝나기를 바랐다. 나는 부모에게 리만 가설에 대해 말하지 않은 게 분명했다. 어느 모로 보나 어머니에게는 말하지 않았을 것이다. 이야기를 들어보니 아버지에게는 무슨 정보를 줬어도 뇌가 잊어버렸을 것 같았다. 게다가, 이렇게 덧붙이듯 이야기하기에는 큰 주제이지만, 이 대화는 나를 우울하게 만들었다. 나는 원하지 않는데도 인간의 삶에 대해 생각해야 했기 때문이다. 듣자니, 인간의 삶이란 나이가 들면서 점점 더 나빠지는 것이었다. 인간은 아기의 손과 발, 무한한 행복을 안고 세상에 태어난다. 그 행복은 손과 발이 자라면서 천천히 증발한다. 십 대 이후로 행복이란 언제든 놓칠 수 있는 것이 되고, 일단 손아귀에서 빠져나가기 시작하면 질량이 붙는다. 행복을 놓칠 수 있다는 사실을 아는 것이 행복을 붙드는 일을 더 어렵게 하는 것처럼. 손발이 아무리 커져도 소용없었다.

그게 왜 우울했을까? 그런 문제에 신경 쓰는 건 내 임무가 아닌데, 나는 왜 신경을 썼을까?

이번에도 나는 내가 그저 인간처럼 보일 뿐 절대 인간이 되지는 않으리라는 점에 어마어마한 고마움을 느꼈다.

어머니는 계속 말했다. 그러는 동안, 나는 내가 더 듣지 않아도 우주적인 차원에서 어떤 영향도 없으리라는 걸 깨달았다. 그래서 나는 전화를 끊었다.

눈을 감았다. 아무것도 보고 싶지 않았지만 무언가 보이기는 했다. 나는 태비사를 보았다. 입에서 아스피린 거품을 흘리는 남편에게 몸을 숙이고 있던 태비사. 나는 어머니도 태비사와 같은 나이일지, 그보다 나이가 많을지 궁금했다.

다시 눈을 떴을 때, 나는 뉴턴이 그곳에 서서 나를 올려다보고 있다는 걸 알았다. 뉴턴의 눈은 그가 혼란스러워하고 있음을 알려주었다.

왜 작별 인사를 하지 않았어? 보통은 작별 인사를 하잖아.

기이하게도 나는 이해할 수 없는 행동을 했다. 전혀 논리가 맞지 않는 행동이었다. 나는 전화기를 들고 같은 번호로 전화를 걸었다. 세 번 신호가 간 뒤 어머니가 전화를 받자 나는 말했다. "죄송해요, 엄마. 인사하려고요."

저기요, 저기요, 제 말 들리십니까? 거기 계세요?

들린다. 우리는 여기에 있다.

들어보세요, 이제 안전합니다. 정보는 파괴됐습니다. 당분간 인간은 3단계에 머물러 있을 겁니다. 걱정할 건 없습니다.

모든 증거와 모든 잠재적 정보원을 파괴했나?

저는 앤드루 마틴의 컴퓨터와 대니얼 러셀의 컴퓨터에 있던 정보를 파괴했습니다. 대니얼 러셀도 파괴되었습니다. 심장마비였죠. 평소 심장 문제가 있었던 만큼 상황상 가장 논리적인 사인(死因)이었습니다.

이소벨 마틴과 걸리버 마틴도 파괴했나?

아뇨. 파괴하지 않았습니다. 그들을 파괴할 필요는 없습니다.

그들은 그 사실을 모르고 있나?

걸리버 마틴은 압니다. 이소벨 마틴은 모릅니다. 그러나 걸리버에게는 그 사실을 말할 동기가 없습니다.

걸리버를 파괴해야 한다. 둘 다 파괴해야 한다.

아뇨. 그럴 필요가 없습니다. 제가 파괴하기를 바라신다면, 정말로 그런 일이 필요하다고 생각하신다면 걸리버의 신경 체계를 조작하겠습니다. 걸리버의 아버지가 그 애에게 한 말을 잊게 할 수 있습니다. 어쨌든 걸리버는 안다고 할 수도 없지만요. 걸리버는 수학을 제대로 이해하지 못합니다.

네가 실행하는 모든 정신 조작의 효과는 네가 귀환하는 순간 사라진다. 너도 그 사실을 안다.

걸리버는 아무 말도 하지 않을 겁니다.

이미 무슨 말을 했을 수도 있다. 인간은 믿을 수 없는 존재다. 그들은 자기 자신조차 믿지 못한다.

걸리버는 아무 말도 하지 않았습니다. 이소벨은 아무것도 모르고요.

너는 임무를 완수해야 한다. 네가 임무를 완수하지 않는다면 다른 이가 와서 그 임무를 대신하게 될 것이다.

아뇨. 아뇨. 제가 완수하겠습니다. 걱정하지 마십시오. 제 임무는 제가 완수하겠습니다.

2부

나는 내 손가락에 보석을 들고*

* 에밀리 디킨슨의 시. 이어지는 구절은 이렇다. '……잠들었다./ 날은 따뜻하고 바람은 단조롭고/ 나는 말했다. "잘 간직할 거야."'

A가 B로 이루어졌다고 말할 수는 없다.
그 반대도 마찬가지다. 모든 질량은 상호작용이다.

—리처드 파인만

우리는 모두 외로운 이유를 모르기에 외롭다.

— 데이비드 포스터 월러스

우리처럼 작은 존재가 우주의 광대함을 견디는 방법은
오직 사랑뿐이다.

—칼 세이건

몽유병

나는 걸리버가 자는 동안 그의 침대 옆에 서 있었다. 그 자리에서, 어둠 속에서 점점 더 깊은 꿈으로 빠져드는 그의 깊은 숨소리를 얼마나 들었는지 모르겠다. 어림잡아 30분은 되었을 것이다.

걸리버가 창문 블라인드를 내려두지 않았으므로 나는 밤하늘을 내다보았다. 이 각도에서는 달이 보이지 않지만, 별은 몇 개 보였다. 은하계 다른 어딘가에서 죽은 태양계를 비추는 태양들. 인간의 하늘에서 보이는 모든, 거의 모든 곳에는 생명이 없다. 그게 인간에게 영향을 끼치는 게 틀림없었다. 그게 인간에게 주제넘은 생각을 하도록 만든 게 틀림없었다. 그게 인간을 미치게 한 게 틀림없었다.

걸리버가 몸을 뒤척였다. 나는 더 기다리지 않기로 했다. 지금 하지 않으면 영영 기회를 놓칠 것이다.

이불을 젖혀라. 나는 걸리버에게 말했다. 걸리버가 깨어 있었다면 듣지 못했을 그 목소리는 세타파를 타고 전달되어 걸리버 자신의 뇌가 내리는 명령이 되었다. **천천히 침대에 일어나 앉아라. 네 두 발은 러그에 닿을 것이고, 너는 숨을 쉬면서 자세를 가다듬은 뒤 일어설 것이다.**

걸리버는 정말로 일어섰다. 그 자리에 서서 깊게, 천천히 숨을 쉬며 다음 명령을 기다렸다.

방문으로 걸어가라. 문을 열 걱정은 하지 마라. 이미 열려 있다. 거기다. 그냥 걸어라. 그냥 걸어. 그냥 걸어서 문으로 가라.

걸리버는 정확히 내가 시킨 대로 했다. 내 목소리 외의 모든 것을 인식하지 못한 채 문 앞에 있었다. 이제 단 세 마디만이 남아 있었다. **몸을 앞으로 기울여라.** 나는 걸리버에게 다가갔다. 어째서인지 그 세 마디가 금세 나오지 않았다. 시간이 필요했다. 적어도 1분은 더.

나는 그곳에, 더 가까운 곳에 있었다. 걸리버에게서 잠의 냄새를 맡을 수 있었다. 인간의 냄새를. 그리고 나는 떠올렸다. **너는 임무를 완수해야 한다. 네가 임무를 완수하지 않는다면 다른 이가 와서 그 임무를 대신하게 될 것이다.** 나는 침을 삼켰다. 입이 너무 건조해서 아팠다. 나는 내 뒤로 펼쳐진 우주의 무한한 공간을 느꼈다. 광대하지만 중립적인 힘. 시간의 중립성, 공간의 중립성, 수학의 중립성, 논리의 중립성, 생존의 중립성. 나는 눈을 감았다.

기다렸다.

내가 눈을 뜨기도 전에 누가 내 목을 움켜쥐었다. 숨을 쉴 수가 없었다.

걸리버가 몸을 돌려 왼손으로 내 목을 잡고 있었다. 나는 그의 손을 떼어냈다. 이제 걸리버는 내게 두 주먹을 휘둘렀다. 거칠게, 화가 난 그의 주먹질은 나를 맞히기도 하고 빗맞히기도 했다.

걸리버가 내 머리 옆을 쳤다. 나는 걸리버에게서 떨어져 뒤로 물러났지만, 걸리버도 똑같은 속도로 앞으로 움직였다. 걸리버가 눈을 뜨고 있었다. 이제 걸리버는 나를 보고 있었다. 나를 보는 동시에 보지 못하고 있었다. 나는 물론 **멈춰라**라고 말할 수 있었지만 그러지 않았다. 어쩌면 내 임무의 중요성을 이해하기 위해 무의식적인 폭력이라도 인간의 폭력을 직접 목격하고 싶었는지도 모르겠다. 그러면 임무를 완수할 수 있을 테니까. 그래, 아마 그래서였을 것이다. 걸리버가 내 코를 쳤을 때 내가 코피가 흐르도록 둔 이유도 그렇게 설명될지 모르겠다. 나는 이제 걸리버의 책상에 이르렀고 더 물러날 수 없었다. 그래서 걸리버가 내 머리와 목, 가슴, 팔을 때리는 동안 가만히 서 있었다. 이제 걸리버는 울부짖었다. 걸리버의 입이 잔뜩 벌어져 치아를 드러냈다.

"으아아아아!"

자신의 포효에 걸리버가 깨어났다. 걸리버의 두 다리에서 힘이 풀렸다. 그는 바닥에 넘어질 뻔했다가 겨우 중심을 잡았다.

"내가." 그가 말했다. 걸리버는 잠시 자신이 어디에 있는지 몰랐다. 그가 어둠 속의 나를 보았다. 이번에는 의식이 있는 시선이었다. "아빠?"

나는 고개를 끄덕였다. 가느다란 핏줄기가 입까지 흘러내렸다. 이소벨이 다락으로 이어진 계단을 달려 올라왔다. "무슨 일이야?"

"아무것도 아니야." 내가 말했다. "무슨 소리가 나서 올라와봤어. 걸리버가 몽유병 증상을 보였고. 그게 다야."

이소벨이 불을 켜고 내 얼굴을 보더니 헛숨을 들이켰다. "당신, 피가 나잖아."

"별일 아니야. 걸리버도 모르고 그런 거야."

"걸리버?"

걸리버는 이제 침대 가장자리에 앉아 불빛에 눈살을 찌푸리고 있었다. 그도 내 얼굴을 보았지만 아무 말도 하지 않았다.

내가 아닌 것

걸리버는 침대로 들어가고 싶어 했다. 자고 싶어 했다. 그래서 10분 뒤, 이소벨과 나, 단둘만 남았다. 내가 욕조 가장자리에 걸터앉자 이소벨이 TCP라는 소독약을 적신 솜 뭉치를 내 이마에, 그 다음에는 입술에 난 상처에 톡톡 부드럽게 두드렸다.

사실, 이런 것은 내게 생각 한 번으로 치유할 수 있는 상처였다. 때로는 통증을 느끼는 것만으로도 통증이 사라졌다. 하지만 항생제가 닿을 때마다 따가웠는데도 상처는 그대로였다. 내가 억지로 그렇게 했다. 이소벨이 의심하게 놔둘 수 없었다. 하지만 정말 그것뿐이었을까?

"코는 어때?" 이소벨이 물었다. 나는 거울로 코를 보았다. 한쪽 콧구멍 주변에 핏자국이 있었다.

"괜찮아." 나는 코를 만져보며 말했다. "부러지진 않았어."

이소벨이 순수하게 집중하느라 눈을 가늘게 떴다. "이마 상처는 정말 심해. 커다란 멍이 들겠어. 걸리버가 정말로 세게 당신을 때렸나 봐. 막기는 했어?"

"응." 나는 거짓말했다. "막았어. 근데 걸리버가 계속 때렸어."

나는 이소벨의 냄새를 맡을 수 있었다. 깨끗한 인간의 냄새. 이소벨이 얼굴을 씻고 수분을 공급하는 데 쓰는 크림의 냄새. 샴푸의 냄새. 살균제의 묵직한 냄새와 간신히 균형을 이루는 암모니아의 미묘한 흔적. 그녀는 그 어느 때보다 내게 신체적으로 가까웠다. 나는 그녀의 목을 보았다. 그녀의 목에는 짙은 점 두 개가 나란히 붙어 있었다. 나는 그것들을 미지의 쌍둥이 별의 궤적이라 상상했다. 나는 앤드루 마틴이 그녀에게 키스하는 모습을 떠올렸다. 이것이 인간이 하는 일이다. 인간은 키스한다. 인간의 많은 것들이 그렇듯 전혀 말이 되지 않는 행동이었다. 아니 어쩌면, 노력하다 보면 논리가 드러날지도 몰랐다.

"걸리버가 무슨 말 안 했어?"

"응." 내가 말했다. "안 했어. 그냥 소리만 질렀어. 아주 원시적이었어."

"모르겠어. 당신이랑 걸리버는 끝이 없네."

"뭐가 끝이 없다는 거야?"

"걱정이."

이소벨은 피 묻은 솜을 세면대 옆 작은 쓰레기통에 넣었다.

"미안해." 내가 말했다. "다 미안해. 과거도, 미래도." 뭉근한 통증 속에서 나온 사과를 하자 나는 가능한 한 인간에 가까워진 기분이었다. 거의 시를 쓸 수 있을 것 같았다.

우리는 침대로 돌아갔다. 이소벨이 어둠 속에서 내 손을 잡았다. 나는 살짝 손을 뺐다.

"우린 그 애를 잃었어." 나는 잠시 후에야 이소벨이 걸리버 이야기를 한다는 걸 깨달았다.

"글쎄." 내가 말했다. "그냥 걸리버를 있는 그대로 받아들여야 하는 것뿐인지도 몰라. 걸리버가 우리가 알던 것과 다르더라도.”

“난 그냥, 걸리버가 이해가 안 돼. 당신도 알잖아, 걘 우리 아들이야. 우린 16년 동안 걸리버를 알았어. 그런데도 그 애를 전혀 모르겠다는 느낌이 들어.”

“이해하려 하기보다 받아들이려 해야 하는 건지도 몰라.”

“너무 어렵네. 당신 입에서 그런 말이 나오다니 아주 이상하기도 하고.”

“다음 질문은 아마도 이거겠네. 나는? 당신은 나를 이해해?”

“난 당신도 당신 자신을 이해 못 한다고 생각해, 앤드루.”

나는 앤드루가 아니었다. 나는 내가 앤드루가 아니라는 걸 알았다. 하지만 동시에 나는 나 자신을 잃어가고 있었다. 나는 ‘내가 아닌 것’이었다. 그게 문제였다. 나는 인간 여자와 함께 침대에 누워 있었으며 이제 그녀의 아름다움을 거의 알아차릴 수 있었다. 소독약으로 인한 상처의 따끔거림을 일부러 느끼면서, 그녀의 이상하고도 매력적인 피부와 그녀가 나를 돌봐준 방식에 대해 생각하고 있었다. 우주에서는 누구도 나를 돌봐주지 않았다(당신도 마찬가지이지 않은가?). 우리에게는 우리를 돌봐줄 기술이 있고, 감정은 필요하지 않다. 우리는 혼자다. 우리는 생존을 위해 힘을 합칠 뿐 감정적으로는 누구도 필요로 하지 않는다. 우리에게는 그저 수학적 진실의 순수성만이 필요하다. 그럼에도 나는 잠드는 것이 두려웠다. 내가 잠들면 상처가 회복될 테고, 나는 그 일이 일어나기를 원하지 않았으므로. 그 순간, 이상하게도 나는 고통에서 진짜 위안을 발견했다.

지금 내게는 너무 많은 걱정이 있었다. 너무 많은 질문이.

"인간을 아는 게 조금이라도 가능하다고 생각해?" 내가 물었다.

"난 샤를마뉴 대제에 대한 책을 썼어. 가능하길 바라."

"하지만 인간은 태생적으로 선할까, 악할까? 어떻게 생각해? 인간을 믿을 수 있을까? 아니면 인간의 진짜 천성이란 그저 폭력과 탐욕과 잔인함뿐일까?"

"글쎄, 세상에서 가장 오래된 질문이네."

"당신 생각은 어때?"

"나 피곤해, 앤드루. 미안."

"그래, 나도 그래. 아침에 봐."

"잘 자."

"잘 자."

나는 이소벨이 잠에 빠져드는 동안 깨어 있었다. 문제는, 내가 밤에 익숙하지 않다는 점이었다. 밤은 처음 생각했던 것만큼 어둡지 않았다. 달빛도, 별빛도, 대기광도, 가로등도, 행성 간 먼지에 의해 후방 산란된 햇빛도 있었으니까. 하지만 인간은 여전히 하루의 절반을 깊은 어둠 속에서 보냈다. 나는 이것이, 어둠 속에서 위안을 찾으려는 욕구가 지구에서 발생하는 개인적, 성적 관계의 주된 이유 중 하나라고 확신했다. 그리고 이소벨의 옆에 있는 것은 분명 위안이었다. 그래서 나는 그냥 그 자리에서 그녀의 숨이 드나드는 소리를 들었다. 그 소리가 낯선 바다의 파도 같았다. 어느 순간, 나의 새끼손가락이 그녀의 손가락에 닿았고, 이불 아래 겹겹의 어둠 속에서 나는 손가락을 그대로 둔 채 내가 정말 이소벨이 생각하는 존재라고 상상했다. 우리가 연결되어 있다고. 우리는 서로에 대해 진심으로 신경 쓸 만큼 원시적인 두 인간이라고. 그것은 위안이 되는 생각이었다. 그 생각이 나를 마음속 점점 어두워지는 계단 아래로 이끌어 잠에 들게 했다.

시간이 더 필요할지도 모릅니다.

시간은 더 필요하지 않다.

죽여야 할 사람을 죽이겠습니다. 그건 걱정하지 마십시오.

우리는 걱정하지 않는다.

저는 단지 정보를 파괴하기 위해서 여기에 온 게 아닙니다. 정보를 수집하러 온 것이기도 합니다. 그렇게 말하지 않으셨습니까? 수학적 이해에 관한 자료는 우주 어디에서나 읽을 수 있다는 건 저도 압니다. 제가 말하는 건 그렇게 순간적으로 주고받을 수 있는 정보가 아닙니다. 지구에서만, 여기서만 수집할 수 있는 것에 관해 이야기하는 겁니다. 인간이 사는 방식에 관한 통찰력을 제공할 수 있는 무언가를요. 지구에 다른 존재가 방문하는 건 아주 오랜만의 일입니다. 적어도 인간의 기준으로는요.

이 일에 시간이 더 필요한 이유를 설명하라. 복잡성은 시간을 필요로 하지만, 인간은 원시적 존재다. 인간은 가장 얄팍한 수수께끼다.

아뇨. 그렇지 않습니다. 인간은 두 세계에 동시에 존재합니다. 겉모습의 세계와 진실의 세계에. 두 세계를 연결하는 끈은 여러 형태를 띱니다. 처음 여기 도착했을 때 저는 몇 가지 일을 이해하지 못했습니다. 예를 들어서 옷이 왜 그렇게 중요한지, 어째서 죽은 소가 쇠고기가 되는지, 어째서 특정 방식으로 깎은 풀에서 걸어 다니면 안 되는지, 어째서 집에서 키우는 반려동물이 인간에게 그토록 중요한지 말입니다. 인간은 자연을 두려워하고, 자연을 정복했다는 사실을 스스로 증명하며 엄청난 안도감을 느낍니다. 그게 잔디밭이 존재하는 이유이고, 늑대가 개로 진화한 이유이며, 인간의 건축물이 부자연스러운 형태에 기초를 두고 있는 이유입니다. 하지만 정말이지 자연은, 순수한 자연은 인간에게 하나의 상징에 불과합니다. 인간 본성의 상징 말입니다. 자연은 인간의 본성과 같은 의미를 띱니다. 그러니까 제 말은…….

무슨 말을 하는 건가?

제 말은, 인간도 인간 자신을 이해하지 못하기에 그들을 이해하는 데는 시간이 걸린다는 것입니다. 인간은 아주 오랫동안 옷을 입어왔습니다. 은유적인 옷 말입니다. 그것이 문명의 대가였습니다. 문명을 위해 그들은 진정한 자신에게 이르는 문을 닫아야 했습니다. 그러다가 길을 잃은 것입니다. 그게 인간이 책, 음악, 영화, 연극, 그림, 조각 등 예술을 발명한 이유입니다. 인간은 진정한 자신에게 돌아가기 위한 일종의 다리로서 예술을 발명했습니다. 하지만 아무리 다가가도 그들은 언제까지나 본성에서 떨어져 있습니다. 저는 제가 어젯밤에 그 소년을 죽이려 했다는 말을 하고 싶은 것 같습니다. 걸리버 말입니다. 걸리버는 잠든 채 계단에서 굴러떨어지기 직전이었습니다. 하지만 그때 걸리버의 진짜 본성이 튀어나와 저를 공격했습니다.

무엇으로 공격했지?

자신의 몸으로요. 팔로. 손으로. 걸리버는 잠들어 있었지만 눈은 뜨고 있었습니다. 걸리버는 저를 공격했습니다. 혹은 저라고 여겨지는 존재를 공격했습니다. 자기 아버지를요. 그것은 순수한 분노였습니다.

인간은 폭력적이다. 놀랄 일도 아니니다.

네, 압니다. 저도 압니다. 하지만 잠에서 깨어난 걸리버는 폭력적이지 않았습니다. 그게 인간이 하는 싸움입니다. 우리가 인간의 본성을 조금 더 이해한다면, 언젠가 다른 진보가 이루어졌을 때 어떤 행동을 취해야 할지 더 잘 알게 될 겁니다. 미래에 또 다른 인구 과밀 위기가 닥치면 우리 종족에게 지구가 유효한 선택지가 되는 때가 올지 모릅니다. 그러니 인간의 심리와 사회와 행위에 관한 지식을 최대한 많이 모은다면 당연히 도움이 되지 않겠습니까?

인간은 탐욕으로 규정된다.

모두가 그런 건 아닙니다. 예컨대 그리고리 페렐만이라는 수학자가 있습니다. 그 사람은 돈과 상을 거절하고 자기 어머니를 돌보고 있습니다. 우리의 관점은 왜곡되어 있습니다. 제가 더 조사하는 게 우리 모두에게 도움이 되리라고 생각합니다.

조사에 그 인간 둘은 필요 없잖나.

아니, 필요합니다.

어째서?

그들은 저를 안다고 생각하니까요. 제게는 그들을 볼 진짜 기회가 있고요. 그들의 진짜 모습을, 그들이 스스로 쌓은 벽 뒤의 모습을 볼 기회 말입니다. 벽 이야기가 나와서 말인데, 지금 걸리버는 아무것도 모릅니다. 저는 걸리버의 아버지가 마지막 밤에 걸리버에게 한 말을 지워버렸습니다. 제가 여기에 있는 동안은 위험할 게 없습니다.

빨리 행동해야 한다. 언제까지나 시간이 있는 건 아니다.

압니다. 걱정하지 마십시오. 영원한 시간이 필요하지는 않을 겁니다.

그들은 죽어야 한다.

네.

하늘보다 넓은

"일종의 수면장애야." 다음 날 아침 식사 때 이소벨이 걸리버에게 말했다. "아주 흔한 일이야. 아주 많은 사람이 겪었지. 아주 정상적이고 멀쩡한 사람들도. R.E.M.의 그 남자*처럼. 그 사람도 수면장애를 겪었대. 록스타치고는 꽤 괜찮은 사람인데도."

나는 방금 주방에 들어온 참이었고 이소벨은 나를 보지 못했다. 그러다 이제야 내 존재를 알아차린 이소벨이 나를 보고 어리둥절해했다. "당신 얼굴." 그녀가 말했다. "어젯밤에는 상처랑 멍이 있었잖아. 이제 완전히 나았네."

"보기보다는 괜찮았나 봐. 밤에는 뭐든 과장되게 보이는 법이니까."

"그래도 그렇지……."

이소벨은 불안한 듯 시리얼과 사투를 벌이는 아들을 보았다. 그녀는 더 말하지 않기로 했다.

"학교를 하루 쉬어야 할지도 모르겠구나, 걸리버." 이소벨이 말했다.

나는 걸리버가 기찻길을 바라보는 교육을 더 선호한다는 걸 알

* 미국의 록밴드 R.E.M.의 보컬 마이클 스타이프를 말한다.

기에 걸리버도 그 말에 동의할 것으로 예상했다. 하지만 걸리버는 나를 보고 잠시 생각하더니 결론을 내렸다. "아뇨. 아뇨, 괜찮아요. 전 멀쩡해요."

집에는 나와 뉴턴만이 남았다. 알겠지만, 나는 아직 '회복 중'이었다. 회복(recover), 다시(re) 덮는(cover) 일. 단어 중에서도 가장 인간적인 단어였다. 건강하고 정상적인 삶이 무언가를 덮고 있음을 암시하는 말이다. 지난밤 내가 걸리버에게서 본, 이면에 있는 폭력을. 건강해진다는 건 덮인다는 뜻이다. 옷을 입는다는 뜻이다. 문자 그대로든, 혹은 비유적으로든. 그럼에도 나는 그 속에 있는 것을 찾아야만 했다. 본체들을 만족시키고 내 임무가 지연된 이유를 정당화해줄 무언가를. 나는 고무줄로 묶인 종이 다발 하나를 찾았다. 그것은 이소벨의 옷장 속, 기본적인 옷가지 사이에 숨겨져 세월에 누렇게 바랬다. 나는 종이 냄새를 맡고 최소 10년은 되었겠다고 추측했다. 맨 윗장에는 '하늘보다 넓은'이라는 제목이 적혀 있었다. 그와 함께 '이소벨 마틴의 소설'이라는 말도 있었다. 소설? 나는 그 글을 조금 읽어보고, 중심 인물의 이름이 샬럿이긴 하지만 그녀를 이소벨이라 불러도 무리는 아니겠다고 생각했다.

샬럿은 자기 한숨 소리를 들었다. 지치고 오래된 기계가 압력을 방출하는 소리 같았다.

모든 것이 그녀를 짓눌렀다. 일상 속에서 반복되는 사소한 의식들—식기세척기에 그릇 넣기, 아이를 학교에서 데려오기, 요리하기—모두 물속에서 이루어지는 기분이었다. 엄마와 아이가 공유하는 에너지 저장고를 이제 올리버가 독점하고 있다는 사실을 그녀는 인정할 수밖에 없었다.

올리버는 샬럿이 학교에서 데려온 이후로 줄곧 마구 날뛰고 있었다. 파란색 외계인 총인지 뭔지를 쏘아대면서. 샬럿은 자신의 어머니가 왜 그 총을 사주었는지 알 수 없었다. 아니, 사실 알고 있었다. 어머니는 자기가 옳다고 말하고 싶어 했다.

"다섯 살배기 남자애는 총 놀이를 좋아한단다, 샬럿. 그냥 자연스러운 일이야. 아이의 본성을 빼앗을 수는 없어."

"죽어라! 죽어! 죽어!"

샬럿은 오븐을 닫고 타이머를 맞췄다.

돌아보니 올리버가 큼직한 파란색 총을 그녀의 얼굴에 겨누고 있었다.

"안 돼, 올리버." 그녀가 말했다. 아이의 얼굴을 뒤덮은 추상적인 분노와 싸우기에 그녀는 너무 지쳐 있었다. "엄마를 쏘지 마."

아이는 자세를 유지한 채 유원지에서 들을 법한 싸구려 전자음을 몇 번 더 발사하고는 주방을 뛰쳐나가 복도를 가로질렀다. 계단을 달려 올라가며 보이지 않는 외계인들을 요란하게 전멸시켰다. 샬럿은 대학교 복도에 조용히 울리던 말소리를 떠올리고, 그 소리를 그리워하는 것이 일종의 고통임을 깨달았다. 돌아가고 싶었다. 다시 가르치고 싶었다. 하지만 그러기엔 너무 늦어버린 게 아닐까 걱정되었다. 출산 휴가는 길어져 영구적인 휴직이 되었다. 아내이자 엄마로서도 충분히 충족감을 느낄 수 있으리라는 믿음은 점점 커졌다. 그것은 역사적인 전형, 어머니가 늘 충고하던 "땅에 두 발을 단단히 붙이고 살아야지" 하는 말에 부합하는 삶이었다.

샬럿은 화난 듯 과장되게 고개를 저었다. 마치 엄격한 표정을 한 '엄마 감시단'이 그녀의 양육 과정을 지켜보며 클립보드에 기록하고 있다는 듯. 부모 노릇을 할 때면 그녀는 종종 어떤 자의식을, 자신의 외부에 어떤 역할을 만들어놓고 이미 짜여진 배역을 연기해야 한다는 느낌을 자각하곤 했다.

엄마를 쏘지 마.

그녀는 쪼그려 앉아 오븐 문 너머를 보았다. 라자냐가 완성되려면 45분이 남았고, 조너선은 아직 학회에서 돌아오지 않았다.

샬럿은 몸을 일으켜 거실로 갔다. 술 장식장의 흔들리는 유리문이 거짓된 약속처럼 반짝이며 빛났다. 그녀는 오래된 열쇠를 꽂고 문을 열었다. 술병으로 이루어진 작은 대도시가 어두운 그림자 속에 젖어 있었다.

그녀는 '엠파이어 스테이트'와 '봄베이 사파이어' 병으로 손을 뻗어 그날 저녁 몫으로 따랐다.

조너선.

그는 지난번 목요일에도 늦었다. 이번 목요일에도 늦는다.

샬럿은 긴 의자에 주저앉으며 이 사실을 인정했지만, 그 사실에 너무 가까이 다가가지는 않았다. 남편은 그녀에게 더 파헤칠 기력조차 남지 않은 수수께끼였다. 어쨌든, 수수께끼를 풀면 사랑이 끝난다는 것은 결혼의 제1법칙이다.

가족은 이런 식으로 함께 사는구나. 아내들은 때때로 소설을 써서 옷장 밑바닥에 숨겨두는 방식으로 온갖 비참함을 참아내며 남편 곁을 지켰다. 엄마들은 다루기 힘들고 부모를 미칠 지경까지 몰아가는 자식들을 묵묵히 견뎠다.

아무튼 나는 그쯤에서 읽기를 멈추었다. 뭔가 침범하는 기분이 들었다. 그녀 남편의 정체를 빌린 내가 할 말은 아니지만 말이다. 나는 소설을 옷장 속 맨 아래의 제자리에 돌려놓았다.

나중에 나는 이소벨에게 무엇을 발견했는지 말했다.

이소벨은 내게 읽기 어려운 표정을 지어 보였다. 그녀의 두 뺨이 붉어졌다. 나는 그게 부끄러움인지 분노인지 알 수 없었다. 아마 둘 다 조금씩 섞여 있었을 것이다.

"그건 사적인 거야. 당신은 절대 보면 안 되는 거였어."

"알아. 그래서 보고 싶었어. 당신을 이해하고 싶어서."

"왜? 나를 이해한다고 해서 학자로서의 명예를 얻는 것도 아니고 백만 달러의 상금을 받는 것도 아니잖아, 앤드루. 여기저기 들쑤시지 마."

"남편이라면 아내를 알아야 하지 않을까?"

"당신 입에서 그런 말이 나오다니 좀 그렇네."

"그게 무슨 뜻이야?"

그녀가 한숨을 쉬었다. "아무것도 아니야. 아무것도. 미안, 그런 말은 하면 안 됐는데."

"하고 싶은 말이 있다면 해야지."

"좋은 방침이네. 하지만 그렇게 했다가는 우린 보수적으로 잡아도 2002년에 이혼했을 거야."

"그래? 만일 2002년에 그와, 내 말은, 나와 이혼했다면 당신이 더 행복해졌을까?"

"뭐, 그야 모르지."

"그건 그렇지."

그때 전화가 울렸다. 누가 나를 찾았다.

"여보세요?"

웬 남자가 말했다. 그의 목소리는 친근하고 익숙했지만 호기심도 깃들어 있었다. "여어, 나야, 아리."

"아아, 안녕, 아리." 나는 아리가 나와 가장 친한 친구라는 것을 알고 있었기에 친구처럼 말하려고 노력했다. "어떻게 지내? 결혼 생활은?"

이소벨은 의미심장하게 눈살을 찌푸리며 나를 보았지만 아리는 내 말을 제대로 듣지 못한 듯했다.

"음, 방금 에든버러에서 그걸 마치고 돌아왔어."

"아." 나는 '에든버러의 그것'이 무엇인지 아는 척 말했다. "맞아. 그렇겠네. 에든버러의 그거. 물론 그랬겠지. 어땠어?"

"좋았어. 그래, 좋더라. 세인트앤드루스 대학 애들도 만나고. 근데 말야. 너 꽤 대단한 한 주를 보냈다며?"

"응. 맞아. 나한텐 엄청난 한 주였어."

"그래서, 지금도 축구를 보고 싶어?"

"축구?"

"케임브리지 대 케터링. 가볍게 맥주 한잔하면서 지난번 네가 말한 그 1급 비밀 얘기도 좀 들어보자."

"1급 비밀?" 내 몸의 모든 분자가 경계했다. "무슨 비밀?"

"떠벌리면 안 될 것 같은데."

"그래. 맞아. 네 말이 맞아. 큰 소리로 말하지 마. 아니, 아무한테도 말하지 마." 이제 이소벨은 복도에 나와서 의심스러운 시선으로 나를 보고 있었다. "네 말에 대답하자면, 좋아. 축구 보러 가자."

나는 전화기의 빨간 버튼을 눌렀다. 또 다른 인간의 목숨을 비존재로 바꿔놓아야 할지도 모른다는 생각에 지친 채로.

아침 식사 중 몇 초의 침묵

다른 무언가가 되는 것. 다른 종족이 되는 것. 그건 쉬운 일이다. 단순한 분자 재배열이니까. 정확한 명령어와 학습 모델만 있다면 우리의 체내 기술은 아무 문제 없이 그런 일을 해낼 수 있다. 우주에 새로운 재료란 없고, 인간은 겉보기에 어떨지 몰라도 우리와 대체로 같은 물질로 이루어져 있다.

문제는 다른 데 있었다. 욕실 거울에서 새로운 나 자신을 보고도 전과 달리 세면대에 토하고 싶은 마음이 들지 않는다. 옷을 입으며 그것이 상당히 정상적인 일로 느껴지기 시작한다.

아래층으로 내려가 오직 자신만 들을 수 있는 음악을 들으며 토스트를 먹는 아들이라는 생명체를 보았을 때, 실제로는 그게 내 아들이 아니라는 점을 깨닫기까지 1초나 2초, 3초, 4초쯤 걸린다. 걸리버는 내게 아무 의미가 없는데. 아무 의미도 없어야 하는데.

아내도 그렇다. 내 아내는 내 아내가 아니다. 그녀는 나를 사랑하지만 사실 좋아하지는 않는다. 내가 한 일이 아니라, 하지 않은 어떤 일 때문이다. 하지만 아내 입장에서는 앞으로 내가 하려는 일에 비해 그게 차라리 나을 것이다. 내게 그녀는 외계인이다. 그 어떤 것보다도 낯설고 이질적인 존재다. 가장 가까운 진화의 사촌이 침팬지라 알려진, 나무에 살며 주먹을 땅에 끌고 다니는 털북

숭이인 유인원. 하지만 모든 것이 이질적일 때는 그 이질성에 익숙해진다. 그녀를 인간이 판단하듯 판단할 수 있게 된다. 그녀가 분홍색 자몽 주스를 마시는 모습을 지켜볼 수도 있고, 걱정스럽고도 무력한 눈으로 그녀의 아들을 바라볼 수도 있다. 그녀에게 '부모가 된다는 것'은 바닷가에 서서 어딘가에 육지가 있으면 좋겠다고 생각하지만 정말 육지가 있는지 알지는 못하는 채로, 부서지기 쉬운 배에 탄 채 점점 더 깊은 물로 나아가는 아이를 지켜보는 일임을 이해하게 된다.

또, 나는 그녀의 아름다움을 볼 수 있다. 만일 지구에서의 아름다움이 다른 곳의 아름다움과 같다면, 지구의 아름다움 또한 손에 닿을 듯 닿지 않고 결코 완전히 풀리지 않는 이상(理想)이며 매혹적이고 혼란스러운 종류의 감정을 만들어내는 것이라면.

나는 혼란스러웠다. 길을 잃었다.

나는 새로운 상처가 나기를 바랐다. 그러면 그녀가 나를 보살펴 줄 테니까.

"뭘 그렇게 봐?" 그녀가 내게 물었다.

"당신." 내가 말했다.

그녀는 걸리버를 보았다. 걸리버는 우리 대화를 듣지 못했다. 이어 그녀는 다시 나를 보았다. 나만큼이나 혼란스러운 모습이었다.

우리는 걱정하고 있다. 지금 뭘 하는 건가?

말씀드렸습니다.

무슨?

저는 정보를 수집하고 있습니다.

너는 시간을 낭비하고 있다.

아닙니다. 저는 제가 무엇을 하는지 알고 있습니다.

이렇게 오래 걸려서는 안 되는 일이었다.

압니다. 하지만 저는 인간에 대해 더 알아가고 있습니다. 인간은 우리가 처음 생각했던 것보다 훨씬 복잡합니다. 때로는 폭력적이지만, 대체로 서로 돌보며 살아갑니다. 인간의 내면에는 다른 무엇보다도 선량함이 많다고 저는 확신합니다.

그게 무슨 말인가?

저도 제가 무슨 말을 하는 건지 모르겠습니다. 혼란스럽습니다. 몇몇 일들은 더 이상 말이 되지 않습니다.

이는 새로운 행성에서 종종 일어나는 일이다. 그 행성에 사는 자들에 맞게 관점이 변화하는 것이지. 하지만 우리의 관점은 변하지 않았다. 그건 이해하나?

네. 이해합니다.

순수함을 유지하라.

그러겠습니다.

삶/죽음/축구

인간은 은하계에서 죽음의 문제를 완전히 해결하지 못한 몇 안 되는 지적 존재 중 하나다. 그럼에도 인간은 두려움에 비명을 지르거나 울부짖으면서 자기 몸을 긁어대거나 바닥을 굴러다니며 평생을 보내지 않는다. 어떤 인간은 그렇게 하지만—병원에서 그런 인간을 보았다—그들은 미친 사람으로 여겨진다.

그러니까 이 점을 생각해보라.

인간의 수명은 지구의 시간으로 평균 80년, 즉 지구의 시간으로 평균 3만 일이다. 말인즉슨 인간은 태어나 친구 몇 명을 사귀고, 식사를 몇 번 하고, 결혼을 하기도 하고 안 하기도 하고, 아이를 한두 명 낳기도 하고 안 낳기도 하고, 와인을 수천 잔 마시고, 몇 차례 성관계를 하고, 몸 어디선가 혹을 발견하고, 약간의 후회를 느끼고, 시간이 다 어디로 갔는지 궁금해하고, 좀 더 다르게 살았어야 했다고 생각하지만 결국 똑같이 살았으리라는 걸 깨닫고 죽는다. 거대한 검은 허무 속으로. 우주 바깥으로. 사소한 0 중에서도 가장 사소한 0으로. 그게 전부다. 종족 전체가 그렇다. 그들 모두가 그저 그런 똑같은 행성에 갇혀 있다.

하지만 지상에서 볼 때 인간들이 평생을 혼수상태로 보내는 것 같지는 않다.

그렇다. 그들은 여러 가지 일을 한다. 예를 들면:

- 씻기
- 듣기
- 정원 가꾸기
- 먹기
- 운전하기
- 일하기
- 갈망하기
- 돈 벌기
- 바라보기
- 술 마시기
- 한숨 쉬기
- 책 읽기
- 게임하기
- 일광욕하기
- 불평하기
- 조깅하기
- 트집 잡기
- 돌보기
- 어울리기
- 공상하기
- 인터넷 검색하기
- 자녀 양육하기

- 집 고치기
- 사랑하기
- 춤추기
- 성관계하기
- 후회하기
- 실패하기
- 분투하기
- 기대하기
- 잠자기

아, 그리고 스포츠가 있다.

나는, 아니, 앤드루는 스포츠를 좋아했던 것 같다. 그가 좋아한 스포츠는 축구였다.

다행스럽게도 앤드루 마틴 교수가 응원한 축구팀은 승리의 위험과 실존적 트라우마를 성공적으로 피해온 케임브리지 유나이티드였다. 나는 케임브리지 유나이티드를 응원하는 것이 실패라는 개념을 응원하는 것과 같다는 사실을 알게 되었다. 선수들의 발이 지구를 상징하는 구형의 물체를 계속 피해 다니는 모습을 지켜보는 일은 응원하는 사람들을 매우 답답하게 만들었지만, 그들은 그게 싫지 않은 듯했다. 진실은 이렇다. 비록 그들은 아니라고 항변하겠지만, 인간은 사실 승리를 그리 좋아하지 않는다. 아니, 10초 정도는 이기는 걸 좋아할지도 모르겠다. 그러나 승리가 계속되면 인간은 마침내 삶과 죽음 같은 다른 것들을 생각하게 된다. 인간이 승리보다도 싫어하는 것은 패배뿐이다. 그러나 적어도 패

배에 대해서는 뭔가 해볼 수 있다. 절대적 승리에는 할 수 있는 일이 없다. 그저 받아들일 수밖에.

아무튼, 나는 케임브리지 유나이티드가 케터링이라는 팀을 상대로 하는 경기를 보러 왔다. 걸리버에게 함께 가고 싶으냐고 물었지만—그래야 걸리버를 지켜볼 수 있을 테니까—걸리버는 비꼬듯 "네, 아빠. 저를 참 잘 아시네요"라고 대답했다.

그래서 나는 아리와 왔다. 정식으로 부르자면 아리루마디 아라사라탐 교수와. 말했다시피, 그는 앤드루의 가장 친한 친구였다. 이소벨 말로는 내게 진짜 친한 친구란 없었지만 말이다. 아리는 지인에 가까웠다. 아무튼, 그는 이론물리학에 관한 '전문가'였다(인간의 정의로는 그랬다). 그는 상당히 둥글기도 했다. 축구를 보고 싶은 게 아니라 축구공이 되고 싶은 것처럼.

"그래서……." 그가 케임브리지 유나이티드가 공을 가지고 있지 않은 동안—다시 말해, 경기 내내—말을 했다. "요즘 어떻게 지내?"

"뭘 어떻게 지내?"

그는 입에 감자칩을 쑤셔 넣었다. 그것들이 입속에서 어떻게 되는지 숨기려고 하지도 않았다. "알잖아. 네가 좀 걱정됐어." 그는 웃었다. 인간 남성이 감정을 감추기 위해 짓는 웃음이었다. "뭐, 걱정이라고는 했지만 그보다는 가벼운 우려였지. 아니, 그보다는 '혹시 존 내시처럼 된 건 아닐까?' 싶었고."

"그게 무슨 뜻이야?"

아리는 그게 무슨 뜻인지 설명해주었다. 인간 수학자들은 종종 미쳐버리는 버릇이 있다는 것이다. 아리는 내게 그런 수학자들의 이름을 불러주었고—내시, 칸토어, 괴델, 튜링—나는 그런 이름에 무슨 의미라도 있는 듯 따라서 고개를 끄덕였다. 그런 다음, 그가 말했다. “리만.”

“리만?”

“네가 음식을 별로 안 먹는다는 말을 듣고 리만보다는 괴델 쪽이 아닐까 했지만.” 아리가 말했다. 나중에 알게 된 바에 따르면, 아리가 말한 괴델은 독일의 수학자 쿠르트 괴델이었다. 그는 모든 사람이 자기 음식에 독을 타려 한다고 생각하는 심리적 기벽이 있었다. 그래서 먹기를 아예 멈추었다. 먹는 것으로 광기를 정의한다면, 아리는 그야말로 제정신인 셈이었다.

“아니야. 전혀 그렇지 않아. 지금은 잘 먹고 있어. 주로 땅콩버터 샌드위치를.”

“엘비스 프레슬리잖아.” 아리가 웃으며 말했다. 그런 다음, 그는 내게 진지한 시선을 던졌다. 그가 입에 있던 것을 꿀꺽 삼키고는 더는 입에 음식을 집어넣지 않았기에 나도 그가 진지하다는 걸 알았다. “알겠지만, 소수는 염병하게 심각한 놈이야. 진짜 장난 아니라고. 사람을 미치게 할 수도 있어. 세이렌*과 비슷해. 고립된 아름다움으로 널 유혹하고, 넌 자신도 모르는 사이 수렁에 빠지는 거지. 네가 하필 코퍼스 크리스티에서 벌거벗고 돌아다녔다는 말을 들었을 때, 난 네가 약간 미쳐가나 보다고 생각했어.”

* 그리스 신화에 나오는 바다의 요정. 아름다운 노랫소리로 뱃사람들을 홀려 죽게 했다고 한다.

"아냐. 난 길을 벗어나지 않았어." 내가 말했다. "기차처럼, 혹은 옷걸이처럼."

"이소벨은? 너랑 이소벨은 괜찮아?"

"응." 내가 말했다. "이소벨은 내 아내야. 난 이소벨을 사랑해. 모든 게 좋아. 다 좋아."

아리가 눈살을 찌푸렸다. 그는 혹시라도 케임브리지 유나이티드가 공 근처에 있는지 보려고 잠깐 시선을 돌렸다가 그렇지 않다는 걸 확인하고 안심한 듯했다.

"정말? 모든 게 괜찮다고?"

그가 더 확실한 확인을 필요로 한다는 생각이 들었다. "사랑하기 전에는 살아본 적 없었네."

아리는 고개를 저으며, 이제는 내가 당혹감으로 확실히 분류할 수 있는 표정을 지었다.

"누가 한 말이야? 셰익스피어? 테니슨? 마벌?"

나는 고개를 저었다. "아니. 에밀리 디킨슨이야. 요즘 디킨슨의 시를 많이 읽고 있거든. 앤 섹스턴과 월트 휘트먼도. 시는 우리에 대해 아주 많은 걸 말해주는 것 같아. 그러니까, 우리 인간에 대해서."

"에밀리 디킨슨? 지금 축구 경기를 보며 에밀리 디킨슨을 인용하는 거야?"

"응."

나는 또다시 내가 맥락을 잘못 짚었다고 느꼈다. 지구에서는 모든 게 맥락의 문제였다. 모든 상황에 적절한 말이란 존재하지 않았다. 이해할 수 없는 일이었다. 공기는 어디서나 산소를 포함하고 있는데 어째서 언어는 그렇지 않은 걸까? 어떤 차이가 있기에 사랑에 관한 시를 인용하는 것이 이 맥락에서 부적절하다는 걸까? 도무지 알 수 없었다.

"그래." 아리는 잠시 말을 멈추었다. 케터링이 골을 넣자 사람들이 다 함께 크게 신음했고, 아리도 그 신음에 합류했다. 나도 신음했다. 신음하기는 제법 기분 전환이 되었고, 확실히 스포츠 관람에서 가장 즐거운 측면이었다. 사람들의 시선을 보니 내가 좀 지나치게 신음한 것 같기도 했지만. 아니면, 인터넷에서 나를 봐서 그러는 건지도. "좋아." 아리가 말했다. "이소벨은 이 모든 것에 대해서 어떻게 생각해?"

"모든 것?"

"너 말이야, 앤드루. 이소벨은 어떻게 생각해? 이소벨도…… 그걸 알아? 그게 발단이었어?"

중요한 순간이었다. 나는 숨을 들이쉬었다. "내가 너한테 말한 비밀?"

"응."

"리만 가설에 대한?"

아리는 혼란스러워 얼굴을 구겼다. "뭐? 아니지, 인마. 혹시 너 리만 가설이랑 바람이라도 피우고 있었냐?"

"그럼 무슨 비밀?"

"어떤 학생이랑 그렇고 그런 사이라는."

"아." 나는 안도감에 말했다. "그러면 지난번에 만났을 때 내가 일 얘기는 전혀 안 한 거네."

"응. 그때 딱 한 번은 그랬지." 아리는 축구 경기로 다시 시선을 돌렸다. "그래서, 그 학생 얘기는 안 해줄 거야?"

"기억이 약간 흐릿해, 솔직히 말하면."

"편하네. 완벽한 알리바이야. 혹시라도 이소벨이 알게 되면 그렇게 말해. 이소벨 입장에서도 딱히 네가 MVP는 아니겠지만."

"무슨 뜻이야?"

"기분 나쁘게 듣지는 마. 너에 대한 이소벨의 의견은 네가 말해준 걸 인용한 거니까."

"이소벨의 의견이 뭔데?" 나는 망설였다. "이소벨이 나를 어떻게 생각하는데?"

아리는 마지막 감자칩 한 줌을 입에 넣고 코카콜라라는 이름의 역겨운 인산 맛 음료와 함께 삼켰다.

"이소벨이 너한테 이기적인 개자식이라고 했었대."

"왜 그렇게 생각했을까?"

"아마 네가 진짜로 이기적인 개자식이기 때문이겠지. 하긴, 우리는 다 이기적인 개자식들이니."

"그래?"

"아, 당연하지. DNA부터가 그렇게 생겨먹었잖아. 리처드 도킨스가 일찍이 지적했듯이. 하지만 넌, 인마, 네 유전자는 차원이 달라. 내가 보기에 네 이기적 유전자는 마지막에서 두 번째 네안데르탈인의 머리를 바위로 내리치고 곧바로 돌아서서 그 아내와 관계를 가진 유전자랑 거의 비슷한 수준이야."

나는 미소 지으며 계속 경기를 보았다. 긴 경기였다. 경기가 벌어지는 동안 우주의 어느 곳에서는 별들이 생겨나고 또 사라졌다. 이것이 인간 존재의 목적일까? 그 목적이 축구 경기의 즐거움 속, 그 일상적 단순성에 숨어 있는 것일까? 결국 경기가 끝났다.

"훌륭했어." 나는 경기장에서 나오며 거짓말했다.

"그래? 우리가 4대 0으로 졌는데."

"그래, 하지만 경기를 보는 동안에는 나의 필멸성이나 언젠가 죽고 말 우리의 몸이 인생 후기에 겪게 될 다양한 어려움에 대해 단 한 번도 생각하지 않았거든."

아리는 다시 당황한 표정을 지었다. 그가 뭔가 말하려는 찰나 누가 내 머리에 빈 깡통을 던졌다. 깡통은 뒤에서 날아왔지만 나는 그 존재를 느낄 수 있었기에 재빨리 몸을 피했다. 아리는 내 반사신경에 놀란 듯했다. 깡통을 던진 사람도 그랬을 것이다.

"어이, 변태." 깡통을 던진 사람이 말했다. "당신, 인터넷에 올라온 그 정신병자 맞지? 벌거벗은 놈. 그렇게 옷을 많이 입고 있다니, 좀 덥지 않아?"

"꺼져, 인마." 아리가 신경질적으로 말했다.

남자는 그 반대로 했다.

깡통을 던진 사람이 다가왔다. 그는 뺨이 붉었고 눈이 아주 작았으며 검은 머리털에는 기름이 떡져 있었다. 그의 양옆에 친구 두 명이 있었다. 셋 다 폭력을 저지를 준비가 된 얼굴이었다. 붉은 뺨이 아리에게 다가왔다. "뭐라고 했냐?"

"'꺼'라는 말이 들어갔던 것 같은데." 아리가 말했다. "'져'라는 말은 확실히 있었고."

남자가 아리의 코트를 움켜쥐었다. "어디서 잘난 척이야?"

"내가 좀 똑똑하긴 한데."

내가 남자의 팔을 잡았다. "손 치워, 이 개 같은 변태 자식아." 그가 대답했다. "난 지금 돼지 새끼랑 얘기하는 중이니까."

나는 그를 해치고 싶었다. 그동안 단 한 번도 누군가를 해치고 싶었던 적이 없었다. 해쳐야만 할 때가 있었을 뿐. 그 두 가지는 달랐다. 이 인간에 대해서는 분명히 해치고 싶다는 생각이 들었다. 나는 그의 쌕쌕거리는 숨소리를 듣고 그의 폐를 조였다. 몇 초 만에 그는 흡입기로 손을 뻗었다. "우린 갈 길 갈 테니까." 나는 그의 가슴에 가했던 압력을 풀어주었다. "너희 셋, 우리한테 다시는 시비 걸지 마."

아리와 나는 걸어서 집으로 돌아왔다. 따라오는 사람은 없었다.

"젠장." 아리가 말했다. "방금 뭐였어?"

나는 대답하지 않았다. 어떻게 대답하겠는가? 방금 일어난 일은 아리가 영영 이해할 수 없는 것이었다.

구름이 빠르게 몰려들었다. 하늘이 어두워졌다.

비가 올 것 같았다. 이미 말했듯 나는 비를 싫어한다. 지구의 비가 황산이 아니라는 건 알지만, 견딜 수 없다는 점에서 모든 비는 내게 똑같다. 나는 공황에 빠졌다.

나는 달리기 시작했다.

"잠깐만!" 아리가 나를 따라 달리며 말했다. "뭐 하는 거야?"

"비야!" 나는 케임브리지 전체를 덮는 돔이 있기를 바라며 말했다. "난 비를 참을 수가 없다고!"

전구

“좋은 시간 보냈어?” 내가 돌아오자 이소벨이 물었다. 그녀는 원시적 기술의 한 형태(계단식 사다리)에 올라 다른 원시적 기술(백열전구)을 교체하고 있었다.

“응.” 내가 말했다. “몇 번 신음하고 왔어. 근데 솔직히 말하자면, 다시 갈 것 같지 않아.”

이소벨이 새 전구를 떨어뜨렸다. 전구가 깨졌다. “아, 이런. 다른 전구가 없는데.” 이소벨이 금방이라도 울 것 같았다. 그녀는 사다리에서 내려왔고, 나는 매달려 있는 죽은 백열전구를 쳐다보며 집중했다. 잠시 후 전구에 다시 불이 들어왔다.

“운이 좋네. 결국 바꿀 필요가 없었나 봐.”

이소벨이 조명을 바라보았다. 그녀의 피부에 닿는 황금색 불빛이, 그 빛이 그림자를 움직이는 방식이 왠지 모르게 매혹적이었다. 이소벨을 더욱 그녀답게 만들었다. “참 이상하네.” 그녀가 말했다. 그러고는 깨진 유리를 내려다보았다.

“이건 내가 치울게.” 내가 말했다. 이소벨은 내게 미소 지었다. 그녀의 손이 내 손에 닿더니 고맙다는 뜻으로 잠깐 꼭 쥐었다. 그런 다음 이소벨은 내가 전혀 예상하지 않았던 일을 했다. 발치에 아직 깨진 유리가 있는 가운데 나를 부드럽게 안은 것이다.

나는 이소벨의 향기를 들이쉬었다. 내 몸에 닿는 그녀 몸의 온기가 좋았다. 나는 인간으로 산다는 것의 애절함을 깨달았다. 본질적으로 혼자이면서도 다른 이와 함께한다는 신화를 필요로 하는, 필멸하는 생명체의 비애를. 친구, 자식, 연인. 그런 건 매력적인 신화였다. 쉽게 빠져들 수 있는 신화.

"아, 앤드루." 그녀가 말했다. 이처럼 단순하게 내 이름을 부름으로써 이소벨이 무엇을 의미하려 했는지는 알 수 없었다. 다만 그녀가 내 등을 쓰다듬었을 때 나도 모르게 그녀의 등을 어루만지며 어쩐지 매우 적절하게 느껴지는 말을 했다. "괜찮아, 괜찮아, 괜찮아……."

쇼핑

나는 대니얼 러셀의 장례식에 갔다. 관이 땅속으로 내려가는 모습과 나무 뚜껑 위에 흙이 흩뿌려지는 모습을 지켜보았다. 아주 많은 사람이 있었다. 그들 대부분은 검은색 옷을 입고 있었다. 몇몇은 울고 있었다.

나중에, 이소벨은 태비사에게 가서 말을 걸고 싶어 했다. 태비사는 지난번 만났을 때와 달라 보였다. 겨우 일주일 지났을 뿐이지만 더 늙어 보였다. 그녀는 울지 않았지만, 울지 않으려고 애쓰고 있는 듯 보였다.

이소벨이 그녀의 팔을 토닥였다. "있잖아요, 태비사. 그냥 우리가 여기 있다고 말하고 싶었어요. 뭐든 필요한 게 있으면 말해요."

"고마워요, 이소벨. 그 말이 큰 위로가 되네요 정말로."

"기본적인 것들이라도요. 슈퍼마켓에 갈 기분이 나지 않는다든지. 슈퍼마켓이라는 곳이 그렇게 친절한 공간은 아니잖아요."

"정말 고마워요. 온라인으로 쇼핑할 수 있다는 걸 알지만, 난 도무지 익숙해지지가 않더라고요."

"걱정하지 마세요. 우리가 해결할게요."

이소벨은 실제로 그렇게 했다. 다른 인간 대신 쇼핑을 하러 가서 돈을 지불했고, 집으로 돌아왔다. 그녀는 나더러 좀 나은 사람처럼 보인다고 말했다.

"그래?"

"응. 다시 당신다워 보여."

제타 함수

"준비된 거 확실해?" 다음 주 월요일 아침, 내가 하루의 첫 땅콩버터 샌드위치를 먹는데 이소벨이 물었다.

뉴턴도 같은 질문을 하고 있었다. 그게 아니라면 샌드위치를 달라는 눈빛일 터였다. 나는 뉴턴에게 샌드위치를 조금 떼어주었다.

"응. 괜찮을 거야. 잘못될 게 뭐 있겠어?"

그때 걸리버가 가짜로 신음을 냈다. 아침 내내 걸리버가 낸 소리는 그것뿐이었다.

"무슨 일 있니, 걸리버?" 내가 물었다.

"모든 일이요." 걸리버가 대답했다. 더 말하지는 않았다. 대신 그는 먹지 않은 시리얼을 남겨두고 쿵쾅거리며 위층으로 올라가버렸다.

"따라가야 할까?"

"아니." 이소벨이 말했다. "시간을 줘."

나는 고개를 끄덕였다.

나는 이소벨을 믿었다.

어쨌거나, 시간이야말로 그녀의 연구 주제였으니까.

한 시간 뒤, 나는 앤드루의 연구실에 있었다. 대니얼 러셀에게 보낸 이메일을 삭제한 이후로 이곳에 온 건 처음이었다. 이번에는 서두를 게 없었기에 자세한 정보 몇 가지를 더 흡수할 수 있었다. 앤드루는 교수였으므로 모든 벽에 책을 죽 꽂아두었다. 어느 각도에서 보든 그가 책으로 둘러싸인 모습이 보이게끔 설계된 듯했다.

나는 몇몇 책의 제목을 살펴보았다. 전체적으로 매우 원시적으로 보였다.《이진법 등 십진법이 아닌 수 체계의 역사》.《쌍곡선 기하학》.《육각형 격자에 관하여》.《대수형 나선과 황금비》.

앤드루가 직접 쓴 책도 있었다. 지난번 여기에 왔을 때는 못 본 책이었다.《제타 함수》라는 제목의 얇은 책이었다. 표지에 "교정 전 원고"라고 적혀 있었다. 나는 문이 잠겨 있는지 확인한 다음 앤드루의 의자에 앉아 모든 단어를 읽었다.

참으로 맥 빠지는 글이었다고밖에는 말할 수 없다. 책은 리만 가설과 그것을 증명하고 소수들 사이의 간격이 왜 그런 방식으로 증가하는지를 설명하려는 그의 헛된 탐구에 관한 이야기였다. 비극은 그가 그 문제를 얼마나 절실하게 풀고 싶어 했는지를 깨닫는 데 있었다—물론 책을 쓰고 난 뒤 그는 정말로 가설을 증명했지만, 그가 상상했던 모든 일은 이루어질 수 없었다. 내가 그 증명을 파괴했으므로. 나는 우리 문명이 도달한 수학적 돌파구, 즉 제2소수 기본 이론이 우리에게 얼마나 본질적인 영향을 미쳤는지 생각하기 시작했다. 그 이론 덕분에 우리가 하고 있는 모든 것이 가능해졌다. 우리는 우주를 여행하거나 다른 행성에 살거나 다른 몸으로 살 수 있고, 원하는 만큼 오래 살 수 있으며, 서로의 정신과 꿈을 탐색할 수도 있다.

아무튼, 《제타 함수》에는 인간이 이룬 모든 것이 나열되어 있었다. 인간이 밟아온 중요한 걸음. 인간을 문명 쪽으로 진보시킨 발전. 불은 꽤 대단한 것이었다. 쟁기도. 인쇄술도. 증기기관도. 마이크로칩도. DNA의 발견도. 그리고 인간은 이런 성취들에 대해 스스로 축하를 아끼지 않는다. 문제는, 인간이 우주의 다른 지적 생명체 대부분이 해낸 결정적 도약을 하지 못했다는 것이다.

인간은 로켓과 탐사선과 위성을 만들었다. 그중 몇 개는 심지어 실제로 작동했다. 그러나 수학은 정말로 중요한 부분에서 그들을 배신했다. 인간은 아직 큰일을 해내지 못했다. 뇌의 동기화, 자유롭게 생각하는 컴퓨터의 발명, 완전한 자동화 기술, 은하 간 여행 같은 것들 말이다. 책을 읽으면서, 나는 내가 이 모든 가능성을 막고 있음을 깨달았다. 내가 인간의 미래를 죽였다.

전화가 울렸다. 이소벨이었다.

"앤드루, 뭐 해? 당신 강의가 10분 전에 시작됐어."

이소벨은 화가 난 듯했다. 하지만 걱정하는 마음도 담겨 있었다. 누가 나를 걱정해준다는 건 여전히 낯설고도 새로운 느낌이었다. 나는 그녀의 걱정도, 걱정함으로써 그녀가 무엇을 얻는지도 온전히 이해하지 못했다. 그러나 걱정의 대상이 되어 꽤 좋았다는 건 고백해야겠다. "아, 맞다. 알려줘서 고마워. 지금 갈게. 안녕, 여…… 여보."

조심하라. 우리가 듣고 있다.

방정식의 문제

나는 강당으로 들어갔다. 대체로 죽은 나무로 이루어진 넓은 공간이었다.

아주 많은 사람이 나를 바라보고 있었다. 학생들이었다. 일부는 펜과 종이를, 일부는 컴퓨터를 가지고 지식을 기다리고 있었다. 나는 공간을 훑어보았다. 학생은 다 합쳐서 102명이었다. 두 소수 사이에 끼어 있는, 언제나 불안한 숫자. 나는 학생들의 지식 수준을 가늠해보려 했다. 뭐랄까, 지나치게 어려운 이야기를 하고 싶지는 않았기 때문이다. 나는 등 뒤를 보았다. 단어와 방정식을 쓰기 위한 화이트보드가 있었지만 아무것도 쓰여 있지 않았다.

나는 망설였다. 그러는 사이 누가 내 약점을 감지했다. 뒷줄에 있는 스무 살 정도의 남학생이었다. 그는 부스스한 금발에 "$N = R^{*} \times f_p \times n_e \times f_l \times f_i \times f_c \times L$의 어느 부분이 이해가 안 된다는 거지?"라고 적힌 티셔츠를 입고 있었다.

그는 자기가 할 농담이 우스워 죽겠다는 듯 머리를 흔들어대며 소리쳤다. "오늘 좀 과하게 차려입으신 거 아닌가요, 교수님!" 그가 계속 웃었고, 그 웃음은 전염되었다. 강당 전체에 울부짖는 듯한 웃음소리가 들불처럼 번졌다. 순식간에 강당의 모두가 웃고 있었다. 한 사람만 빼고. 그 학생은 여자였다.

웃지 않는 여자는 나를 골똘히 바라보았다. 빨간 곱슬머리에 입술이 도톰하고 눈이 컸다. 그녀의 외모에는 놀랄 만큼 솔직한 분위기가 있었다. '죽음의 꽃'을 떠올리게 하는 개방적인 느낌이랄까. 그녀는 카디건을 입고 손가락으로 머리카락을 꼬았다.

"진정해라." 내가 나머지 학생들에게 말했다. "아주 재미있구나. 나도 이게 왜 우스운 말인지 안다. 지금 나는 옷을 입고 있고, 너는 내가 옷을 입지 않았던 상황을 이야기하는 거지. 아주 재미있어. 넌 그걸 농담이라고 생각하겠지? 마치 게오르크 칸토어가 과학자인 프랜시스 베이컨이 셰익스피어의 희곡들을 썼다고 주장했을 때처럼, 혹은 존 내시가 존재하지 않는 모자 쓴 남자들을 보기 시작했을 때처럼. 그건 웃겼어. 인간의 정신은 한계가 있는 고원 같은 거다. 그 고원의 가장자리에서 평생을 보내다 보면 '아차' 하고 떨어질 수 있지. 재미있는 일이 맞아. 하지만 걱정하지 마라, 너는 떨어지지 않을 테니까. 넌 고원의 한가운데에 있거든. 걱정해준 건 고맙지만 지금은 훨씬 나아졌다. 나는 속옷에 양말과 바지, 심지어 셔츠까지 입고 있거든."

학생들이 다시 웃었다. 그러나 이번 웃음은 더 따뜻하게 느껴졌다. 그 온기가 내 안의 무언가를 건드렸다. 그래서 나 역시 웃기 시작했다. 내가 방금 한 말 때문은 아니었다. 나는 그 말이 왜 우스운지 알지 못했으니까. 그래, 나는 나 자신에게 웃고 있었다. 내가 이곳에, 우주에서 가장 부조리한 행성에 있으면서도 실제로 이곳에 있는 걸 좋아한다는 불가능한 사실이 우스워서. 인간의 형체로서 웃는다는 게 얼마나 좋은 느낌인지, 그 해방감에 대해 누군가에게 말하고 싶다는 충동을 느꼈다. 그리고 본체들에게는 그런 말을 하고 싶지 않다는 걸 깨달았다. 나는 이소벨에게 말하고 싶었다.

아무튼, 나는 강의를 했다. 원래는 '유클리드 이후의 기하학'이라는 것에 관해 설명해야 했던 것 같지만, 그 이야기는 하고 싶지 않았으므로 남학생의 티셔츠에 대해 이야기했다.

그의 티셔츠에 적혀 있던 공식은 '드레이크 방정식'이라 불리는 것이었다. 지구가 속한 은하수, 즉 '밀키웨이'라고 불리는 곳에 발전된 문명이 존재할 가능성을 계산하기 위해 고안된 방정식이었다. (인간이 이 광대한 우주를 부르는 명칭. 밀키웨이는 '우윳빛 길'이라는 뜻이다. 마치 우주를 냉장고에서 흘러나온 우유 자국처럼 쉽게 닦아낼 수 있는, 하찮은 흔적으로 여기는 듯한 명명이다.)

아무튼, 그 방정식은 이랬다.

$N = R^* \times f_p \times n_e \times f_l \times f_i \times f_c \times L$

N은 은하계 안에서 소통이 가능할지도 모르는 고등 문명의 숫자다. R^*은 항성이 매년 생성되는 평균 속도다. f_p는 그 항성이 행성을 거느릴 확률이다. n_e는 그런 항성계 내에 있는, 생명체가 존재할 만한 행성의 숫자다. f_l은 그런 행성에서 실제로 생명체가 탄생할 확률이다. f_i는 그 생명체가 지적 생명체로 진화할 확률이다. f_c는 그중에서 소통 가능한 기술을 지닌 문명을 가질 확률이다. 그리고 L은 그런 문명이 소통 가능한 상태를 유지하는 평균 기간이다.

여러 천체물리학자가 모든 자료를 살펴보고 우리 은하에는 생명체가 있는 행성이 수백만 개 존재해야 하며, 우주 전체로 보자면 그보다 훨씬 많을 것이라고 판단했다. 이중 일부에는 매우 뛰어난 기술력을 갖춘 진보된 생명체가 분명 있으리라는 것이다. 물론, 그 말은 사실이었다. 그러나 인간은 거기에서 멈추지 않았다. 그들은 역설을 떠올렸다. "잠깐, 이럴 리가 없어. 우리한테 연락할 능력이 있는 외계 문명이 그렇게 많다면, 그들이 우리에게 연락했을 테니 우리가 모를 리 없잖아"라고 했다.

"뭐, 사실이잖아요?" 이야기를 옆길로 새게 한 티셔츠를 입은 남학생이 말했다.

"아니." 내가 말했다. "그 말은 사실이 아니야. 이 방정식에는 다른 확률도 들어가야 하거든. 예를 들어서……."

나는 돌아서서 등 뒤의 화이트보드에 적었다.

f_{cgas}

"그들이 지구를 방문하거나 지구와 통신하는 데 조금이라도 관심이 있을 확률."

그리고,

$f_{dsbthdr}$

"실제로 그렇게 했는데 인간이 알아채지 못했을 확률."

인간 수학도를 웃게 만드는 건 그리 어렵지 않았다. 사실, 나는 이렇게까지 절박하게 웃고 싶어 하는 종족을 만나본 적이 없었다. 어쨌든 기분 좋았다. 잠시 동안은 좋은 것보다도 조금 더 좋게 느껴졌다.

나는 온기를 느꼈다. 잘 모르겠지만, 이 학생들이 나를 용서하거나 받아들인 것 같았다.

"하지만 잘 들어라." 내가 말했다. "걱정하지 마. 저 위의 외계인들은 자기들이 뭘 놓치고 있는지 모른다."

갈채(인간은 무언가가 정말로 마음에 들면 손을 부딪친다. 말은 안 되지만, 인간이 나를 위해서 그렇게 해주면 뇌가 따뜻해진다).

강의가 끝나자 나를 뻔히 바라보던 여자가 다가왔다.

활짝 핀 꽃.

그녀는 내게 가까이 서 있었다. 보통 인간은 가까이 서서 이야기할 때면 상대와의 사이에 공기를 좀 남겨두려 한다. 호흡과 에티켓, 폐소공포증 통제를 위해서다. 그러나 이 여자와의 사이에는 공기가 아주 적었다.

"전화했었어요." 여자가 도톰한 입술로, 내가 전에 들어본 목소리로 말했다. "안부를 물으려고요. 하지만 교수님이 받지 않았죠. 제 메시지 받으셨어요?"

"아. 아 그래. 매기. 메시지 받았어."

"오늘 아주 날아다니시던걸요."

"고맙다. 뭔가 다르게 해봐야겠다고 생각했어."

매기가 웃었다. 가짜 웃음이었지만, 그 거짓의 무언가가 알 수 없는 이유로 나를 흥분시켰다. "매달 첫 화요일은 변함없는 거죠?" 매기가 물었다.

"아, 그럼." 나는 완전히 혼란스러워져 말했다. "매달 첫 화요일은 온전하게 남아 있을 거야."

"잘됐네요." 매기의 목소리는 따뜻하면서도 심술궂게 들렸다. 고향의 남쪽 황무지를 가르는 바람처럼. "있잖아요, 기억나요? 교수님이 랄랄라 해버리기 전날 밤 우리가 했던 심각한 대화."

"랄랄라?"

"아시면서. 코퍼스 크리스티에서 퍼포먼스를 하기 전날 밤 말이에요."

"내가 뭐라고 했지? 기억이 좀 흐릿해서 그래. 그게 다야."

"아, 강의실에서는 할 수 없는 얘긴데."

"수학에 관한 거니?"

"제가 틀렸을지도 모르겠지만, 수학 이야기야말로 강의실에서 말할 수 있는 것 아닌가요?"

나는 이 여자가, 학생이 궁금해졌다. 더 구체적으로는 그녀가 앤드루 마틴과 어떤 관계였는지 궁금했다.

"그래. 그럼. 당연하지."

나는 매기가 아무것도 모를 거라고 나 자신을 타일렀다.

"아무튼." 그녀가 말했다. "다음에 봐요."

"그래. 그래. 다음에 보자."

매기는 떠났고, 나는 매기가 떠나는 모습을 지켜보았다. 잠시 동안 우주에 존재하는 유일한 사실은 매기라는 여자 인간이 나에게서 멀어지고 있다는 사실뿐이었다. 나는 매기가 싫었지만, 그 이유는 알 수 없었다.

보라색

잠시 후 나는 학교 내 카페에서 아리와 함께 자몽 주스를 마시고 있었다. 아리는 설탕을 듬뿍 넣은 커피와 쇠고기 맛 감자칩 한 봉지를 먹었다.

"어땠어, 친구?"

나는 소 냄새가 나는 그의 입냄새를 맡지 않으려 노력했다. "좋았어. 좋았지. 외계 생명체에 대해서 교육했어. 드레이크 방정식에 대해서."

"네 분야에서는 좀 벗어나는 얘긴데?"

"내 분야에서 벗어나다니, 무슨 뜻이야?"

"주제 말야."

"수학은 모든 것의 주제야."

아리가 얼굴을 찌푸렸다. "애들한테 페르미의 역설에 대해서 말했어?"

"오히려 애들이 나에게 말해주던걸."

"다 헛소리지."

"그렇게 생각해?"

"뭐, 망할 외계 생명체가 뭐 하자고 여기 오겠어?"

"나도 그렇게 말했어."

"글쎄, 개인적으로 난 물리학이 저 바깥에 생명체가 존재하는 외계 행성이 있다고 말해준다고 생각해. 하지만 우리는 뭘 찾고 있는지도, 그게 어떤 형태인지도 몰라. 아마도 이번 세기에는 찾게 되겠지만. 물론, 대부분의 사람들은 그걸 정말로 찾고 싶어 하지 않아. 찾고 싶다고 말은 해도 실제로는 별로 안 찾고 싶어 하지."

"그래? 왜?"

아리가 손을 들었다. 입에 있는 감자칩을 씹어 삼키는 중요한 임무를 완수할 때까지 인내해달라는 신호였다. "그러면 골치 아파지니까. 그래서 사람들은 외계 생명체를 농담 거리로 바꿔버려. 세계에서 가장 뛰어난 물리학자들이 자신이 구사할 수 있는 가장 직설적인 언어로 '우주 어딘가에 분명히 다른 생명체가 있다'라고 거듭 말하는 시대에 우리는 살고 있어. 반면, 정말이지 멍청한 사람들도 있지. 별자리 운세에 푹 빠져 있거나, 조상 대대로 쇠똥에서 길흉을 점쳤을 법한 사람들. 그뿐만이 아니야. 그보다는 훨씬 더 유식해야 마땅한 사람들조차 외계 생명체는 허구라고 단정 짓고 있어. 왜? 〈우주 전쟁〉도 허구였고 〈미지와의 조우〉도 허구였거든. 그런 작품을 즐기긴 했지만, 외계인은 허구일 때만 재미있다는 편견이 마음속에 자리 잡아버렸거든. 외계인을 진짜라고 믿는 순간 과학사에서 가장 인기를 얻지 못했던 그 모든 획기적 발견과 같은 이야기를 해야 할 테니까."

"무슨 이야기?"

"인간이 만물의 중심이 아니라는 거. 알겠지만, 행성은 태양 주위를 돌아. 1500년대에는 그게 우스꽝스러운 농담이었지. 하지만 코페르니쿠스는 코미디언이 아니었어. 르네상스 전체에서 가장 안 웃긴 사람이었던 것 같아. 코페르니쿠스 옆에 있으면 라파엘로도 리처드 프라이어*처럼 보였을걸. 하지만 코페르니쿠스가 말한 건 아주아주 진실이었어. 지구가 정말로 태양 주위를 도는 거였으니까. 아무튼, 진실은 밝혀졌어. 코페르니쿠스야 자기가 죽은 다음에 연구가 공개되도록 했지만. 뒷감당은 갈릴레오가 하도록 말이지."

"그래." 내가 말했다. "그렇지."

아리의 말을 듣는 동안 눈 뒤쪽에서 통증이 시작되어 점점 날카로워지는 것을 느꼈다. 시야 가장자리에 흐릿한 보랏빛이 보였다.

"아, 동물에게 신경계가 있다는 발견도 그래." 아리는 커피를 홀짝이는 사이사이 말을 이었다. "동물도 통증을 느낄 수 있지. 그것도 당시에는 사람들을 짜증 나게 했어. 어떤 사람들은 지금도 세상의 진짜 나이를 믿고 싶어 하지 않아. 지구의 역사를 하루로 볼 때 인간은 불과 '1분'이 채 못 되는 시간 동안 존재했다는 진실을 받아들여야 하니까. 우리는 늦은 밤에 누는 오줌 한 줄기야. 그게 우리의 전부라고."

"맞아." 나는 눈꺼풀을 문지르며 말했다.

"기록된 역사는 물 내리는 시간 정도밖에 차지하지 못하고 말

* 미국의 전설적인 스탠드업 코미디언.

이지. 그리고 지금 우리는 우리한테 자유의지가 없다는 걸 알아. 사람들은 거기에도 열을 내고 있지. 그러니까 외계 생명체의 존재가 발견된다면 사람들은 정말로 불안해할 거야. 그때는 우리에게 독특하거나 특별한 점이 전혀 없다는 게 완전히 드러날 테니까."
아리는 한숨을 쉬더니 빈 감자칩 봉지 안을 골똘히 들여다보았다.
"나는 외계 생명체를 농담 거리로 여기는 게 얼마나 쉬운 일인지 이해할 수 있어. 그것도 상상력 과잉에 손목 놀리기에 바쁜 사춘기 남자애들 전용 농담으로 말이야."

"진짜 외계인이 지구에서 발견되면 무슨 일이 일어날까?"

"무슨 일이 일어날 것 같은데?"

"모르겠어. 그래서 물어보는 거야."

"뭐, 그 외계인한테 여기 올 정도의 지능이 있다면 자신이 외계인이라는 걸 드러내서는 안 된다는 걸 알 만큼의 지능도 있겠지. 그들은 이미 와 있을지도 몰라. SF 속 '우주선'하고는 전혀 다른 걸 타고 왔을 수도 있겠지. UFO 같은 게 아예 없을 수도 있어. 비행이라는 개념이 없을지도 몰라. 그들에게는 '미확인 비행 물체(Unidentified Flying Object)'로 분류될 만한 것조차 존재하지 않을 수도 있어. 누가 알겠냐? 어쩌면 그 외계인이 너일 수도 있는 거지."

나는 잔뜩 경계하며 의자에서 허리를 곧추세웠다. "뭐라고?"

"너(you) 말고 U. UFO에 있는 U 말이야. **미확인.**"

"아. 근데 어떻게든 외계인의 존재가 확인(Identified)된다면? 'I'라면?* 외계인이 자기들 사이에서 살고 있다는 걸 인간이 안다면?"

이 질문을 던지자마자 카페 곳곳에 작은 보라색 연기 같은 것이 피어오르기 시작했다. 아무도 그 사실을 모르는 듯했지만.

아리는 마지막 커피를 들이켜고 잠시 생각했다. 퉁퉁한 손가락으로 얼굴을 긁었다. "글쎄, 이렇게 말하면 될까. 나라면 그 가엾은 녀석이 되고 싶지 않을 거야."

"아리." 내가 말했다. "아리, 내가 바로 그……."

가엾은 녀석이야. 그것이 내가 하려던 말이었다. 하지만 나는 말하지 않았다. 바로 그 순간, 정확히 그 순간에 머릿속에서 소음이 들렸기 때문이다. 가능한 최고 주파수의 소리였고, 극도로 컸다. 그와 동시에 눈 뒤에서 느껴지던 통증이 무한대로 커졌다. 내가 경험한 것 중 가장 괴로운 통증이었다. 나로서는 다스릴 수 없는 통증.

통증이 사라지기를 바라는 것과 통증이 진짜로 사라지는 것은 전혀 다른 일이라는 사실이 나를 혼란스럽게 했다. 아니, 내게 통증을 넘어서서 생각할 능력이 있었다면 혼란스러웠을 것이다. 나는 계속해서 고통에 대해, 소리에 대해, 보랏빛에 대해 생각했다. 그러나 날카롭고 욱신거리는 열감이 눈 뒤쪽을 누르는 감각이 너무나 강렬했다.

"야, 너 왜 그래?"

* '미확인된'은 Unidentified, '확인된'은 Identified다. 둘의 머리글자는 각기 U와 I로, '너'와 '나'라는 뜻으로도 들릴 수 있다. 앞서 '외계인이 그냥 미확인이라면'이라는 아리의 말을 '외계인이 너라면'이라는 뜻으로 오해했듯, 여기서 주인공은 '미확인이 아니라 확인이라면?'이라고 묻고 있으나 동시에 '외계인이 나라면?'으로도 들릴 수 있다.

나는 이제 머리를 싸쥔 채 눈을 감으려 애쓰고 있었다. 하지만 눈이 감기지 않았다.

나는 수염이 덥수룩한 아리의 얼굴을, 그다음에는 카페에 있는 다른 사람 몇 명을, 계산대 뒤에 서 있는 안경 낀 여자를 바라보았다. 그들에게, 이곳 전체에 무슨 일이 일어나고 있었다. 모든 것이 다양한 색조의 짙은 보랏빛으로 녹아내리고 있었다. 내게는 그 무엇보다 익숙한 색깔이었다. "본체들." 내가 말했다. 소리 내서 그렇게 말하는 것과 거의 동시에 고통이 더욱 심해졌다. "멈춰. 아, 그만. 그만!"

"야, 구급차 부를게." 아리가 말했다. 이제 내가 바닥에 쓰러져 있었기 때문이다. 빙빙 도는 보랏빛 바다 속에.

"아니야."

나는 버텼다. 몸을 일으켰다.

고통이 줄어들었다.

울리는 소리는 낮은 윙윙거림이 되었다.

보랏빛이 희미해졌다. "아무것도 아니었어." 내가 말했다.

아리는 신경질적으로 웃었다. "내가 전문가는 아니지만, 솔직히 아무것도 아닌 건 아니었는데."

"그냥 두통이었어. 순간적인 통증. 병원에 가서 확인해볼게."

"그래야지. 꼭 그렇게 해."

"응. 그럴 거야."

나는 자리에 앉았다. 통증은 기억을 떠올리게 하려는 듯 한동안 남아 있었다. 내게만 보이는, 에테르처럼 공중에 떠 있는 아지랑이 몇 가닥도.

"너, 무슨 얘기를 하려고 했잖아. 외계 생명체에 대해서."

"아니야." 내가 조용히 말했다.

"분명 그랬는데."

"그래, 뭐. 잊어버린 것 같아."

그 후로는 통증이 완전히 사라졌다. 공기 중에서 마지막 보랏빛 흔적이 가셨다.

고통의 가능성

나는 이소벨이나 걸리버에게 아무 말도 하지 않았다. 현명하지 않은 짓이라는 건 알았다. 고통이 경고라는 것을 알았기 때문이다. 게다가, 설령 이소벨에게 말하고 싶었다 해도 말하지 못했을 것이다. 걸리버가 눈가에 멍이 든 채 집에 왔기 때문이다. 인간의 피부는 멍이 들면 여러 색조를 띤다. 회색, 갈색, 파란색, 초록색. 그중에는 짙은 보라색도 있다. 아름다운, 정신이 멍해지는 보라색.

"걸리버, 무슨 일이니?" 그날 저녁 이소벨은 같은 질문을 몇 번이고 했지만, 만족스러운 대답을 얻지 못했다. 걸리버는 주방 뒤의 작은 다용도실로 들어가 문을 닫았다.

"부탁이야, 걸리버. 거기서 나오렴." 이소벨이 말했다. "얘기 좀 해."

"걸리버, 나와라." 내가 덧붙였다.

결국 걸리버가 문을 열었다. "혼자 좀 내버려둬요." '혼자'라는 말에 너무도 단단하고 차가운 힘이 실려 있어, 이소벨은 걸리버의 바람을 들어주는 것이 최선이라고 생각했다. 그래서 우리는 걸리버가 터덜터덜 자기 방으로 올라가는 동안 아래층에 남아 있었다.

"내일 학교에 전화해봐야겠어."

나는 아무 말도 하지 않았다. 물론, 나중에야 그게 실수임을 깨닫게 되었다. 나는 그때 걸리버와의 약속을 어기고 이소벨에게 걸리버가 학교에 가지 않았다고 말했어야 했다. 하지만 그러지 않았다. 그건 내 임무가 아니었기 때문이다. 내게 임무가 있긴 했지만, 인간에 대한 임무는 아니었으니까. 그 인간이 이 두 사람일지라도. 특히 이들에게는. 게다가 나는 그날 오후 카페에서의 경고가 전해주었듯 내 임무에 이미 실패하고 있었다.

그러나 뉴턴에게는 다른 임무가 있었다. 그는 걸리버와 함께하러 계단을 올라갔다. 이소벨은 무엇을 해야 할지 몰랐기에 찬장을 열고 그 안을 들여다보며 한숨을 쉬더니 도로 닫았다.

"잘 들어." 나는 나도 모르게 말했다. "걸리버는 스스로 자기 길을 찾아내야 해, 자기만의 실수도 겪어야 하고."

"누가 걸리버한테 저런 짓을 했는지 알아내야 해, 앤드루. 그게 우리가 해야 하는 일이야. 저런 식으로 다른 사람한테 폭력을 저지르고 아무 벌도 받지 않게 둘 순 없어. 안 될 말이야. 이 문제에 그렇게 무심할 수 있다니, 당신 대체 어떤 윤리적 기준을 가지고 사는 거야?"

내가 뭐라고 말할 수 있었겠는가? "미안. 난 무심한 게 아니야. 난 걸리버를 사랑해. 당연하잖아." 그 순간, 끔찍하고도 무서운 사실 하나가 내 앞에 놓였다. 나는 정말로 걸리버를 사랑했다. 본체들의 경고는 실패한 셈이었다. 사실, 정반대 효과를 낳았다.

통제할 수 없는 고통을 느낄 수 있다는 걸 깨달으면 일어나는 일이다. 취약해지는 것. 고통의 가능성, 바로 거기에서 사랑이라는 감정이 비롯되기 때문이다. 내게 그것은 정말이지 나쁜 소식이었다.

경사진 지붕(그리고 비를 견디는 다른 방법들)

한 번의 잠으로
육신이 물려받은 가슴앓이와
수천 가지 타고난 갈등이 끝난다.

— 윌리엄 셰익스피어, 〈햄릿〉

나는 잠을 잘 수 없었다.

당연히 잘 수 없었다. 우주 전체를 걱정해야 했으니까.

나는 계속해서 고통에 대해, 소리와 보라색에 대해 생각했다.

게다가 비까지 내렸다.

나는 이소벨을 침대에 둔 채 뉴턴과 이야기하기로 했다. 나는 두 손으로 귀를 막고 구름에서 떨어지는 물, 즉 빗방울이 창문을 두드리는 소리를 듣지 않으려 노력하며 천천히 아래층으로 내려갔다. 실망스럽게도 뉴턴은 바구니 안에서 깊이 잠들어 있었다.

다시 위층으로 올라가다가 뭔가 이상한 걸 느꼈다. 공기가 이상하게 차가웠다. 한기는 아래쪽이 아니라 위쪽에서 내려오고 있었다. 그건 이 세계의 질서에 어긋나는 일이었다. 나는 걸리버의 멍든 눈을 생각했고, 그전의 일들도 생각했다.

나는 다락방을 향해 올라가다가 그곳의 모든 것이 완벽하게 정상적임을 알았다. 컴퓨터, 다크 매터 포스터, 제멋대로 흩어진 양말. 걸리버만 빼고.

종이 한 장이 열린 창문으로 든 바람을 타고 내게 날아왔다. 거기에는 딱 한마디가 적혀 있었다.

죄송해요.

나는 창문을 보았다. 밖은 어두웠다. 이 낯설면서도 익숙한 은하계의 별들이 떨고 있었다.

이 하늘 너머 어딘가에 나의 고향이 있다. 나는 원하기만 한다면 돌아갈 수 있다는 걸 깨달았다. 그냥 내 임무를 끝내고 고통 없는 세상으로 돌아가면 그만이었다. 창문은 지붕의 각도를 따라 경사져 있었다. 이곳의 수많은 지붕이 그렇듯 이 지붕도 비를 흘려보내도록 설계되어 있었다. 나로서는 그 창문을 통해 나가는 것이 어렵지 않았지만 걸리버는 상당히 애를 써야 했을 것이다.

내게 어려운 점은 비 자체였다.

비는 끊임없이 내리고 있었다.

피부를 적시는 비.

나는 빗물받이 옆, 지붕 끝자락에 앉아 무릎을 가슴 쪽으로 바짝 당긴 걸리버를 보았다. 추운 것 같았다. 잔뜩 젖어 있었다. 그곳에 있는 걸리버를 보았을 때, 나는 걸리버를 특별한 존재로, 양성자와 전자, 중성자로 이루어진 이질적인 덩어리가 아니라—인간의 말을 빌리자면—한 사람으로 보았다. 그리고 나는, 잘 모르겠지만, 걸리버와 연결되어 있다고 느꼈다. 모든 것이 다른 모든 것과 연결되어 있으며 모든 원자가 서로 소통한다는 양자물리학적 의미에서 말하는 것이 아니다. 그보다 훨씬 더 어렵고 이해하기 힘든 다른 차원의 연결이었다.

내가 걸리버의 목숨을 끊을 수 있을까?

나는 걸리버에게 걸어가기 시작했다. 인간의 발과 45도라는 경사, 내가 디디고 있는, 매끄러운 석영과 백운모로 이루어진 젖은 슬레이트 표면을 생각할 때 쉬운 일은 아니었다.

내가 다가가자 걸리버가 몸을 돌려 나를 보았다.

"지금 뭐 하는 거예요?" 걸리버가 물었다. 그는 겁먹었다. 내 눈에 띈 가장 큰 감정이 그것이었다.

"내가 물어보고 싶은 말이야."

"아빠, 그냥 가요."

그 말은 일리가 있었다. 사실 나는 걸리버를 그 자리에 남겨놓고 떠날 수 있었다. 비를 피해서, 이 얇고 혈관이 불거지지 않은 피부 위로 떨어지는 물의 끔찍한 감각에서 벗어나 실내로 들어갈 수 있었다. 하지만 그때 나는 내가 왜 정말로 이곳에 있는지 직면하게 되었다.

"아니." 나는 스스로도 혼란스러워하며 말했다. "그렇게는 안 해. 난 떠나지 않을 거야."

발이 조금 미끄러졌다. 기와 한 장이 땅에 떨어져 박살이 났다. 그 소리에 뉴턴이 깨어 짖기 시작했다.

걸리버의 눈이 휘둥그레졌다. 그가 머리를 홱 돌렸다. 그의 온몸이 긴장으로 가득 찬 것 같았다.

"그러지 마." 내가 말했다.

걸리버가 무언가를 놓았다. 빗물받이에 떨어진 그것은 디아제팜 알약 28정이 들어 있던 작은 플라스틱 원기둥이었다. 이제는 비어 있는.

내가 다가갔다. 나는 인간의 문학 작품을 충분히 읽었기에 지구에서는 자살이 실제적인 선택지라는 걸 알고 있었다. 그럼에도 내가 왜 이 사실에 신경을 쓰는지 의문스러웠다.

나는 미쳐가고 있었다.

합리성을 잃고 있었다.

논리적으로 말하자면, 걸리버가 스스로 죽고 싶어 한다면 나의 중요한 문제가 해결되는 셈이었다. 나는 그냥 뒤로 물러서 그 일이 일어나게 놔두어야 했다.

"걸리버, 내 말 들어. 뛰어내리지 마. 내 말 믿어. 지금 네가 있는 높이는, 죽기에 충분하지 않아." 그 말은 사실이었지만, 내가 계산한 대로라면 걸리버가 떨어져 그 충격으로 죽을 확률은 여전히 높았다. 그렇게 된다면 나는 그를 도울 수 없게 된다. 상처는 치료할 수 있다. 그러나 죽음은 죽음이다. 0은 제곱해도 0이다.

"아빠랑 수영한 게 기억나요." 걸리버가 말했다. "여덟 살 때요. 프랑스에 갔을 때. 그날 밤, 아빠가 도미노 게임 가르쳐준 거 기억나요?"

걸리버는 나를 돌아보았다. 나로서는 지어 보일 수 없는, 알아들었다는 표정을 보고 싶어 했다. 어둠 속에서 그의 멍든 눈은 거의 보이지 않았고, 얼굴 전체에 너무 많은 어둠이 깔려 있어서 걸리버 전체가 멍이라고도 할 수 있었다.

"그래." 내가 말했다. "당연히 기억하지."

"거짓말! 기억 못 하잖아요."

"잘 들어, 걸리버. 들어가자. 안에서 얘기하자. 그러고 나서도 자살하고 싶으면, 내가 더 높은 건물로 데려다줄게."

걸리버는 듣지 않는 듯했다. 나는 계속해서 미끄러운 슬레이트를 밟으며 그에게 다가갔다.

"내게는 그게 마지막 좋은 기억이에요." 걸리버가 말했다. 진심 같았다.

"설마. 그럴 리가 없지."

"어떤 기분인지는 알아요? 아빠 아들로 산다는 게?"

"아니. 몰라."

걸리버가 자기 눈을 가리켰다. "이거. 바로 이런 거예요."

"걸리버, 미안하다."

"언제나 멍청이가 된 기분이 든다는 게 어떤 건지 알아요?"

"넌 멍청하지 않아." 나는 아직 서 있었다. 인간이라면 엉덩이를 바닥에 대고 조금씩 다가갔겠지만, 그러기엔 시간이 너무 걸릴 것 같았다. 그래서 나는 슬레이트를 조심스럽게 밟으며, 중력을 역산하며 몸을 살짝 젖히는 식으로 이동했다.

"난 멍청해. 난 아무것도 아니야."

"아니야, 걸리버. 그렇지 않아. 넌 대단한 녀석이야. 넌……."

걸리버는 듣지 않았다.

디아제팜의 효과가 걸리버를 사로잡고 있었다.

"약을 몇 알이나 먹은 거야?" 내가 물었다. "전부?"

나는 거의 다가가 있었다. 걸리버의 어깨에 손이 닿을 듯했다. 그때 걸리버의 눈이 감기면서 그가 잠결로, 아니면 기도(祈禱)의 세계로 사라져버렸다.

기와가 하나 더 떨어졌다. 나는 옆으로 미끄러지며 젖은 슬레이트 위에서 균형을 잃었고, 빗물받이를 붙잡고 매달리는 신세가 되었다. 다시 올라가는 것이야 쉬웠다. 그건 문제가 아니었다. 문제는 걸리버의 몸이 앞으로 기울어지고 있다는 것이었다.

"걸리버, 안 돼! 일어나, 일어나! 걸리버!"

기울기에 관성이 실렸다.

"안 돼!"

걸리버가 떨어졌고, 나도 걸리버와 함께 떨어졌다. 처음에는 마음이 추락했다. 일종의 감정적 추락, 심연을 향한 소리 없는 울부짖음. 그런 다음에는 물리적으로 떨어졌다. 나는 끔찍한 속력으로 공기를 갈랐다.

다리가 부러졌다.

그건 내 의도였다. 머리가 아니라 다리가 고통받게 하는 것. 머리가 필요할 테니 말이다. 고통은 어마어마했다. 잠시 나는 다리가 다시 낫지 않을지도 모른다고 걱정했다. 몇 미터 떨어진 곳에서 의식을 잃은 채 누워 있는 걸리버를 보고야 다시 정신을 집중할 수 있었다. 걸리버의 귀에서 피가 흘러나왔다. 나는 걸리버를 치유하려면 일단 나 자신을 고쳐야 한다는 걸 알았다. 그리고 나는 고쳐졌다. 적절한 지능을 지니고 간절히 바라는 것으로 충분했다.

그렇긴 해도 세포 재생과 뼈 재건에는 아주 많은 힘이 필요했다. 내가 많은 피를 흘리고 있었고 다발성 골절을 입었기에 특히 그랬다. 하지만 고통은 점점 줄었고, 대신 기묘하고 강렬한 피로감이 나를 덮치며 중력이 나를 땅에 붙잡아두려 했다. 머리가 아팠지만, 추락의 결과는 아니었다. 신체 복구에 노력을 쏟았기 때문이었다.

나는 휘청이며 일어섰다. 간신히 걸리버가 쓰러진 곳으로 갈 수 있었다. 평평한 땅이 지붕보다 더 기울어진 것처럼 느껴졌다.

"걸리버. 얘야. 내 말 들리니? 걸리버?"

나는 도움을 요청할 수 있었다. 나도 알았다. 하지만 도움은 구급차와 병원을 의미했다. 인간이 어둠 속에서 자신들의 의학적 무지를 더듬거린다는 뜻이었다. 도움은 지연과 죽음을 의미했다. 내가 승인해야 하지만, 승인할 수 없었던 죽음을.

"걸리버?"

맥박이 없었다. 걸리버는 죽었다. 내가 몇 초 늦은 게 틀림없었다. 이미 그의 몸에서 체온이 약간 떨어지는 것을 느낄 수 있었다.

이성적으로, 나는 이 사실을 받아들여야 했다.

그러나.

나는 이소벨의 저서를 많이 읽었기에, 인간 역사 전체가 불가능한 확률에 맞서 싸워온 사람들로 가득하다는 걸 알았다. 일부는 성공했고 대부분은 실패했다. 그래도 인간은 멈추지 않았다. 이 유인원에 대해 할 수 있는 말이 있다면, **끈질기다**는 것이다. 인간은 희망을 품을 수 있다. 아아, 정말이지 희망은 있었다.

그리고 희망은 많은 경우 비이성적이다. 도무지 말이 되지 않는다. 만일 희망이 말이 되는 것이었다면, 글쎄, 이성이라고 불렀겠지. 희망에 대해 또 하나 말할 수 있는 건 노력이 필요하다는 점이다. 나는 노력에 익숙하지 않았다. 고향에서는 그 무엇에도 노력이 필요하지 않았다. 고향은 본래 그런 곳이었다. 완벽하게 노력이 필요 없는 안락함. 그러나 나는 희망하고 있었다. 단지 멀리서 바라만 보며 그가 나아지기를 바란 것은 아니다. 당연히 그러지 않았다. 나는 왼손을, 나의 선물을 걸리버의 가슴에 대고 작업을 시작했다.

날개 달린 것

진이 빠졌다.

나는 쌍성계에 대해 생각했다. 적색거성과 백색왜성이 나란히 있는, 하나의 생명력이 다른 하나로 빨려 들어가는 구조.

걸리버의 죽음은 분명한 사실이었지만, 나는 그 사실을 반박하거나 되돌릴 수 있다고 믿었다.

그러나 죽음은 백색왜성이 아니다. 그것을 아득하게 더 넘어선 무엇이었다. 죽음은 블랙홀이었다. 일단 사건의 지평선*을 넘어서면, 매우 난해한 영역에 들어서게 된다.

넌 죽지 않았어. 걸리버, 넌 죽지 않았어.

나는 계속했다. 생명이 무엇인지 알았으니까. 생명의 본질과 특징을, 그 고집스러운 지속 의지를 이해했으니까.

생명은, 특히 인간의 생명은 저항의 행위였다. 그것은 원래 존재해서는 안 되는 것이지만, 그럼에도 거의 무한한 태양계 전역에 믿을 수 없을 만큼 많이 존재했다.

불가능 같은 건 없었다. 그 사실을 아는 건 모든 것이 불가능하다는 것 또한 알았기 때문이다. 생명의 유일한 가능성은 불가능성

* event horizon, 일반상대성이론에서 내부의 사건이 외부에 어떠한 영향도 미치지 않게 되는 경계면을 말한다.

이다.

의자는 어느 순간에든 의자가 아니게 될 수 있다. 그것이 바로 양자물리학이다. 또한, 원자들과 소통할 수 있다면 원자를 조작할 수 있다.

넌 죽지 않았어, 넌 죽지 않았어.

끔찍한 기분이었다. 뼛속까지 후비고 태우는 듯한 깊은 고통이 태양 폭발처럼 내 몸을 가로질러 휘몰아쳤다. 그는 여전히 그 자리에 누워 있었다. 나는 처음으로 걸리버의 얼굴이 그의 엄마와 닮았다는 것을 알아차렸다. 고요하고 달걀 껍데기처럼 약하며 소중한 얼굴.

집 안의 불이 켜졌다. 뉴턴이 짖는 소리 때문에라도 이소벨이 깬 게 틀림없었다. 하지만 나는 그것도 의식하지 못했다. 단지 걸리버의 몸이 갑자기 밝아졌다는 것, 그로부터 얼마 지나지 않아 내 손 아래에서 아주 약한 맥박이 느껴졌다는 것만을 의식했다.

희망.

"걸리버, 걸리버, 걸리버……."

또 한 번의 맥박.

더 강한 맥박.

생명의 반항적인 북소리. 선율을 기다리는 백비트.

둥-둥.

한 번 더, 한 번 더, 한 번 더.

걸리버는 살아 있었다. 입술이 움찔거리고, 멍든 눈이 부화 직전의 달걀처럼 움직였다. 한쪽 눈이 뜨였다. 다른 쪽 눈도. 지구에서는 눈이 중요했다. 눈을 보면 그 사람을, 그 안의 생명을 볼 수 있었다. 그렇게 나는 걸리버를, 엉망진창으로 망가진 예민한 소년을 보았다. 잠깐 동안은 아버지의 기진맥진한 경이감을 느꼈다. 음미해야 마땅한 순간이었지만, 그러지 못했다. 고통과 보라색이 내게 덮쳐왔기 때문이다.

나는 번들거리는 젖은 땅에 내 몸이 쓰러지는 것을 느낄 수 있었다.

등 뒤에서 발소리가 들렸다. 내가 어둠에 잠식되기 전, 마지막으로 들은 소리였다. 어둠은 나를 차지하러 왔고, 그와 함께 외워둔 시도 떠올랐다. 에밀리 디킨슨이 수줍게 보랏빛을 가르고 다가와 내 귀에 속삭였다.

희망은 날개 달린 것
내 영혼에 걸터 앉아
가사도 없는 곡조를 노래하며
그칠 줄을 모르네

천국은 아무 일도 일어나지 않는 곳*

나는 보나도리아에, 고향에 돌아와 있었다. 고향은 언제나의 모습 그대로였다. 그들, 본체들 사이에서는 나 역시 늘 그랬다. 고통도, 두려움도 느껴지지 않았다.

우리의 아름답고 전쟁 없는 세상. 순수하디순수한 수학에 언제까지나 취해 있을 수 있는 세상.

어떤 인간이 여기 발을 들인다면, 우리의 보랏빛 풍경을 보며 자신이 천국에 들어왔다고 믿을지 모른다.

하지만 천국에서는 무슨 일이 일어날까?

우리는 천국에서 무엇을 할까?

어느 정도 시간이 지나면 결합을 갈망하게 되지 않을까? 사랑과 욕망과 오해를, 심지어 만물에 활기를 불어넣는 약간의 폭력을 원하게 되지 않을까? 빛에는 그림자가 필요하지 않은가? 아닌가? 아닐지도 모른다. 어쩌면 내가 핵심을 놓치고 있는지도 모른다. 어쩌면 중요한 건 고통 없이 존재하는 것인지도 모른다. 그렇다, 고통 없이 존재하는 것. 어쩌면 그게 삶에 필요한 유일한 목표인지 모른다. 한때는 확실히 그랬었다. 하지만 그 목표가 달성된 뒤에 태어

* 토킹 헤즈의 노래 〈헤븐〉의 가사.

났기에 한 번도 그런 목표를 원한 적이 없는 존재는 어떻게 되는 걸까? 나는 본체들보다 어렸다. 내가 얼마나 운이 좋은지를 그들만큼 깊이 인식하지 못했다. 더 이상은. 꿈속에서조차.

그사이

나는 깨어났다

지구에서.

하지만 너무 약해진 터라 내 본래 상태로 돌아가고 있었다. 나는 이런 일에 대해 들은 적이 있다. 정확히 말하자면 이런 일에 관해 설명된 언어 캡슐을 삼켰다. 몸은 내가 죽게 두는 대신 본래 상태로 돌아간다. 다른 존재가 되기 위해 쓰이는 막대한 에너지를 생명을 보존하는 데 사용하는 게 훨씬 효율적이기 때문이다. 본질적으로 '선물'이 존재하는 이유가 그것이다. 자기 보존. 영원성의 보호.

이론적으로는 괜찮았다. 훌륭한 생각이었다. 유일한 문제는 이곳이 지구라는 점이었다. 나의 본래 상태는 이곳의 공기나 중력, 대면 접촉에 준비되어 있지 않았다. 나는 이소벨이 나를 보는 걸 바라지 않았다. 그건 절대 일어나선 안 될 일이었다.

그래서 나는 내 몸의 원자가 가렵고 얼얼해지는 것을, 따뜻해지고 움직이는 것을 느끼자마자 이소벨에게 하던 일을 계속하라고, 걸리버를 돌봐주라고 말했다.

이소벨이 나를 등지고 웅크리자 나는 일어섰다. 내 발은 아직 인간의 발처럼 보였다. 그런 다음, 내 몸을 뒷마당 너머로 이동하며 몸을 바꾸었다. 두 상반된 형체 사이 어디쯤의 모습으로. 다행히 뒷마당은 크고 어두웠다. 수많은 꽃과 덤불과 나무가 있어 몸을 숨길 수 있었다. 그래서 나는 숨었다. 아름다운 꽃 사이에 모습을 감췄다. 이소벨이 걸리버를 위해 구급차를 부르면서 주위를 둘러보는 모습이 보였다.

"앤드루!" 걸리버가 깨어나자 이소벨이 소리쳤다.

이소벨은 마당에 뛰어들어 주위를 찾아보기까지 했다. 하지만 나는 가만히 있었다.

"어디로 사라진 거야?"

폐가 타들어가기 시작했다. 질소가 더 필요했다.

모행성어로 한마디만 말하면 됐을 것이다. **고향.** 본체들이 무엇보다 듣고 싶어 하는 그 한마디면 나는 고향으로 돌아갈 터였다. 그런데 왜 말하지 않았을까? 임무를 완수하지 못해서? 아니다. 그런 게 아니었다. 나는 절대 임무를 완수하지 못할 것이다. 그게 내가 오늘 밤 알게 된 사실이었다. 그렇다면 왜? 왜 나는 위험과 고통을 선택했을까? 그 반대를 선택하지 않고? 내게 무슨 일이 일어났기에? 무엇이 잘못되었기에?

그때 뉴턴이 뒷마당으로 나왔다. 녀석은 식물과 꽃의 냄새를 맡으며 종종걸음 친 끝에 그곳에 서 있는 나를 감지했다. 나는 뉴턴이 짖으며 주의를 끌리라 예상했지만, 뉴턴은 그러지 않았다. 그냥 나를 빤히 보았다. 그의 눈이 텅 빈 원처럼 빛났다. 그는 향나무 뒤에 서 있는 게 누구인지 정확히 아는 듯했다. 그런데도 침묵을 지켰다.

착한 개였다.

나는 녀석을 사랑했다.

못 하겠습니다.

안다.

어쨌든 의미도 없는 일입니다.

의미는 얼마든지 있다.

이소벨과 걸리버가 해를 입어서는 안 된다고 생각합니다.

우린 네가 오염되었다고 생각한다.

아닙니다. 저는 더 많은 지식을 얻었습니다. 그게 전부입니다.

아니다. 너는 그들에게 감염되었다.

감염? 감염이라고요? 무엇에 말입니까?

감정.

아뇨. 아닙니다. 그건 사실이 아닙니다.

사실이다.

들어보세요. 감정에도 논리가 있습니다. 감정이 없다면 인간은 서로를 돌보지 않았을 테고, 서로를 돌보지 않았다면 인간이라는 종족은 멸종했을 겁니다. 서로를 돌보는 것이 자기 보존입니다. 타인을 돌보면 그들도 나를 돌봐주니까요.

인간처럼 말하는구나. 너는 인간이 아니다. 우리 중 하나다. 우리는 하나다.

제가 인간이 아니라는 건 저도 압니다.

우리는 네가 돌아와야 한다고 생각한다.

싫습니다.

너는 돌아와야 한다.

제게는 가족이 없었습니다.

우리가 네 가족이다.

아뇨. 그건 다릅니다.

우리는 네가 돌아오기를 바란다.

제가 고향에 돌아가게 해달라고 해야만 당신들은 저를 불러들일 수 있죠. 하지만 저는 그렇게 하지 않을 겁니다. 제 정신에 간섭하실 수는 있겠지만 정신을 통제하실 수는 없습니다.

두고 보자.

도르도뉴에서의 2주와 도미노 상자

다음 날, 우리—나와 이소벨—는 거실에 있었다. 뉴턴은 위층에서 걸리버와 함께 있고, 걸리버는 잠들어 있었다. 우리는 걸리버의 상태를 확인하고 내려왔지만, 뉴턴은 보초처럼 그의 곁에 남아 있었다.

"괜찮아?" 이소벨이 물었다.

"죽지는 않았어." 내가 말했다. "나는 일어섰으니."*

"당신이 걸리버를 살렸어." 이소벨이 말했다.

"아닐 거야. 심폐소생술도 할 필요가 없었는걸. 의사가 걸리버한테는 아주 작은 상처밖에 없다고 했어."

"의사가 뭐라든 난 상관하지 않아. 걸리버는 지붕에서 뛰어내렸어. 죽을 수도 있었다고. 왜 날 소리쳐 부르지 않은 거야?"

"불렀어." 그건 분명 거짓말이었다. 하지만 이 대화 자체가 거짓말이었으니까. 내가 그녀의 남편이라는 믿음이. 그 모든 것이 허구였다. "진짜로 당신을 불렀어."

"당신, 그러다 죽을 뻔했어."

(인간은 아주 많은 시간을—거의 대부분의 시간을—가설에 낭비한

* 에밀리 디킨슨의 시.

다는 사실을 인정해야 한다. 내가 부자였다면. 유명했더라면. 버스에 치였다면. 점은 적게, 가슴은 더 크게 태어났다면. 젊어서 외국어를 더 많이 배웠다면. 그들은 알려진 어떤 생명체보다 가정법을 더 자주 사용하는 게 분명하다.)

"근데 안 죽었잖아. 난 살아 있어. 그 점에 집중하자."

"당신 약은 어떻게 된 거야? 찬장에 있었잖아."

"버렸어." 이것 역시 거짓말이었다. 불분명한 건 내가 누구를 보호하고 있느냐는 점이었다. 이소벨? 걸리버? 나 자신?

"왜? 왜 버렸어?"

"약을 그냥 굴러다니게 두는 게 좋지 않다고 생각했어. 알잖아, 걸리버 상태를 생각하면 말이야."

"하지만 디아제팜이잖아. 디아제팜 남용으로는 죽지 않아. 그러려면 1,000알은 먹어야 할걸."

"응. 그건 나도 알아." 나는 차를 마시고 있었다. 사실, 나는 차를 즐기게 되었다. 커피보다 훨씬 나았다. 위안의 맛이 났다.

이소벨이 고개를 끄덕였다. 그녀도 차를 마시고 있었다. 차가 상황을 나아지게 만드는 것처럼 보였다. 차는 식물의 잎으로 만든 뜨거운 음료로, 위기의 순간에 정상성을 회복할 수단으로 쓰인다.

"그 사람들이 뭐랬는지 알아?" 이소벨이 말했다.

"아니. 뭐라고 했는데?"

"걸리버를 입원시킬 수도 있다고 했어."

"그랬구나."

"나한테 결정하라고 했어. 걸리버가 자살할 위험이 있는지 아닌지를, 내가 판단해야 했어. 나는 걸리버가 병원에 있는 것보다 집에 있는 게 덜 위험할 거라고 했어. 병원에서는 걸리버가 한 번만 더 이런 일을 하면 선택의 여지 없이 입원 조치될 거라고 했어. 자기들이 지켜볼 거라면서."

"음, 그래. 우리가 지켜보자. 내 의견은 그래. 그 병원에는 미친 사람들이 가득해. 자기가 다른 행성에서 왔다고 생각한다든가, 그런 사람들."

이소벨이 슬픈 미소를 지으며 음료의 표면을 불어 갈색 물결을 일으켰다. "그래. 그래. 그래야지."

나는 뭔가 이해하려 애썼다. "내 잘못이지? 그날 내가 옷을 입지 않은 것 때문에."

이 질문이 어쩐지 분위기를 바꾸었다. 이소벨의 표정이 딱딱해졌다. "앤드루, 정말로 이게 하루이틀 문제라고 생각해? 당신이 무너진 그날 하루 때문에?"

"아." 나는 그렇게 말했다. 그 말이 맥락에 맞지 않는다는 건 알지만 달리 할 말이 없었다. '아'는 언제나 내가 의지하는 단어, 공백을 채우는 단어였다. '아'는 말로 하는 차(茶)와도 같았다. 나는 사실 '아니'라고 말해야 했다. 이 일이 단 하루 일 때문이라고 생각하지 않았기 때문이다. 나는 이 일이 수천 일에 걸쳐 벌어졌다고 생각했다. 그러나 나는 그중 대부분의 날을 관찰하지 못했고, 그래서 '아'가 더 적절했다.

"이건 그 사건 하나 때문이 아니야. 그동안의 모든 일 때문이야. 모든 게 당신 잘못은 아니겠지. 하지만 당신이 늘 그 자리를 지킨

건 아니잖아. 안 그래, 앤드루? 걸리버의 인생 전체에서. 적어도 우리가 케임브리지로 다시 이사한 후로 당신은 그냥 거기 없었어."

나는 걸리버가 지붕 위에서 한 말을 떠올렸다. "프랑스는?"

"뭐?"

"내가 걸리버한테 도미노를 가르쳐줬잖아. 수영장에서 같이 수영도 하고. 프랑스에서. 시골에서. 프랑스의 시골에서."

이소벨이 혼란스러운 듯 인상을 찡그렸다. "프랑스? 무슨 말이야? 도르도뉴? 거기서 2주를 보내면서 빌어먹을 도미노 한 상자를 가지고 논 거? 그게 당신의 면죄부야? 그게 아빠 노릇이야?"

"아니. 모르겠어. 난 그냥…… 그 사람이 어땠는지 보여주는 구체적인 예를 들려고 한 거였어."

"그 사람?"

"그러니까, 나 말이야. 내가 어떤 사람이었는지."

"휴가 때는 당신도 우리 곁에 있었어. 그래. 그랬지. 그때조차 일을 하면서. 제발, 시드니에서 있었던 일 기억 안 나? 보스턴은! 서울은! 토리노는! 그리고, 그리고, 뒤셀도르프는!"

"아, 그렇지." 나는 살아본 적 없는 기억을 바라보듯 책장 속 읽지 않은 책들을 바라보았다. "생생하게 기억나. 물론이지."

"우린 거의 당신을 보지도 못했어. 겨우 얼굴을 마주할 때조차 당신은 항상 강연 준비며 만날 사람들 때문에 스트레스를 받았잖아. 당신이랑 싸우기도 참 많이 싸웠지. 지금도 그러고 있네. 그러다가, 뭐랄까, 당신이 아팠고, 나아졌어. 왜 이래, 앤드루. 내가 무슨 말을 하는 건지 알잖아. 새로운 이야기가 아닐 텐데?"

"응. 전혀 아니야. 그래서, 또 내가 뭘 실패했어?"

"당신은 실패하지 않았어. 이건 동료 심사를 받는 학술 논문이 아니라고. 통과하냐, 실패하냐, 그런 문제가 아냐. 이건 우리의 인생이야. 나는 선부른 말로 이 사태를 감싸려는 게 아니야. 그냥 객관적인 진실을 전하려는 거지."

"그냥 알고 싶어서 그래. 말해줘. 내가 무슨 짓을 했는지. 아니면, 무엇을 하지 않았는지."

이소벨이 은 목걸이를 만지작거렸다. "그래. 늘 똑같았지. 걸리버가 두 살에서 네 살 사이였을 때, 당신은 걸리버를 목욕시키거나 잠자리에서 동화를 읽어줄 시간에 단 한 번도 집에 있지 않았어. 일에 방해되는 거라면 뭐든 화를 냈고. 내가 우리 가족을 위해서 커리어를 희생했다는 말을 꺼낼 기미만 보여도—내가 진짜로 희생하고 있었음에도—당신은 원고 마감조차 연기하지 않으려 했어. 내 말을 처참하게 묵살했지."

"알아. 미안해." 나는 이소벨의 소설 《하늘보다 넓은》을 생각하며 말했다. "내가 끔찍하게 굴었어. 맞아. 당신은 나 없이 더 잘 지냈을 거야. 때로는 내가 떠나서 다시는 돌아오지 않는 게 나을 것 같아."

"유치하게 굴지 마. 걸리버보다 어린애처럼 말하네."

"진심이야. 난 못되게 굴었어. 가끔은 진짜, 내가 떠나는 게 더 나을 거 같아. 영원히."

이 말에 이소벨이 흔들렸다. 그녀는 허리춤에 두 손을 얹고 있었으나 눈빛은 부드러워졌다. 그녀가 심호흡했다.

"난 당신이 필요해. 당신도 알잖아."

"왜? 우리 관계에서 내가 하는 게 뭐야? 난 잘 모르겠어."

이소벨이 눈을 꽉 감았다. 속삭였다. "대단한 일."

"뭐가?"

"당신이 한 일. 지붕에서 한 일 말이야. 정말 대단한 일이었어."

그러더니 이소벨은 내가 인간에게서 본 것 중 가장 복잡한 표정을 지었다. 연민이 살짝 깃든, 좌절된 비웃음 같은 표정이었다. 이어 그 표정이 천천히 누그러지더니 깊고도 넓은 분위기를 풍기며 용서, 그리고 내가 잘 모르는 무엇으로 수렴되었다. 나는 그것이 사랑일지도 모른다고 생각했다.

"당신에게 대체 무슨 일이 일어난 거야?" 이소벨이 속삭였다. 말이라기보다는 형태를 갖춘 숨소리 같았다.

"뭐? 아무것도 아니야. 아무 일도 없었어. 뭐, 신경쇠약이 있었지. 하지만 이제 극복했어. 그것 말고는…… 아무 일도 없었어." 나는 가볍게, 이소벨을 웃게 하려고 애쓰며 말했다.

이소벨은 미소 지었지만, 슬픔이 빠르게 그 자리를 차지했다. 그녀는 천장을 올려다보았다. 나는 이런 말 없는 소통 방식을 점점 이해하기 시작했다.

"내가 걸리버와 얘기해볼게." 어쩐지 단단하고 권위가 생긴 느낌이 들었다. 진짜가 된 느낌. 인간 같은 느낌. "내가 얘기할게."

"꼭 그럴 필요는 없어."

"알아." 내가 말했다. 나는 일어섰다. 내가 해쳐야 할 대상을 돕기 위해.

소셜 네트워크

본질적으로 지구의 소셜 네트워크는 상당히 제한적이었다. 보나도리아와 달리 여긴 두뇌 동기화 기술이 존재하지 않았기 때문에, 가입자들은 서로 텔레파시로 소통하며 진정한 의미의 군집 의식을 이루는 것이 불가능했다. 상대방의 꿈에 들어가 이국적인 달 풍경 속에서 상상된 미묘함을 맛볼 수도 없다. 지구에서의 소셜 네트워크 활동이란 대개 지능이 없는 컴퓨터 앞에 앉아 커피를 마셔야겠다고 쓰거나, 다른 이가 커피를 마셔야겠다고 쓴 글을 읽다가 정작 커피는 끓이지 않는 일이었다. 소셜 네트워크야말로 인간이 기다려온 뉴스 프로그램이었다. 자신이 주인공이 되는 뉴스 말이다.

긍정적인 면도 있었다. 나는 인간의 컴퓨터 네트워크를 해킹하기가 터무니없이 쉽다는 걸 알게 되었다. 그들의 보안 시스템은 전부 소수에 근거를 두고 있기 때문이다. 그래서 나는 걸리버의 컴퓨터를 해킹해, 페이스북에서 걸리버를 괴롭힌 모든 사람의 이름을 '내가 쪽팔림의 원흉임'으로 바꾼 뒤 '걸리버'라는 단어가 들어간 글은 하나도 올릴 수 없도록 막아버렸다. 그런 다음, 내가 멋진 시의 제목을 따서 '벼룩'*이라 이름 붙인 컴퓨터 바이러스를 그들

* 영국의 사제이자 시인인 존 던의 시.

모두에게 심어주었다. 이 바이러스 때문에 그들이 보내는 모든 메시지에 '나는 상처받았기에 남을 상처 입힌다'라는 말이 들어갔다.

보나도리아에서 나는 이렇게 악의적인 짓을 한 적이 없다. 이렇게 만족스러웠던 적도 없었고.

영원은 지금들의 집합이다

우리는 뉴턴을 산책시키러 공원에 갔다. 공원은 개를 산책시키기 위한 가장 흔한 목적지다. 풀, 꽃, 나무 같은 자연의 일부분이지만 완전히 자연스럽게 존재하도록 허락되지 않은 공간. 개들이 뒤틀린 늑대인 것처럼 공원은 뒤틀린 숲이다. 인간은 둘 다 사랑한다. 어쩌면 인간이, 뭐랄까, 뒤틀려 있기 때문일 수도 있다. 꽃은 아름다웠다. 사랑 다음으로는 꽃이 지구라는 행성에 대해서 가장 내세울 만한 점일 것이다.

"말이 안 돼요." 우리가 벤치에 앉았을 때 걸리버가 말했다.

"뭐가?"

우리는 뉴턴이 그 어느 때보다 생기 있게 꽃 향기를 맡는 모습을 지켜보았다.

"상처 하나 없이 멀쩡했어요. 심지어 눈도 더 좋아졌고요."

"네가 운이 좋은 거지."

"아빠, 난 지붕으로 나가기 전에 디아제팜 스물여덟 알을 먹었어요."

"죽으려면 그 정도로는 안 돼."

걸리버는 내 말에 화가 나 나를 보았다. 내가 모욕이라도 줬다는 듯이. 지식으로 자신의 말을 묵살하기라도 했다는 듯이.

"그건 네 엄마가 말해준 사실이야." 내가 덧붙였다. "난 몰랐다."

"아빠가 구해주기를 바라지 않았어요."

"난 널 구하지 않았어. 그냥 네가 운이 좋았던 거야. 하지만 난 네가 그런 감정을 무시했으면 해. 그건 네 인생의 한순간이었어. 넌 앞으로도 살아갈 날이 아주 많아. 아마 2만 4,000일쯤 더 살겠지. 아주 많은 순간들이야. 그 시간 동안 넌 수많은 훌륭한 일을 할 수 있어. 시도 많이 읽을 수 있고."

"아빠는 시 안 좋아하잖아요. 아빠에 대해서 아는 몇 안 되는 사실 중 한 가지인데."

"요즘 점점 좋아진달까……. 들어봐." 내가 말했다. "자살하지 마. 절대로 자살하지 마. 그게 내 조언이야. 자살하지 마."

걸리버는 주머니에서 무언가를 꺼내 입에 물었다. 담배였다. 걸리버가 불을 붙였다. 나는 나도 피워봐도 되느냐고 물었다. 걸리버는 이 말에 혼란스러운 듯했지만 내게 담배를 건네주었다. 나는 필터를 빨아들여 연기를 폐에 집어넣었다. 기침이 나왔다.

"이걸 왜 피우지?" 내가 걸리버에게 물었다.

걸리버가 어깨를 으쓱했다.

"이건 치명률이 높은 중독성 물질이야. 이걸 피우는 데는 그만한 이유가 있을 줄 알았는데."

나는 걸리버에게 담배를 돌려주었다.

"고마워요." 걸리버가 여전히 혼란스러운 표정으로 웅얼거렸다.

"별말씀을." 내가 말했다. "신경 쓰지 마."

걸리버는 한 모금을 더 빨아들이더니, 문득 담배가 자기에게도 아무 효과가 없다는 걸 깨달은 듯했다. 풀밭 쪽의 가파른 경사로로 담배를 던졌다.

내가 말했다. "네가 원한다면, 집에 가서 도미노를 할 수 있어. 오늘 아침에 한 상자 샀거든."

"사양할게요."

"아니면 도르도뉴에 갈 수도 있지."

"뭐라고요?"

"수영하러."

걸리버가 고개를 저었다. "아빤 디아제팜이 더 필요한 것 같네요."

"그래. 그럴지도 모르겠다. 네가 내 걸 다 먹었으니까." 나는 장난스럽게 미소 지으려 노력했다. 지구의 유머를 좀 더 써보려고. "이 개 같은 놈아!"

긴 침묵이 흘렀다. 우리는 뉴턴이 나무 주위를 킁킁대며 도는 모습을 지켜보았다. 한 번. 두 번.

수백만 개의 태양이 안에서 붕괴되는 듯한 느낌. 걸리버가 마침내 입을 열었다.

"아빠는 이게 어떤 건지 몰라요." 그가 말했다. "저는 아빠 아들이라는 이유로 온갖 기대를 받아요. 선생님들이 아빠 책을 읽거든요. 그런 다음에는, 앤드루 마틴이라는 위대한 나무에서 떨어진 멍든 사과라도 되는 것처럼 저를 보죠. 알잖아요, 기숙학교에서 퇴학당한 부잣집 도련님 같은, 불이나 지르고 다니고 집에서도 내놓은 그런 녀석. 이제 와서 그런 게 신경 쓰이는 건 아니에요. 하지만 휴가 때도 아빠는 거기 없었어요. 언제나 다른 곳에 있었죠. 아니면 엄마랑 분위기를 험악하게 만들었고요. 그냥 다 엿 같았어요. 아빠는 몇 년 전에 올바른 결단을 내려서 이혼했어야 해요. 엄마랑 아빠는 공통점이 하나도 없어요."

나는 그 모든 말에 대해 생각했다. 무슨 말을 해야 할지 알 수 없었다. 자동차들이 등 뒤의 도로를 지나갔다. 그 소리가 어딘가 쓸쓸했다. 잠든 바자드인의 우렁우렁한 중저음 같았다. "네 밴드 이름은 뭐였어?"

"길 잃은 자." 그가 말했다.

나뭇잎 하나가 내 무릎에 떨어졌다. 죽은 갈색 잎이었다. 나는 그 나뭇잎을 집었다가, 전에는 느낀 적 없는 이상한 공감을 느꼈다. 어쩌면 인간에게 공감할 수 있게 된 지금, 거의 모든 것에 공감할 수 있게 된 것일지 몰랐다. 에밀리 디킨슨을 너무 많이 읽은 것, 그게 문제였다. 에밀리 디킨슨이 나를 인간으로 만들고 있었다. 그렇게까지 인간은 아니더라도. 내 머리에 뭉근한 통증이 일고 눈에 약간의 피로감이 서렸다. 그 순간 잎이 초록색으로 변했다.

나는 재빨리 잎을 털어냈지만 너무 늦었다.

"방금 뭐였어요?" 걸리버는 산들바람에 날아가는 나뭇잎을 바라보며 물었다.

나는 못 들은 체하려 했다. 걸리버가 다시 물었다.

"아무 일도 없었어." 내가 말했다.

그 순간, 걸리버는 자기 또래의 십 대 여자애 두 명과 남자애 한 명이 도로 뒤의 도로를 따라 걷는 걸 보았다. 나뭇잎에 대해서는 잊어버린 듯했다. 여자애들은 우리를 보더니 두 손으로 입을 가리고 웃었다. 나는 인간의 웃음에는 기본적으로 두 가지 종류가 있으며, 이 웃음은 좋은 종류가 아님을 깨달았다.

소년은 내가 걸리버의 페이스북 페이지에서 본 녀석이었다. '개쩌는 테오 클라크'.

걸리버가 움츠러들었다.

"저거 화성인 마틴이잖아! 변태!"

걸리버가 벤치에서 몸을 더 웅크렸다. 부끄러움에 짓눌렸다.

나는 돌아서서 테오의 신체 구조와 운동 잠재력을 분석했다. "내 아들은 널 때려눕힐 수 있어." 내가 소리쳤다. "네 얼굴을 납작하게 만들어서 더 매력적인 기하학적 형태로 만들 수 있다고."

"아빠, 무슨 개소리예요." 걸리버가 말했다. "뭐 하는 거예요? 저놈이 제 얼굴을 망쳐놓은 애들 중 하나라고요."

나는 걸리버를 보았다. 그는 블랙홀 같았다. 그의 모든 폭력은 안으로만 향했다. 이젠 그중 일부를 바깥으로 밀어낼 시간이었다.

"일어나." 내가 말했다. "넌 인간이야. 이젠 인간답게 굴 시간이다."

폭력

"싫어요." 걸리버가 말했다.

하지만 너무 늦었다. 테오가 길을 건너고 있었다. "이야, 이젠 코미디언이 되기로 하셨나 봐?" 그는 우리에게 건들건들 다가오며 말했다.

"네가 내 아들한테 지는 걸 보면 아주 개같이 재미있을 것 같은데? 네 개소리가 그런 뜻이라면 말이다." 내가 말했다.

"그래요? 우리 아빠 태권도 사범이거든요? 싸우는 법은 내가 좀 아는데."

"그래서? 걸리버의 아버지는 수학자야. 그러니 걸리버가 이기지."

"퍽이나."

"네가 질 거다." 내가 테오에게 말했다. 나는 그 말이 목적지에 도달해 그대로 머물도록 했다. 얕은 연못에 떨어진 바위처럼.

테오가 웃더니, 공원 경계를 이룬 나지막한 돌담을 쉽게 훌쩍 넘었다. 여자애들이 따라왔다. 테오라는 이 아이는 걸리버만큼 키가 크지 않았으나 몸은 더 다부졌다. 거의 목이 없었고, 두 눈이 너무 가까이 붙어 있어서 외눈박이처럼 보일 정도였다. 그는 우리 앞의 풀밭을 이리저리 오가며 허공에 주먹질과 발길질을 하면서 몸을 풀었다.

걸리버는 우유처럼 창백해졌다. "걸리버." 내가 말했다. "넌 어제 지붕에서 떨어졌어. 저 녀석은 12미터 높이도 안 돼. 저 녀석한테는 아무것도 없어. 깊이가 없다고. 넌 저 녀석이 어떻게 싸울지 알아."

"네." 걸리버가 말했다. "잘 싸우겠죠."

"하지만 너한테는 '기습'이라는 무기가 있어. 넌 무엇도 겁내지 않아. 알아둬. 이 테오란 애는 네가 평생 싫어해온 모든 것의 상징이야. 저 녀석은 나야. 나쁜 날씨야. 인터넷의 원시적 영혼이야. 불공평한 운명이야. 달리 말하면, 꿈속에서 싸우듯이 저 녀석과 싸워. 모든 걸 놓아버려. 모든 부끄러움과 의식을 내려놓고 저 녀석을 두들겨 패. 넌 할 수 있어."

"아뇨." 걸리버가 말했다. "못 해요."

나는 목소리를 낮추고 내 선물을 불러냈다. "할 수 있어. 저 녀석의 생화학적 재료는 너와 같아. 하지만 신경 활동은 저 녀석이 너보다 못해." 나는 걸리버가 혼란스러워 보이는 것을 눈치채고, 내 옆머리를 톡톡 두드리며 설명했다. "이건 전부 뇌파의 문제야."

걸리버가 일어섰다. 나는 뉴턴에게 목줄을 채웠다. 뉴턴은 분위기를 감지하고 낑낑거렸다.

나는 걸리버가 풀밭을 가로지르는 모습을 지켜보았다. 그는 긴장으로 굳어져 있었다. 보이지 않는 줄에 끌려가는 것만 같았다.

여자애 둘은 삼킬 생각이 없는 무언가를 씹으면서 신나서 낄낄거렸다. 테오도 잔뜩 들뜬 것 같았다. 어떤 인간은 폭력을 좋아할 뿐 아니라 갈망한다는 걸, 나는 알게 되었다. 고통을 원해서가 아니라, 이미 가진 고통에서 벗어나기 위해 더 약한 고통에 주의를 돌리고 싶을 뿐이라는 걸.

그때 테오가 걸리버를 때렸다. 또 한 번 얼굴을 때렸다. 걸리버는 비틀거리며 물러났다. 뉴턴이 끼고 싶어 으르렁거렸지만 내가 뉴턴을 제자리에 잡아두었다.

"넌 씨발, 아무것도 아니야." 테오가 발차기로 빠르게 공기를 가르며 걸리버의 가슴을 걷어찼다. 걸리버가 다리를 잡자 테오가 깡충거렸다. 적어도 우스꽝스러워 보일 만큼은 됐다.

걸리버는 고요한 공기 너머로 조용히 나를 보았다.

그런 다음, 테오가 땅에 쓰러졌다. 걸리버는 테오가 일어나기를 기다렸다. 그러고는 내면의 스위치가 켜진 듯 미친 듯이 주먹을 퍼부었다. 자기 몸을 떨쳐내기라도 하듯, 그것이 떨쳐버릴 수 있는 무언가인 듯. 머잖아 테오는 피를 흘리며 풀밭에 뒤로 넘어졌다. 녀석의 머리가 잠시 젖혀졌다가 장미 덤불에 닿았다. 녀석은 일어나 앉아 얼굴을 꾹꾹 누르며 손에 피를 묻히더니 그걸 바라보았다. 예상도 못 했던 메시지를 받은 것처럼.

"좋아, 걸리버." 내가 말했다. "집에 갈 시간이다." 나는 테오에게 가서 쪼그려 앉았다.

"넌 이제 끝이야. 알아들어?"

테오는 알아들었다. 여자애들은 계속 조용히 뭔가를 씹었다 씹는 속도는 반으로 줄어 이제 소의 속도였다. 우리는 공원에서 벗어났다. 걸리버는 상처 하나 없이 거의 멀쩡했다.

"기분이 어때?"

"제가 그 녀석을 다치게 했어요."

"그래. 그러니까 어때? 속이 좀 시원해졌어?"

걸리버가 어깨를 으쓱했다. 그의 입가 어딘가에 미소의 흔적이 어려 있었다. 인간의 문명이라는 표면 아래 그토록 가까운 곳에 폭력이 있다니 두려웠다. 걱정되는 것은 폭력 그 자체가 아니라, 인간이 그것을 감추기 위해 쏟는 어마어마한 노력이었다. 호모사피엔스는 매일 아침, 자신이 누군가를 죽일 수 있다는 걸 알고 깨어나던 원시의 사냥꾼이었다. 지금은 그와 비슷하게, 자신이 무언가를 사게 되리라는 걸 알고 매일 아침 눈을 뜬다. 그러니까 걸리버에게 중요한 건, 오직 잠을 자면서만 방출하던 것을 깨어 있을 때의 세상에 방출하는 것이었다.

"아빠, 아빠는 아빠가 아니죠?" 집에 도착하기 전에 걸리버가 말했다.

"응." 내가 말했다. "그런 셈이야."

나는 다른 질문을 기대했지만, 질문은 나오지 않았다.

그녀의 피부에서 나는 맛

나는 앤드루가 아니었다. 나는 그들이었다. 우리는 깨어났다. 고요한 빛의 침실에 보랏빛이 엉겨 있었다. 머리는 딱히 아프지 않았지만 꽉 죄는 느낌이었다. 마치 내 머리통이 주먹이고, 뇌는 그 안에 든 비누 같았다.

불을 끄려고 했지만 어둠은 작동하지 않았다. 보랏빛은 그대로였고 흘린 잉크처럼 점점 확장되며 현실 전체로 새어 나왔다.

"가." 나는 본체들에게 요구했다. **"가버려."**

하지만 그들이, 이 글을 읽는 **당신이** 나를 장악하고 있었다. **당신이** 그 끔찍한 손아귀였다. 나는 나 자신을 잃어가고 있었다. 그 사실을 안 것은 침대에서 돌아눕다가 어둠 속에서 이소벨을, 나를 등지고 누운 그녀를 보았기 때문이다. 이불 밑에 반쯤 가려진 그녀의 실루엣이 보였다. 내 손이 그녀의 목덜미에 닿았다. 나는 그녀에게 아무 감정도 느끼지 않았다. **우리는** 그녀에게 아무 감정도 느끼지 않았다. 우리는 그녀를 이소벨로 보지도 않았다. 그녀는 그저 인간이었다. 인간이 소나 닭, 미생물을 그저 소, 닭, 미생물로 보듯이.

우리는 그녀의 드러난 목을 만지며 데이터를 수집했다. 우리에게 필요한 것은 그것뿐이었다. 그녀는 잠들어 있었고, 우리가 해야 하는 일은 그녀의 심장을 멈추게 하는 것뿐이었다. 정말이지 쉬운 일이다. 우리는 손을 조금 더 아래로 움직였고, 그녀의 갈비뼈 너머에서 뛰는 심장을 느꼈다. 우리의 움직임에 그녀가 살짝 깨어났다. 그녀는 잠에 겨운 채 돌아누워, 여전히 눈을 감은 채 말했다.
"사랑해."

그것은 단 한 사람에게 하는 말이었다. 나, 혹은 이소벨이 나라고 생각하는 나—앤드루에게. 바로 그때, 나는 그들을 이겨낼 수 있었다. 이소벨이 방금 간발의 차이로 죽음을 면했음을 깨닫자 그녀를 향한 내 감정이 얼마나 강렬한지 깨달았다.

"왜 그래?"

나는 말할 수 없었다. 대신 그녀에게 키스했다. 말이 더는 빠져나올 수 없는 지점에 이르면 인간은 키스를 한다. 다른 언어로의 전환. 키스는 저항의 행위, 어쩌면 전쟁의 행위일지도 몰랐다. **너희는 우리를 건드릴 수 없어.** 그것이 키스가 말하는 바였다.

"사랑해." 나는 그녀에게 말했다. 그녀의 피부 냄새를 맡았다. 나는 누구도, 무엇도 이렇게까지 간절히 원해본 적 없다는 걸 알았다. 이소벨에 대한 갈망은 이제 무서울 정도였다. 그래서 나는 거듭 강조해서 말할 수밖에 없었다.

"사랑해, 사랑해, 사랑해."

그러고 나서, 마지막 얇은 옷 한 겹을 어색하게 벗어버리자 언어는 한때 그랬듯 원래의 소리로 물러났다. 우리는 섹스했다. 섹스는 따뜻한 팔다리와 더 따뜻한 사랑의 행복한 뒤엉킴이었다. 일종의 내면적 빛을, 생물학적-감정적 인광을 불러내는 신체적이고 정신적인 융합. 압도적으로 굉장했다. 나는 왜 인간이 섹스를, 이런 마법을 더 자랑스럽게 여기지 않는지 궁금했다. 만일 이들이 국기를 만들고자 한다면 어째서 섹스 그림이 그려진 깃발을 선택하지 않는 걸까?

그러고 나서, 나는 이소벨을 안고 이소벨은 나를 안았다. 나는 그녀의 이마에 부드럽게 입 맞추었다. 바람이 창문을 때렸다.

이소벨은 잠들었다.

나는 어둠 속에서 그녀를 바라보았다. 그녀를 보호하고 안전하게 지켜주고 싶었다. 그런 다음, 나는 침대에서 나왔다.

할 일이 있었다.

저는 여기 남겠습니다.

그럴 수 없다. 네게는 그 행성에 어울리지 않는 선물이 있다. 인간들은 의심을 품을 것이다.

그렇다면 연결을 끊어주세요.

그건 허락할 수 없다.

아뇨, 허락해야만 합니다. 선물은 강제적인 게 아닙니다. 그게 핵심이죠. 저는 제 정신이 간섭당하도록 놔둘 수 없습니다.

네 정신에 간섭한 건 우리가 아니다. 우리는 네 정신을 복구하려 했다.

이소벨은 리만 가설의 증명에 대해 아무것도 모릅니다. 모른다고요. 이소벨을 그냥 놔두세요. 우리를 그냥 놔두세요. 우리 모두를 그냥 놔두라고요. 제발. 아무 일도 일어나지 않을 겁니다.

너는 불멸을 원하지 않느냐? 고향으로 돌아올 기회, 혹은 네가 지금 머무는 외딴 행성이 아닌 우주의 다른 곳을 방문할 기회를 원하지 않느냐?

그렇습니다.

다른 형태를 취할 기회를 원하지 않느냐? 네 원래 본성으로 돌아갈 기회를?

아뇨. 저는 인간이 되고 싶습니다. 적어도, 가능한 한 인간과 가까운 존재로 살고 싶습니다.

우리 역사상 선물을 잃게 해달라고 요구한 자는 한 명도 없다.

그럼 그 역사를 수정하셔야겠군요.

이게 무슨 의미인지 아느냐?

압니다.

너는 이제 재생할 수 없는 몸에 갇히게 된다. 늙을 것이고, 병에 걸릴 것이다. 고통을 느낄 것이며, 네가 속하고 싶다는 그 무지한 종족의 나머지 개체들과는 달리 스스로 고통을 선택했음을 언제까지나 알고 있을 것이다. 다 네가 자초한 일이다.

네. 압니다.

잘 알겠다. 너는 궁극적인 처벌을 받았다. 네가 요구했다고 해서 처벌이 가벼워지는 건 아니다. 이제 너의 연결은 끊겼다. 선물은 사라졌다. 이제 너는 인간이다. 네가 다른 행성에서 왔다고 선언한들 증명할 방법이 없을 것이다. 인간들은 너를 미쳤다고 생각할 것이다. 그래도 우리에게 달라질 것은 없다. 네 자리를 채우는 건 쉬운 일이다.

제 자리를 채우지는 못할 겁니다. 그건 자원 낭비예요. 이 임무는 아무 의미도 없습니다. 저기요? 듣고 계세요? 들리시나요? 저기요? 저기요? 저기요?

삶의 리듬

사랑은 인간 존재의 핵심이지만, 인간은 이 점을 이해하지 못한다. 인간이 그 점을 이해했다면 사랑이 사라졌을 것이다.

내가 아는 것은 사랑이 무시무시하다는 것뿐이다. 인간은 사랑을 매우 두려워한다. 그래서 퀴즈쇼가 있는 것이다. 사랑에서 주의를 돌리고 다른 것을 생각하기 위해서.

사랑이 두려운 건 강렬한 힘으로 끌어당기기 때문이다. 겉보기에 사랑은 아무것도 아닌 것 같지만, 당신이 아는 모든 이성적인 것을 뒤흔드는 초거대 질량의 블랙홀이다. 아주 따뜻한 소멸 속에서, 내가 그랬듯 당신도 당신 자신을 잃게 된다.

사랑은 바보 같은 일을, 모든 논리를 거스르는 일을 하게 한다. 평온보다 고통을, 영원보다 필멸을, 고향보다 지구를 선택하게 한다.

나는 끔찍한 기분을 느끼며 깨어났다. 눈은 피로로 따끔거리고 등이 뻣뻣했다. 무릎에도 통증이 있었다. 약한 이명이 들렸다. 지표면 아래에서 들릴 법한 소리가 내 배에서 나고 있었다. 전체적으로, 내가 느끼는 감각은 '의식적인 부패'였다.

간단히 말해 나는 인간이 된 기분이었다. 마흔세 살의 인간이 된 느낌. 인간으로 남기로 결정한 지금, 나는 불안으로 가득 차 있었다.

이 불안은 나의 신체적 운명에 관한 것만은 아니었다. 언젠가 미래에 본체들이 또 다른 누군가를 보내리라는 것을 아는 데서 온 불안이기도 했다. 선물을 빼앗기고 일반적인 인간보다 나을 것 없는 존재가 된 내가 무엇을 할 수 있겠는가?

처음에는 그 점이 걱정되었다. 하지만 시간이 지나고 아무 일도 일어나지 않자 걱정은 점차 희미해졌다. 더 사소한 걱정들이 내 정신을 차지하기 시작했다. 예컨대, 내가 이 삶을 잘 견뎌낼 수 있을까, 하는 걱정. 일상이 리듬을 찾기 시작하자 한때 이질적으로 느껴지던 것이 오히려 단조롭게 느껴지기 시작했다. 그 리듬이란 전형적으로 인간적인 것으로, 다음과 같았다. 씻고, 아침을 먹고, 인터넷을 확인하고, 일하고, 점심을 먹고, 또 일하고, 저녁을 먹고, 이야기하고, TV를 보고, 책을 읽고, 잠자리에 들고, 잠든 척하고, 그러다 진짜 잠들기.

나는 평생 단 하루만을 진정으로 인식해온 종족에 속해 있었기에, 처음에는 리듬 같은 것이 있다는 게 신나게 느껴졌다. 그러나 영원히 이곳에 갇힌 지금, 나는 인간의 상상력 부족에 분개하기 시작했다. 일상의 흐름에 조금은 변화를 줘볼 법도 한데 말이다. 인간은, 뭐랄까, 뭔가를 하지 않을 핑계로 늘 "시간이 없다"라고 말하는 종족이었다. 완벽하게 말이 되는 핑계였다. 그러니까, 실제로 시간이 있다는 걸 깨닫기 전까지는 말이다. 물론, 인간에게 영원한 시간이 있는 건 아니다. 그러나 인간에게는 내일이 있다. 모레도 있다. 글피도 있다. 사실, 인간의 손에 쥐인 시간의 양을 설명하려면 '그다음 날'이라는 말을 3만 번은 써야 할 것이다.

인간 성취의 부족 이면에 있는 문제는 시간이 아니라 상상력의 부족이었다. 인간은 자신들에게 그럭저럭 맞는 하루를 발견한 다음 그 하루를 고수하며 반복했다. 적어도 월요일부터 금요일까지는 그랬다. 그 하루가 잘 맞지 않더라도—보통은 잘 맞지 않았다—어쨌든 그대로 살아간다. 그런 다음 약간 변화를 주어 토요일과 일요일에 조금 더 재미있는 일을 했다.

내가 인간에게 가장 먼저 하고 싶었던 제안은 상황을 뒤집어보는 것이었다. 예컨대 재미있는 하루를 닷새, 재미없는 하루를 이틀 보내는 것이다. 그렇게 하면—내가 수학 천재라서 하는 말인지 모르겠지만—더 많은 즐거움을 누릴 테니까. 그러나 실제로 인간에게는 재미있는 날이 이틀도 되지 않았다. 인간에게 재미있는 날은 토요일뿐이었다. 일요일을 좋아하기에는 월요일이 너무 가까웠으니까. 일주일이라는 태양계에서 월요일이 붕괴한 별처럼, 지나치게 강한 중력을 갖고 있는 것처럼. 달리 말하면, 인간의 날은 7분의 1만이 제대로 작동했다. 나머지 엿새는 그리 좋지 않았고, 그중 닷새는 복사한 듯 반복되는 나날이었다.

내게 정말로 힘든 건 아침이었다.

지구에서 아침은 정말 힘들다. 인간들은 잠자러 갈 때보다 피곤해진 채로 깨어났다. 등이 아팠다. 목이 아팠다. 가슴은 필멸하는 존재로서의 불안에 갑갑했다. 게다가 인간은 하루가 시작되기도 전에 너무 많은 일을 해야 했다. 가장 큰 문제는, 사람처럼 보이기 위해 해야 하는 일들이었다.

보통 인간은 다음과 같은 일을 한다. 침대에서 일어나 한숨을 쉬고 기지개를 켜고 화장실에 가고 샤워를 하고 머리를 감고 린스를 하고 세수를 하고 면도를 하고 데오도란트를 바르고 양치를 하고(불소 치약으로!) 머리를 말리고 머리를 빗고 로션을 바르고 화장을 하고 거울에 모든 것을 비춰보고 날씨와 상황에 맞춰 옷을 고르고 그 옷을 입고 거울로 모든 것을 다시 확인한다. 이 모든 게 아침 식사 전에 일어나는 일이다. 인간이 침대에서 일어난다는 것 자체가 기적 같다. 하지만 인간은 모두 수천 번씩, 반복적으로 일어난다. 그뿐만이 아니다. 인간에게는 그들을 도와줄 기술조차 없다. 이 모든 일을 스스로 한다. 칫솔과 헤어드라이어에 약간의 전기가 흐를지 모르지만, 그 이상은 없다. 이 모든 것이 체취와 털, 입냄새, 수치심을 줄이기 위한 일이다.

십 대

이 행성의 집요한 중력이 더 무겁게 느껴진 이유는, 이소벨이 여전히 걸리버를 걱정한다는 사실이었다. 이소벨은 아랫입술을 깨물어댔고 멍하니 창밖을 바라보았다. 나는 걸리버에게 베이스 기타를 사주었지만, 그가 연주하는 음악이 너무 우울해서 집 안에 끊임없는 절망의 배경음악이 깔렸다.

"그냥 자꾸 생각이 나." 이 모든 걱정이 건강하지 않다는 내 말에 이소벨이 대답했다. "걸리버가 학교에서 퇴학당했을 때 말이야. 걸리버는 좋아했었어. 퇴학당하고 싶어 했어. 학생으로서 죽음을 택한 셈이지. 뭐랄까, 그냥 걱정돼. 걸리버는 처음부터 사람들과 잘 어울리지 못했어. 걸리버의 유치원에서 보내온 첫 리포트가 기억나. 걸리버가 누구와도 관계 맺지 않으려 한다고 적혀 있었지. 물론 걸리버한테 친구가 있다는 건 알아. 하지만 걸리버는 그런 걸 늘 어려워했어. 지금쯤은 여자친구도 있어야 하는 것 아닐까? 걔, 잘생겼잖아."

"친구가 그렇게 중요해? 친구가 무슨 소용이야?"

"난 관계에 대해 말하는 거야, 앤드루. 아리를 생각해봐. 친구는 우리가 세상과 관계 맺는 방식이야. 때로는 걸리버가 여기에, 이 세상에, 삶에 자리를 못 잡는 것 같아서 걱정돼. 걸리버를 보면 앵

거스가 생각나."

앵거스는 이소벨의 오빠로, 30대 초반에 금전적인 문제로 스스로 목숨을 끊었다. 이소벨이 그 말을 해주었을 때 나는 슬펐다. 수치심을 너무 쉽게 느끼는 모든 인간 때문에 슬펐다. 우주에서 자살하는 생명체가 인간뿐인 건 아니다. 그러나 인간은 자살에 관해 가장 열정적인 종족이었다. 나는 걸리버가 학교에 가지 않는다는 사실을 말해야 할까, 말아야 할까 고민하다가 말하기로 했다.

"뭐라고?" 이소벨이 물었다. 내 말을 들었는데도 말이다. "아니, 세상에. 그럼 뭘 하고 다니는 거야?"

"몰라." 내가 말했다. "그냥 걸어 다니는 것 같아."

"걸어 다닌다고?"

"내가 봤을 때는 걷고 있었어."

이소벨은 이제 화를 내고 있었다. 걸리버가 연주하는 음악도(이 시점에는 꽤 시끄러워져 있었다) 악영향을 끼쳤다.

뉴턴의 눈빛이 내게 죄책감을 더해주었다.

"들어봐, 이소벨. 걸리버는 그냥……."

너무 늦었다. 이소벨이 계단을 달려 올라갔다. 피할 수 없는 말다툼이 이어졌다. 내게는 이소벨의 목소리만 들렸다. 걸리버의 목소리는 너무 낮고 작았다. 베이스 기타 소리보다 나직했다. "학교는 왜 안 갔니?" 그의 엄마가 소리쳤다. 나는 메스꺼운 속과 뭉근하게 아픈 가슴을 부여잡고 따라 올라갔다.

나는 배신자였다.

걸리버가 자기 엄마에게 소리쳤고, 걸리버의 엄마도 마주 소리쳤다. 걸리버는 내가 자신을 싸움에 끌어들였다고 말했지만, 다행히도 이소벨은 무슨 말인지 알아듣지 못했다.

"아빠, 진짜 개새끼네요." 어느 순간 걸리버가 내게 말했다.

"그래도 기타는 사줬잖아."

"이젠 날 매수하겠다는 거예요?"

나는 십 대가 정말이지 상당히 까다롭다는 것을 깨달았다. 그들은 데리드 은하계의 남동쪽 경계선 같다.

문이 쾅 닫혔다. 나는 적절한 목소리로 말했다. "걸리버, 진정해. 미안하다. 난 그냥 너한테 가장 좋은 일을 해주려던 거야. 난 배우고 있어. 하루하루가 배움이야. 어떤 건 실패하기도 하고."

통하지 않았다. 걸리버가 화를 내며 자기 방문을 걷어찬 게 뭔가 통한 게 아니라면야. 결국 이소벨이 아래층으로 내려갔지만, 나는 그 자리에 남았다. 1시간 38분 동안 문 바깥의 베이지색 모직 카펫에 앉아 있었다.

뉴턴이 다가와 함께 앉았다. 나는 뉴턴을 쓰다듬었다. 뉴턴은 거친 혀로 내 손목을 핥았다. 나는 그 자리에 머물러 문 쪽으로 고개를 기울였다.

"미안해, 걸리버." 내가 말했다. "미안해. 미안해. 널 당황하게 만들어 미안해."

때로 인내심이야말로 유일한 힘이다. 결국 걸리버가 나왔다. 걸리버는 두 손을 주머니에 찔러 넣고 나를 보기만 했다. 그가 문틀에 기댔다. "아빠가 페이스북 건드렸어요?"

"그랬던 것 같아."

걸리버는 웃지 않으려고 애썼다.

걸리버는 별말을 하지 않았지만 아래층으로 내려왔고, 우리는 모두 함께 TV를 보았다. 〈백만장자가 되고 싶은 사람?〉이라는 퀴즈쇼였다. (그 쇼는 인간이 보는 프로그램이었고 인간은 모두 백만장자가 되고 싶어 하므로 이런 질문은 수사적 표현일 뿐이었다.)

얼마 지나지 않아 걸리버가 주방으로 가더니 그릇에 시리얼과 우유가 얼마나 들어가는지 살펴보고(상상 이상으로 많이 들어갔다) 다시 다락방으로 사라졌다. 무언가 성취한 느낌이 들었다. 이소벨은 예술극장에서 하는 실험적인 〈햄릿〉 공연 표를 예약했다고 말했다. 자기 아버지의 자리를 대신한 남자를 죽이고 싶어 하는, 자살 충동을 느끼는 젊은 왕자에 대한 연극이라고 했다.

"걸리버는 집에 있을 거야." 이소벨이 말했다.

"잘 생각했네."

오스트레일리아산 와인

"오늘 약 먹는 걸 잊어버렸어."

이소벨이 미소 지었다. "뭐, 하루 정돈 괜찮아. 와인 마실래?"

나는 와인을 마셔본 적이 없었으므로 그러겠다고 했다. 와인은 정말이지 매우 존중받는 물질로 보였으니까. 온화한 밤이었다. 이소벨이 내게 와인을 한 잔 따라주었고, 우리는 정원에 나가 앉았다. 뉴턴은 안에 있겠다고 했다. 나는 유리잔에 든 투명한 노란색 액체를 보았다. 맛을 보자 발효된 맛이 났다. 다른 말로 하면, 지구의 삶 맛이 났다. 지구에 사는 모든 것은 발효되고 늙고 병에 걸린다. 그러나 만물은 익음에서 썩음으로 내려가는 그 순간조차 훌륭한 맛을 낼 수 있다는 걸 나는 깨달았다.

그다음에는 유리잔을 보았다. 유리는 암석에서 증류해낸 것이므로 아는 게 많았다. 유리는 우주의 나이를 알았다. 유리가 곧 우주였으니까.

나는 한 모금을 더 마셨다.

세 번째 모금을 마시고 나서, 나는 정말이지 음주의 의미를 깨닫기 시작했다. 와인은 뇌에 기분 좋은 무언가를 했다. 나는 몸의 둔한 통증과 정신의 날카로운 걱정을 잊어갔다. 석 잔을 다 마셨을 때쯤에는 매우, 매우 취해 있었다. 너무 취한 나머지 하늘의 달이 두 개로 보였다.

"당신, 그게 오스트레일리아 와인인 건 알지?" 이소벨이 말했다.

그 말에 이렇게 대답했던 것 같다. "아."

"당신, 오스트레일리아 와인 싫어하잖아."

"내가? 왜?" 내가 말했다.

"당신은 속물이니까."

"속물이 뭔데?"

이소벨은 웃으며 곁눈으로 나를 보았다. "절대 가족과 함께 앉아서 TV를 보지 않는 사람을 말하는 거야." 이소벨이 말했다. "단 한 번도."

"아."

나는 와인을 좀 더 마셨다. 이소벨도 그랬다. "덜 속물이 되어가는 걸지도 몰라." 내가 말했다.

"뭐든 가능하지." 이소벨이 미소 지었다. 그녀는 내게 여전히 이질적이었다. 그건 분명했다. 하지만 지금의 이질성은 기분 좋은 이질성이었다. 실은, 기분 좋은 것 이상이었다.

"진짜야. 뭐든지 가능해." 내가 이소벨에게 말했다. 그러나 수학 얘기로 들어가지는 않았다.

이소벨이 내 어깨에 팔을 둘렀다. 나는 에티켓을 몰랐다. 지금은 죽은 사람들이 쓴 시를 읊어야 하는 순간일까, 아니면 이소벨의 신체를 마사지해야 하는 순간일까? 나는 아무것도 하지 않았다. 그냥 위를, 대기권 너머를 쳐다보면서 이소벨이 내 등을 쓰다듬게 두었다. 두 개의 달이 미끄러지듯 겹쳐져 하나가 되었다.

감시자

다음 날, 나는 숙취에 시달렸다.

인간에게 취기가 필멸의 존재임을 잊는 방법이라면, 숙취는 그 사실을 기억하는 방법이었다. 깨어나니 머리가 아팠고 입은 건조했으며 속이 메스꺼웠다. 나는 이소벨을 잠자리에 두고 아래층으로 내려가 물을 한 잔 마신 뒤 샤워했다. 옷을 입고 거실로 들어가 시를 읽었다.

나는 누가 지켜보고 있다는, 이상하지만 분명한 느낌을 받았다. 그 느낌이 점점 더 심해졌다. 나는 일어나 창가로 다가갔다. 바깥 거리는 비어 있었다. 크고 움직이지 않는 빨간색 벽돌집이 그냥 그 자리에 서 있었다. 에너지가 동나서 활주로에 멈춰 선 우주선 같았다. 그래도 나는 계속 바라보았다. 어느 창문에 반사된 무언가가, 자동차 옆의 형체가 보이는 것 같았다. 인간의 형체로 보였지만, 내 눈이 나를 속이는 걸지도 몰랐다. 어쨌거나, 나는 숙취에 시달리고 있었으니까.

뉴턴이 내 무릎에 코를 바짝 대고는 이상하게 높은음으로 낑낑댔다.

"나도 잘 모르겠어." 내가 말했다. 나는 다시 창문을 내다보았다. 이번엔 반사가 아니라 실제 현실을 보려 했다. 그때, 그것을 보았다. 주차된 자동차 위에 떠 있는 어두운 형체였다. 나는 그게 무엇인지 깨달았다. 인간의 머리 윗부분이었다. 내 생각이 맞았다. 누가 내 시선을 피해 숨어 있었다.

"여기서 기다려." 내가 뉴턴에게 말했다. "집 잘 지켜."

나는 밖으로 달려 나가 진입로를 가로질렀다. 거리에 접어들었다. 바로 그때, 모퉁이를 돌아 전력으로 도망가는 누군가를 보았다. 청바지에 검은색 상의를 입은 남자였다. 멀리서 뒷모습만 보는데도 그 남자가 익숙했다. 하지만 어디에서 그를 봤는지 떠올릴 수 없었다.

나는 그를 쫓아 모퉁이를 돌았지만, 거기에는 아무도 없었다. 그냥 또 하나의 텅 빈 교외 거리였다. 심지어 길었다. 사람이 달려서 통과했다기에는 너무 길었다. 그렇다고 길이 완전히 비어 있는 건 아니었다. 나이 든 인간 여자가 한 명 있었다. 그녀가 쇼핑카트를 끌고 내게로 걸어왔다. 나는 달리기를 멈추었다.

"안녕하세요." 여자가 미소 지으며 말했다. 인간이라는 종족이 보통 그러듯, 그녀의 피부에는 세월로 인한 주름이 잡혀 있었다(인간의 얼굴이 나이 먹는 과정을 상상하고 싶다면, 누구의 손길도 닿지 않았던 땅이 천천히 도시로 변하면서 길고 구불구불한 길이 많이 생기는 모습을 상상하면 된다).

그녀는 나를 알았던 것 같다. "안녕하세요." 내가 대꾸했다.

"요즘은 좀 어때요?"

나는 주위를 둘러보며 가능한 탈출로를 가늠해보았다. 놈이 골목 중 하나로 슬쩍 빠져나갔다면 어디에든 있을 수 있었다. 명백

한 경로가 약 200가지는 됐다.

"괘, 괜찮아요." 내가 말했다. "괜찮습니다."

내 눈은 빠르게 두리번거렸지만 아무것도 얻지 못했다. **그 남자는 누구였을까? 나는 궁금했다. 어디에서 왔을까?**

이후 며칠 동안 나는 때때로 감시당하는 느낌을 또다시 받았다. 그러나 감시자의 모습은 보이지 않았다. 이상한 일이었다. 내가 볼 때 가능성은 두 가지뿐이었다. 내가 너무 멍청하고 인간적으로 변해버린 것이거나, 나를 지켜보는 자가 너무나도 민첩하고 영리해 내게 들키지 않는 것이거나.

그 말은 그가 인간이 아니라는 뜻이었다.

나는 터무니없는 생각이라고 나 자신을 타일렀다. 나의 정신 자체가 터무니없다고, 나는 사실 인간 아닌 존재였던 적이 없다고 나 자신을 설득할 뻔했다. 나는 진짜 앤드루 마틴 교수이고, 모든 것은 일종의 꿈이었다고.

그래, 거의 그렇게 할 수 있었다.

거의.

영원히 보는 법

다시 오지 않으리라는 사실이
삶을 그토록 달콤하게 한다

—에밀리 디킨슨

이소벨은 거실에서 랩톱으로 무언가 하고 있었다. 이소벨의 미국인 친구가 고대사에 관한 블로그를 만들었고, 이소벨이 메소포타미아에 관한 글에 댓글을 다는 중이었다. 나는 매혹되어 그녀를 지켜보았다.

지구의 달은 대기가 없는 죽은 장소다.

달의 흉터를 치유할 방법은 없다. 지구나 지구의 거주자들은 다르다. 나는 지구에서 시간이 모든 것을 너무도 빨리 치유하는 모습에 놀랐다.

이소벨을 보면 기적이 보였다. 터무니없다는 건 안다. 하지만 인간은 나름의 사소한 방식으로, 수학적인 면에서 일종의 기적적 성취다.

일단, 이소벨의 어머니와 아버지가 만날 확률이 그리 높지 않았다. 둘이 만났더라도, 인간의 연애 과정을 둘러싼 무수히 많은 걱정거리를 생각하면 둘이 아기를 낳을 확률은 상당히 낮았다.

이소벨의 어머니는 평생 약 10만 개의 난자를 배란했을 것이고, 이소벨의 아버지는 같은 기간 동안 5조 개의 정자를 만들었을 것이다. 그 수치를 기준으로 단순히 계산해도 이소벨이라는 존재가 생겨날 확률은 5억 곱하기 1,000조 곱하기 1,000조분의 1이었다. 그런 계산조차도 인간 생명이 세상에 존재하게 되는 기묘한 우연의 연쇄를 제대로 반영하지 못한다.

그러니까, 인간의 얼굴을 보면 그 사람이 이곳까지 오면서 거친 운명을 이해할 수밖에 없다. 이소벨 마틴의 앞에는 총 15만 세대가 있었다. 그것도 인간 조상만 헤아린 것이다. 말인즉슨, 점점 더 확률이 낮아지는 15만 번의 성관계의 결과로 점점 더 존재 확률이 낮아지는 자식들이 태어났다는 뜻이다. 각 세대마다 조합될 확률이 1조분의 1이라 가정할 때, 그것이 세대마다 반복되니 말 그대로 1조분의 1에 또 다른 1조분의 1을 곱하는 셈이었다.

그 숫자는 우주에 존재하는 원자의 수보다도 약 2만 배나 많은, 말도 안 되는 확률이었다. 하지만 그조차 시작에 불과하다. 인간은 지구의 시간으로 겨우 300만 년쯤 존재했기 때문이다. 지구에 생명이 나타나기 시작한 이후의 35억 년에 비하면 찰나에 불과하다.

그러므로 수학적으로 볼 때, 어림잡아 말하자면 이소벨 마틴이 존재할 확률은 0이었다. 10의 무한 제곱분의 1. 사실상 0. 그런데도 이소벨은 이곳에, 내 앞에 존재했고 나는 그 모든 일에 놀랐다. 정말로 놀랐다. 갑자기 이곳에서 종교가 왜 그렇게 대단한 취급을 받는지 알 수 있었다. 물론, 신은 존재할 수 없다. 그러나 인간 역시 마찬가지다. 그러니 인간이 자신을 믿는다면—그 논리의 연장선에서—살짝 더 말이 안되는 무언가를 믿지 않을 이유가 무엇이겠는가?

얼마나 오래 이소벨을 그렇게 바라보고 있었던 걸까.

"무슨 생각 해?" 이소벨이 랩톱을 닫으며 물었다(이건 중요한 정보다. 기억하라, 그녀는 랩톱을 **닫았다**).

"아, 그냥 이것저것."

"말해봐."

"뭐랄까, 삶이 너무 기적적이어서, '현실'이라는 이름으로 불려 마땅한 삶은 하나도 없다는 생각을 하고 있었어."

"앤드루, 당신의 세계관 전체가 이렇게 낭만적으로 변했다니 좀 충격적이야."

내가 전에는 이런 걸 전혀 알지 못했다니 우스꽝스러운 일이었다.

이소벨은 아름다웠다. 과거의 젊은 여자와 미래의 나이 든 여자 사이에 섬세하게 자리 잡은 마흔한 살. 상처를 어루만질 줄 아는 지적인 역사학자. 그냥 돕겠다는 이유 하나로 다른 이의 장을 대신 봐주는 사람.

나는 이제 다른 것들도 알았다. 그녀가 한때 울어대는 아기였고, 걸음마를 배우는 아이였으며, 학교에서는 배우기 좋아하는 소녀였고, A. J. P. 테일러의 책을 읽으며 침실에서 토킹 헤즈를 듣는 십 대였다는 것을.

나는 그녀가 과거를 연구하며 그 패턴을 해석해보려 애쓰던 대학생이었음을 알았다.

동시에 그녀는 사랑에 빠진 젊은 여자, 수많은 희망을 품은 채 과거뿐만 아니라 미래를 읽으려 노력하던 사람이었다.

이후에 그녀는 영국과 유럽의 역사를 가르쳤다. 그녀가 발견한 패턴에 따르면, 계몽주의와 함께 발전한 문명은 과학적 진보나 정치의 현대화, 철학적 이해보다는 폭력과 영토 정복으로 진보했다는 것이다.

이어 이소벨은 역사 속에서 여성의 위치를 찾으려 했다. 역사는 언제나 전쟁의 승자들에 의해 쓰였고, 젠더 전쟁의 승자는 언제나 남성이었으며, 따라서 여성은 운이 좋아도 언제나 여백이나 주석에 놓였기에 그건 어려운 작업이었다.

아이러니한 사실은, 그녀가 머잖아 자발적으로 그 여백에 들어가게 되었다는 점이다. 그녀는 언젠가 자신이 임종의 순간을 맞을 때 쓰지 못한 책보다는 태어나지 않은 아이가 더 후회되리라 상상했고, 일을 버리고 가족을 택했다. 하지만 그렇게 하자마자 남편은 그녀를 당연한 존재처럼 여기기 시작했다.

이소벨에게는 세상에 내줄 것이 있었지만, 그것은 세상에 나올 기회를 갖지 못했다. 갇혀버렸다.

나는 그녀의 내면에서 사랑이 다시 나타나는 것을 목격할 수 있다는 사실에 전율했다. 그녀의 사랑은 완전한 사랑, 인생의 절정에서 피어나는 사랑이었기 때문이다. 언젠가는 죽을 사람만이 할 수 있는 사랑. 사랑받는 것이 어려운 일이라는 걸 알지만, 어찌어

찌 해내면 영원을 내다볼 수 있다는 걸 알 만큼 산 사람만이 할 수 있는 사랑.

그 사랑은, 서로 평행하게 마주 놓인 두 개의 거울 같았다. 서로를 통해 자기 자신을 바라보며 무한히 깊어지는.

그래, 그것이 사랑의 의미였다(나는 결혼을 이해하지 못했을지 몰라도 사랑은 이해했다. 그건 확실했다).

사랑은 단일한 순간에 영원히 살아가는 방법이었으며, 실제로 자신을 본 적 없는 방식으로 바라보는 방법이었고, 그럼으로써 그 시선이 지금껏 가져온 어떤 자기 인식이나 자기 기만보다 훨씬 더 의미 있음을 깨닫게 하는 것이었다. 다만 대단히 우스운 일은—사실 이건 우주에서 가장 큰 농담 거리였다—이소벨 마틴이 내가 처음부터 앤드루 마틴이라는, 160킬로미터 떨어진 셰필드에서 태어난 인간이라고 믿었다는 점이다. 86억 5317만 8,431광년 떨어진 곳이 아니라.

"이소벨, 할 말이 있어. 아주 중요한 말이야."

이소벨은 걱정스러운 표정이었다. "응? 뭔데?"

그녀의 아랫입술에는 완벽하지 않은 부분이 있었다. 입술의 왼쪽이 오른쪽보다 살짝 도톰했다. 오직 매력적인 부분밖에 없는 얼굴의 매력적인 한 부분이었다. 어떻게 이소벨을 흉측하다고 생각할 수 있었을까? 어떻게? **어떻게?**

차마 말할 수 없었다. 말해야 했지만 그러지 못했다.

"새 소파를 사야 할 것 같아." 내가 말했다.

"중요한 얘기가 그거야?"

"응. 소파가 마음에 안 들어. 자주색이 싫어."

"그래?"

"응. 보라색이랑 너무 비슷해. 그런 단파장 색은 내 머리를 들쑤셔."

"재미있게 말하네. '단파장 색'이라니."

"실제로 그렇잖아."

"하지만 자주색은 황제의 색깔인걸. 당신은 늘 황제처럼 굴었으니까……."

"자주색이 황제의 색깔이야? 왜?"

"비잔틴제국의 황후들은 '자주색 방'에서 아이를 낳았거든. 그 아이들에게는 '자주색 방에서 태어난 자'라는 뜻의 '포르피로게니투스(porphyrogenitus)'라는 영예로운 호칭이 붙었어. 전쟁을 통해 왕위에 오른 하찮은 장군들과 구분하기 위해서. 하긴, 일본에서는 자주색이 죽음을 의미하는 색이지만."

그녀가 역사 이야기를 할 때면 나는 그 목소리에 넋을 잃었다. 그 목소리에는 섬세함이 있었다. 문장 하나하나가 과거를 도자기처럼 조심스레 들어 옮기는 길고 가는 팔 같았다. 그 문장들은 과거를 꺼내어 펼쳐 보이지만, 어느 순간에든 백만 조각으로 깨질 수 있는 존재처럼 다루었다. 나는 역사학자로 사는 것도 그녀의 돌보는 성품의 일부임을 깨달았다.

"뭐, 난 그냥 새 가구를 좀 사도 괜찮겠다고 생각해." 내가 말했다.

"정말?" 그녀는 진지한 척 내 눈을 깊이 들여다보며 물었다.

비교적 총명한 인간인 알베르트 아인슈타인이라는 독일 태생의 이론물리학자는 이런 식으로 자기 종족의 비교적 아둔한 구성원들에게 상대성이론을 설명했다. "뜨거운 난로에 1분간 손을 올려놓고 있으면 그 시간이 한 시간처럼 느껴진다. 아름다운 여자와 한 시간 앉아 있으면 그 시간이 1분처럼 느껴진다."

하지만 만일 아름다운 여자를 바라보는 것이 뜨거운 난로에 손을 얹는 것처럼 느껴진다면 어떨까? 그건 뭘까? 양자역학?

잠시 시간이 지난 뒤, 이소벨은 내게 몸을 숙여 키스했다. 나는 전에도 이소벨과 키스해본 적이 있었다. 하지만 지금 내 배에 느껴지는 벼락같은 느낌은 두려움과 무척 비슷했다. 사실, 그 느낌은 어느 모로 보나 두려움의 징후였다. 단, 기분 좋은 두려움이었다. 즐길 수 있는 위험이었다.

이소벨은 미소 지으며 언젠가 역사책이 아니라 병원 대기실의 형편없는 잡지에서 읽은 이야기를 해주었다. 사랑이 식어버린 남편과 아내가 인터넷에서 각자 바람을 피운다. 그들은 실제로 만나기로 한 자리에 나온 배우자를 보고, 그동안 바람을 피운 상대가 누구였는지를 깨달았다. 이 사건은 그들의 결혼을 망가뜨리는 대신 회복시켰고, 둘은 그전보다 행복하게 살았다.

"할 말이 있어." 나는 이 이야기를 듣고 나서 말했다.

"뭔데?"

"사랑해."

"나도 사랑해."

"응. 근데 당신을 사랑하는 건 말이 안 돼."

"고마워. 그야말로 여자가 듣고 싶어 하는 말이네."

"아니. 내 말은, 내 출신지 때문이야. 거기서는 아무도 사랑을 할 수 없어."

"어디? 셰필드? 셰필드가 그렇게까지 나쁘진 않은데."

"아니. 들어봐. 이건 나에게 완전히 새로운 감정이야. 나는 무서워."

이소벨은 내 손을 두 손으로 잡았다. 내 손도 그녀가 보존하고 싶은 섬세한 물건인 것처럼. 그녀는 인간이었다. 언젠가 남편이 죽으리라는 것을 알면서도 대담히 그를 사랑했다. 놀라운 일이었다.

우리는 다시 키스했다.

키스는 먹는 행위와 매우 비슷했다. 그러나 식욕을 줄이기는커녕, 외려 더욱 자극했다. 이때의 음식은 물질이 아니었다. 질량이 없었다. 그런데도 내 안에서 아주 맛있는 에너지로 바뀌는 것 같았다.

"위층으로 가자." 이소벨이 말했다.

그녀는 다른 의미가 있는 것처럼 말했다. 위층이 단순한 공간이 아니라 대안적인 현실, 다른 질감의 시공간이나 여섯 번째 계단에 난 웜홀을 통해 들어갈 수 있는 기쁨의 땅이라도 되는 것처럼. 물론, 그녀가 전적으로 옳았다.

그 뒤에 우리는 잠시 누워 있었다. 그때 이소벨이 음악이 좀 필요하겠다고 판단했다.

"뭐든 좋아." 내가 말했다. "〈행성 모음곡〉만 빼고."

"당신이 좋아하는 음악은 그것뿐이었잖아."

"이젠 아니야."

그래서 이소벨은 엔니오 모리코네의 〈러브 테마〉라는 곡을 얹었다. 슬프지만 아름다웠다.

"〈시네마 천국〉 봤던 거 기억나?"

"응." 나는 거짓말했다.

"당신은 그 영화를 싫어했어. 너무 감상적이라 토할 뻔했다면서. 그런 식으로 감정을 과장하고 맹목적으로 숭배하면 감정이 싸구려가 된다고 했지. 감정적인 걸 보려고도 안 했잖아. 이렇게 말해도 될지 모르겠지만, 당신은 늘 감정을 두려워했던 것 같아. 그러니까 감상적인 걸 싫어한다고 말하는 게 당신한테는 감정을 느끼는 게 싫다고 말하는 방법이었을 거야."

"뭐," 내가 말했다. "걱정하지 마. 그때의 나는 죽었어."

이소벨이 미소 지었다. 전혀 걱정하지 않는 것 같았다.

물론, 이소벨은 걱정해야 했다. 우리 모두 걱정해야 했다. 우리가 얼마나 걱정해야 했는지는 불과 몇 시간 뒤 분명해졌다.

침입자

그녀가 한밤중에 나를 깨웠다.

"사람 소리가 들린 것 같아." 이소벨이 말했다. 그녀의 목소리에서 후두 속 성대가 긴장했음이 느껴졌다. 침착한 척하는 두려움이었다.

"무슨 말이야?"

"확실해, 앤드루. 집에 누가 있는 것 같아."

"걸리버 소리를 들은 걸지도 몰라."

"아냐. 걸리버는 아래층에 안 내려왔어. 나 계속 깨어 있었어."

나는 어둠 속에서 기다리다가 무슨 소리를 들었다. 발소리. 누가 우리 집 거실을 돌아다니는 소리 같았다. 디지털 시계에서 '04:22'라는 숫자가 번쩍였다.

나는 이불을 젖히고 침대에서 나왔다.

이소벨을 보았다. "그냥 거기 있어. 무슨 일이 있어도 가만히 있어."

"조심해." 이소벨이 말했다. 그녀는 침대 옆 조명을 켜고, 늘 탁자 위 거치대에 놓여 있는 전화기를 찾았다. 하지만 없었다. "이상하네."

나는 방에서 나가 층계참에서 잠시 기다렸다. 이제는 정적이 감돌았다. 새벽 4시 20분의 집에서만 존재할 수 있는 정적이. 그제야 나는 지구의 삶이 얼마나 원시적인지 실감했다. 스스로 지키기 위해서 아무것도 할 수 없는 집이라니.

간단히 말해, 나는 겁에 질렸다.

천천히, 조용하게 까치발을 하고 아래층으로 갔다. 보통 사람이라면 복도 조명을 켰겠지만, 나는 그러지 않았다. 내가 아니라 이소벨을 위해서였다. 이소벨이 내려왔다가 정체 모를 상대를 보고 상대도 그녀를 볼 수 있으니까. 글쎄, 그건 매우 위험한 상황일 수 있었다. 게다가 침입자에게 내가 아래층에 있다는 걸 알리는 것도 현명하지 못한 처사였다. 이미 알고 있을지도 모르겠지만. 그렇게 나는 살금살금 주방으로 들어갔다가, 뉴턴이 바구니 속에서 깊이 잠들어 있는 것을 보았다(뉴턴은 수상할 만큼 깊이 잠들어 있었다). 내가 보기에 이곳이나 다용도실에는 아무도 없었다. 그래서 나는 주방을 나와 응접실을 확인하러 갔다. 아무도 없었다. 어쨌든 내게 보이는 건 없었다. 책과 소파, 빈 과일 바구니, 책상과 라디오뿐이었다. 나는 복도를 따라 거실로 갔다. 이번에는 문을 열기도 전에 누가 거기 있다는 강한 느낌이 왔다. 그러나 내게는 선물이 없기에 내 감각이 나를 속이는 건지도 몰랐다.

나는 문을 열었다. 그 순간, 전신에 깊은 공포가 퍼졌다. 인간의 형체를 갖기 전에는 결코 경험한 적 없는 감정이었다. 죽음도 상실도 통제 불가능한 고통도 없는 세상에 사는 우리 보나도리아인들이 무엇을 두려워하겠는가?

이번에도 보이는 건 가구뿐이었다. 소파와 의자, 꺼진 TV, 커피 테이블. 아무도 없었다. 그 순간에는 말이다. 하지만 누가 다녀간 것은 분명했다. 나는 알 수 있었다. 이소벨의 랩톱이 커피 테이블 위에 있었기 때문이다. 그것만으로는 걱정스러운 일이 아니었다. 이소벨이 어젯밤 랩톱을 그 자리에 놓아두었으니까. 걱정스러운 점은 랩톱이 열려 있었다는 점이다. 지난밤 이소벨은 랩톱을 닫았다. 그것만이 아니었다. 흘러나오는 빛. 컴퓨터는 나를 등지고 있었지만, 나는 화면이 빛나고 있다는 것을 알 수 있었다. 그 말은 누가 2분 이내에 컴퓨터를 사용했다는 뜻이었다.

나는 빠르게 커피 테이블을 돌아가 화면에 무엇이 떠 있는지 살폈다. 삭제된 것은 아무것도 없었다. 나는 랩톱을 도로 닫고 위층으로 올라갔다.

"뭐였어?" 내가 침대로 다시 들어가자 이소벨이 물었다.

"아아, 아무것도 아니었어. 우리가 잘못 들었나 봐."

이소벨은 잠들었고, 나는 내 기도를 들어줄 신이 있기를 바라며 천장을 바라보았다.

완벽한 시간

다음 날 아침, 걸리버가 기타를 아래층으로 가지고 내려와 우리 앞에서 연주했다. 너바나라는 밴드의 오래된 노래 〈다 미안해(All Apologies)〉였다. 진지하게 집중한 얼굴을 하고 완벽하게 박자를 맞추었다. 솜씨가 아주 훌륭했다. 우리는 걸리버에게 박수를 보냈다.

잠시, 나는 모든 걱정을 잊었다.

무한한 공간의 왕

방금 불멸을 포기하고 누군가에게 감시당하고 있을지 모른다는 걱정에 시달리는 사람의 입장에서 보기에 〈햄릿〉은 상당히 우울한 작품이었다.

가장 좋은 부분은 연극의 중간쯤, 햄릿이 하늘을 올려다볼 때 나왔다.

"저기 낙타처럼 생긴 구름이 보이는가?" 햄릿이 물었다.

"맙소사!" 폴로니어스라는 이름의 커튼 광인이 말했다. "정말 낙타 같군요."

"내 보기에는 족제비 같은데." 햄릿이 말했다.

"등은 족제비처럼 생겼습니다."

그러자 햄릿이 눈을 가늘게 뜨고 머리를 긁었다. "아니면 고래거나."

폴로니어스는 햄릿의 초현실적 유머 감각에 맞지 않게 말했다. "참으로 고래와 닮았습니다."

그 후 우리는 티토스라는 레스토랑에 갔다. 나는 '판차넬라'라는 빵 샐러드를 먹었다. 안에 멸치가 들어 있었다. 멸치는 물고기였으므로, 나는 그것들을 꺼내 접시 옆에 내려놓고 조용히 애도를 표하는 것으로 처음 5분을 보냈다.

"당신, 연극 재미있게 보는 것 같더라." 이소벨이 말했다.

나는 거짓말을 해야겠다고 생각했다. "응. 재미있었어. 당신은?"

"별로. 끔찍했어. 난 TV 정원사가 덴마크 왕자 역할을 하는 게 근본적으로 잘못됐다고 생각해."

"맞아." 내가 말했다. "당신 말이 맞아. 정말 형편없었어."

이소벨이 웃었다. 내가 본 어느 때보다 편안해 보였다. 나에 대해서도, 걸리버에 대해서도 걱정을 덜 하는 듯했다.

"연극에는 죽음도 아주 많이 나왔어." 내가 말했다.

"응."

"당신은 죽음이 두려워?"

이소벨은 이상한 표정을 지었다. "당연하지. 죽음이 죽도록 두려워. 나는 가톨릭 냉담자야. 죽음과 죄책감, 내게 남은 건 그 둘뿐이라고." 나는 가톨릭이 금박과 라틴어, 죄책감을 좋아하는 사람들을 위한 기독교의 일종임을 알게 되었다.

"그래도 당신 정말 잘하고 있어. 당신 몸이 결국 죽음으로 이어질 신체적 쇠락의 느린 과정을 시작하고 있음을 생각할 때……."

"알았어, 알았어. 고마워. 죽음 얘기는 그만하자."

"난 당신이 죽음을 생각하는 걸 좋아하는 줄 알았는데. 그래서 〈햄릿〉을 본 줄 알았어."

"난 죽음이 무대 위에 있었으면 좋겠어. 파스타를 먹을 때 말고."

그래서 우리는 이야기하고 레드와인을 마시며 사람들이 레스토랑을 드나드는 모습을 지켜보았다. 이소벨은 대학의 꼬임에 넘어가 다음 해에 맡게 되었다는 수업에 관해 이야기했다. '에게 문명

초기의 문명화된 삶'이라는 과목이었다.

"날 점점 더 먼 과거로 몰아간다니까. 무슨 메시지라도 전하려는 건가. 다음번에는 디플로도쿠스* 초기 문명을 가르치라고 하려나?"

이소벨이 웃었다. 그래서 나도 웃었다.

"당신, 그 소설 출간해야 해." 나는 화제를 돌리며 말했다. "《하늘보다 넓은》 말이야. 좋던데. 내가 읽기에는."

"모르겠어. 그건 좀 사적인 거라. 아주 개인적인 거였어. 당시에는. 어두운 시절이었거든. 그땐 당신이……. 뭐, 당신도 알잖아. 지금은 우리가 그 시절을 극복했지만. 지금은 당신이 다른 사람이 된 것 같아. 다른 사람하고 결혼한 기분이 들어."

"그럼 다시 소설을 써봐."

"글쎄, 아이디어를 얻는 게 관건이겠지."

나는 이소벨에게 줄 아이디어가 상당히 많았지만, 그걸 알리고 싶지는 않았다.

"우리 이러는 거, 몇 년 만에 처음이다. 그치?" 이소벨이 말했다.

"이러다니?"

"대화 말이야. 이런 식으로 대화하는 거. 꼭 첫 데이트 같아. 좋은 의미로. 당신을 새로이 알아가는 것 같아."

"응."

"세상에." 이소벨이 그윽하게 말했다.

* 중생대 쥐라기 후기의 용각류 공룡.

이제 그녀는 취해 있었다. 나도 마찬가지였다. 아직 첫 잔을 다 마시지도 않았지만.

"우리 첫 데이트 말이야." 이소벨이 말을 이었다. "기억나?"

"당연하지. 당연하지."

"여기였어. 그땐 인도 음식점이었지만. 이름이 뭐였더라? ……타지마할. 피자헛에 가자는 당신 말에 내가 뜨뜻미지근한 반응을 보이니까, 당신이 전화하던 와중에 생각을 바꿨지. 그땐 케임브리지에 피자 익스프레스도 없었는데. 세상에……. 20년이라니. 믿어져? 기억을 통과한 시간이란 이렇게 농축되나 봐. 난 그때의 데이트가 그 어느 순간보다 선명하게 기억나. 내가 늦었지. 당신은 나를 한 시간이나 기다렸고. 빗속에서. 난 그게 정말 로맨틱하다고 생각했어."

이소벨은 먼 곳을 보았다. 20년 전이라는 시간이 물리적인 형태를 띠고 구석 자리에 앉아 있기라도 한 듯이. 과거와 현재 사이, 행복과 슬픔 사이의 무한한 공간 어딘가에서 배회하는 그 눈을 바라보면서 나는 그녀가 이야기하는 사람이 바로 나였으면 좋겠다고 마음 깊이 원했다. 20년 전, 용기 있게 비를 맞으며 뼛속까지 젖었던 사람이. 하지만 나는 그 사람이 아니었다. 앞으로도 영영 아닐 테고.

나는 햄릿이 된 기분이었다. 뭘 해야 할지 전혀 알 수 없었다.

"그 사람, 당신을 사랑했나 봐." 내가 말했다.

이소벨은 몽상을 멈추었다. 갑자기 정신을 차린 것 같았다. "뭐라고?"

"나 말이야." 나는 천천히 녹아가는 리몬첼로 아이스크림을 내려다보며 말했다. "난 지금도 당신을 사랑해. 그때만큼. 그냥, 뭐랄까, 과거의 우리를 3인칭으로 떠올리고 있었어. 시간이 주는 거리감이라니……."

이소벨이 테이블 건너 내 손을 잡았다. 꼭 쥐었다. 잠시 나는 내가 정말로 앤드루 마틴 교수가 된 듯한 꿈을 꿀 수 있었다. TV 정원사가 햄릿이 된 꿈을 꾸듯이.

"캠에서 보트 탔던 거 기억나?" 그녀가 물었다. "당신이 물에 빠졌을 때……. 세상에, 우리 정말 취했었지. 기억나? 우리가 아직 여기 살던 때에, 당신이 프린스턴에서 임용 제안을 받아 미국에 가기 전에 말야. 정말 재미있었지?"

나는 고개를 끄덕였지만 마음이 불편했다. 게다가 걸리버를 이 이상 오랫동안 혼자 두고 싶지 않았다. 나는 계산서를 달라고 했다.

"저기." 레스토랑에서 나가면서 내가 말했다. "당신한테 알려야 한다는 의무감이 정말 심하게 드는 문제가 하나 있는데……."

"뭔데?" 이소벨은 나를 올려다보며 물었다. 내 팔을 잡은 채 바람에 몸을 움츠렸다. "뭔데 그래?"

나는 깊이 숨을 들이쉬어 폐를 채웠다. 질소와 산소 속에서 용기를 찾아보았다. 나는 머릿속으로 이소벨에게 알려야 하는 정보를 떠올려보았다.

난 여기 출신이 아니야.

사실 당신 남편도 아니야.

나는 머나먼 은하계의 다른 태양계, 다른 행성에서 왔어.

"그러니까…… 문제는……."

"길 건너야 할 것 같아." 이소벨이 내 팔을 잡아당기며 말했다. 두 개의 실루엣—고함을 지르는 여자 한 명과 남자 한 명—이 인도를 따라 우리 쪽으로 오고 있었다. 그래서 우리는 길을 건넜다. 우주 어느 곳에서나 그러하듯 두려움을 은폐하면서도 빨리 도망치기에 최적화된, 직선 경로에서 48도 틀어진 각도로.

자동차 없는 도로의 중간에 이르렀을 때 나는 그녀를 보았다. 조에였다. 내가 이 행성에 온 첫날 병원에서 만난 여자. 그녀는 덩치 큰 근육질의 대머리 남자에게 고함을 치고 있었다. 남자는 얼굴에 눈물 모양 문신을 하고 있었다. 나는 폭력적인 남자를 사랑한다던 조에의 고백을 떠올렸다.

"분명히 말하지만, 네가 틀렸어! 미친 건 너야! 내가 아니고! 하지만 네가 원시 생명체처럼 굴겠다면 좋아, 그렇게 해! 이 역겨운 똥 덩어리야!"

"잘난 척하지 마, 이 걸레 같은 년아!"

그때 조에가 나를 보았다.

놓아주는 기술

"당신." 조에가 말했다.

"아는 사람이야?" 이소벨이 속삭였다.

"유감이지만……. 맞아. 병원에서 만났어."

"아, 이런."

"부탁입니다." 내가 남자에게 말했다. "상냥하게 구시죠."

남자는 나를 노려보고 있었다. 그의 삭발한 머리가 몸의 나머지 부분과 함께 내게 다가왔다.

"네가 무슨 상관인데 지랄이야?"

"지랄은 모르겠고, 전 그냥 지구 사람들이 잘 어울리는 걸 보는 게 좋습니다." 내가 말했다.

"뭐, 이 새끼야?"

"그냥 가세요." 이소벨이 겁 없이 말했다. "그리고 다들 그냥 놔둬요. 진심으로 말하는데, 더 이상 뭔가 했다가는 내일 아침에 후회하게 될 거예요."

그때, 남자가 이소벨을 돌아보더니 그녀의 얼굴을 쥐었다. 이소벨의 두 뺨을 세게 짓누르며 그녀의 아름다움을 일그러뜨렸다. 내 안에서 분노가 확 타올랐다. 그가 이소벨에게 말했다. "씨발 입 닥쳐! 참견하지 마, 이 쌍년아."

이제 이소벨의 눈에 공포가 가득했다.

이런 상황에서 할 만한 이성적인 일도 분명 있을 것이다. 그러나 나는 이미 이성과는 한참 멀어진 터였다.

"그 손 놔." 내가 말했다. 잠시 내 말이 그저 말에 불과하다는 걸 잊었다.

그는 나를 보고 웃었다. 그 웃음을 보니 끔찍한 사실 하나가 떠올랐다. 내게 아무런 힘이 없다는 것. 나는 선물을 잃었다. 어느 모로 보나, 헬스장에서 다져진 거구의 깡패와 맞설 내 능력은 평균적인 수학 교수 정도에 불과했다. 전혀 준비되어 있지 않았다는 뜻이다.

놈이 나를 두들겨 팼다. 본격적인 구타였다. 걸리버가 나를 때렸던 것과는 달랐다. 완전히. 이 남자의 주먹에 끼워진 싸구려 금속 반지가 혜성과도 같은 위력으로 내 얼굴에 충돌하는 것을 느끼지 않을 방법이 있었다면, 나는 그 방법을 선택했을 것이다. 다음 순간, 땅바닥에 쓰러져 배를 걷어차였을 때도 비슷한 기분이 들었다. 뱃속에 들어 있던, 소화되지 않은 이탈리아 음식들이 혼란에 빠졌다. 결정적인, 가장 잔인한 마침표가 이어졌다. 머리를 걷어차는 발길질. 그건 발길질이라기보다 짓밟기에 가까웠다.

그러고는 아무것도 없었다.

어둠, 그리고 〈햄릿〉뿐.

'이 사람이 당신의 남편이었습니다. 그리고 그 뒤를 이은 자를 보십시오.'

이소벨이 울부짖는 소리가 들렸다. 이소벨에게 말을 걸려 했지만 언어는 너무 멀리 있었다. **'두 형제의 거짓된 초상이여.'**

나는 커졌다가 잦아드는 사이렌 소리를 듣고, 그 소리가 나를 위한 것임을 알았다.

'건강했던 형제를 병든 이삭처럼 말려 죽인 당신의 새로운 남편을!'*

나는 구급차에서 눈을 떴다. 이소벨뿐이었다. 그녀의 얼굴이 내 위에, 눈에 담을 수 있는 태양처럼 존재했다. 그녀는 처음 만났을 때처럼 내 손을 어루만졌다.

"사랑해." 그녀가 말했다.

나는 바로 그때 사랑의 의미를 알았다.

사랑의 의미는 살아남도록 돕는 것이다.

사랑의 의미는 또한 의미를 잊는 것이다. 찾는 걸 멈추고 살아가기 시작하는 것. 아끼는 사람의 손을 잡고 지금 이 순간 속에서 살아가는 것이다. 과거와 미래는 신화다. 과거는 죽어버린 현재에 불과하고, 미래는 어쨌거나 영영 존재하지 않을 것이다. 우리가 그 미래에 도달할 때쯤에는 그 또한 현재로 바뀔 테니까. 존재하는 건 현재뿐이다. 언제나 움직이는, 언제나 변화하는 현재. 현재는 변덕스러웠다. 놓아줌으로써만 잡을 수 있었다.

그래서 나는 놓았다.

우주의 모든 것을 놓았다.

그녀의 손을 제외한 모든 것을.

* 강조 표시된 세 문장 모두 셰익스피어의 희곡 〈햄릿〉 제3막 4장에 나오는 대사이다. 햄릿이 어머니 거트루드에게 자신의 아버지인 선왕과 자신의 삼촌이자 어머니의 새 남편인 클로디어스의 차이를 일깨우며 하는 말이다.

신경 적응적 활동

나는 병원에서 깨어났다.

심각한 신체적 고통을 느끼며 잠에서 깬 건 평생 처음이었다. 이소벨은 한동안 곁을 지키며 플라스틱 의자에서 잠들었지만, 지금은 의사의 지시에 따라 집에 간 상태였다. 그래서 나는 고통과 단둘이 있었다. 인간으로 산다는 것이 정말이지 무력한 일임을 느꼈다. 나는 어둠 속에 깨어 있으면서 지구가 더 빨리, 더 빨리 자전해서 태양을 다시 향하게 되길 바랐다. 밤의 비극은 낮의 희극이 되니까. 나는 밤에 익숙하지 않았다. 물론 다른 행성에서 밤을 겪어보긴 했지만, 내가 경험한 것 중에는 지구의 밤이 가장 어두웠다. 가장 긴 건 아니지만 가장 깊고 외로웠으며, 가장 비극적으로 아름다웠다. 나는 무작위의 소수들로 나 자신을 위로했다. 73. 131. 977. 1213. 83719. 사랑처럼 나눌 수 없는 숫자들. 오직 1과 자기 자신으로만 나뉠 수 있는 숫자들. 나는 더 큰 소수를 떠올리려 애썼다. 그러다가 수학적 능력조차 나를 버렸음을 깨달았다.

병원에서는 내 갈비뼈, 눈, 귀, 입속을 검사했다. 뇌와 심장도 검사했다. 의사들은 1분에 49번이라는 심박수가 약간 느린 편이라고 여겼지만, 염려할 건 없다고 했다. 뇌의 경우에는, 나의 중앙 측두엽을 좀 걱정했다. 거기에서 다소 특이한 신경 적응적 활동이 일어나는 것처럼 보인다는 것이다.

"환자분 뇌에서 무언가가 제거된 듯 세포들이 과잉 보상하려는 것처럼 보이지만, 제거된 것도 손상된 것도 없습니다. 아주 이상하군요."

나는 고개를 끄덕였다.

물론, 무언가가 제거되긴 했다. 하지만 지구의 의사는 결코 이해할 수 없는 것임을 나는 잘 알고 있었다.

어려운 검사였지만, 나는 통과했다. 인간이 건강한 만큼은 건강해졌다. 병원에서는 아직 욱신거리는 머리와 얼굴의 통증을 다스릴 파라세타몰과 코데인을 주었다.

마침내 나는 집으로 돌아갔다.

다음 날, 아리가 나를 만나러 왔다. 나는 침대에 누워 있었다. 이소벨은 출근했고 걸리버는 학교에 있었다. 이번에는 진짜 같았다.

"세상에, 너 상태가 아주 엿 같구나."

나는 미소 지으며 머리에 얹고 있던 냉동 완두콩 봉지를 들어 올렸다. "우연이네. 마침 기분이 엿 같았는데."

"경찰에게 갔어야지."

"그래. 나도 생각은 했어. 이소벨도 가라고 했고. 하지만 내가 경찰 공포증이 좀 있어서 말이지. 옷을 입지 않았다고 체포당한 이후로 말야."

"그래도, 아무나 두들겨 패고 다니는 또라이를 그냥 놔둘 순 없잖아."

"그래, 알지. 나도 알아."

"들어봐, 친구. 난 그냥, 네가 한 일이 대단했다고 말하고 싶었어. 그런 식으로 아내를 지키다니 그야말로 전통적인 신사잖아. 이거 칭찬이야. 나 놀랐다고. 널 무시하거나 그런 건 전혀 아니지만 네가 그런, 빛나는 갑옷 입은 기사 같은 녀석인 줄은 몰랐지."

"뭐, 난 변했어. 중앙 측두엽에 많은 활동이 벌어지고 있대. 아마 그래서일 거야."

아리는 의심스럽다는 표정이었다. "뭐, 어쨌든 간에 넌 명예로운 남자가 되어가고 있어. 수학자로서는 드문 일이지. 전통적으로, 배짱과 거시기가 큰 건 언제나 우리 물리학자들이었거든. 제발 이소벨과의 관계를 망치지만 마. 무슨 말인지 알지?"

나는 오랫동안 아리를 바라보았다. 그는 좋은 사람이었고, 믿을 수 있다는 걸 알 수 있었다. "있잖아, 아리. 그때 말하려고 했던 거 말야. 대학 카페에서."

"네가 편두통을 앓았을 때?"

"응." 나는 망설였다. 이제 연결이 끊어졌으니 아리에게 말할 수 있을 것이다. 어쨌든, 나는 그렇게 생각했다. "난 다른 은하계, 다른 태양계에 있는 다른 행성에서 왔어."

아리가 웃었다. 단 한 점의 의구심도 없는, 크고 깊게 터지는 웃음이었다. "그래, E.T. 씨. 그럼 이제 고향에 전화를 걸고 싶겠네. 안드로메다은하에 닿는 통신 수단이 있다면 말이지만."

"안드로메다은하가 아니야. 거기보다 멀어. 훨씬 더 여러 광년 떨어져 있어."

아리가 너무 심하게 웃어서 이 말은 거의 들리지 않았다.

아리는 일부러 멍한 표정을 지으며 나를 빤히 보았다. “그래서, 여긴 어떻게 온 거야? 우주선 타고? 웜홀로?”

“아니. 난 네가 이해할 만한 전통적인 방식으로 이동하지 않았어. 반물질 기술을 썼어. 고향은 영원히 가도 못 갈 만큼 떨어져 있지만 겨우 몇 초 떨어진 곳에 있기도 해. 지금은 영영 돌아갈 수 없지만.”

소용없었다. 외계 생명체의 가능성을 믿는 아리인데도, 눈앞에 그 외계인이 서 있다는—아니, 누워 있다는—생각은 받아들이지 못했다.

“그리고…… 나는 기술의 결과로 특별한 능력을 갖게 됐어. 그걸 선물이라고 불러.”

“그럼 해봐.” 아리가 웃음을 다스리며 말했다. “보여줘.”

“못 해. 지금은 힘이 없거든. 인간하고 똑같아.”

아리는 이 부분을 유독 우습다고 생각했다. 이제는 아리 때문에 짜증이 났다. 아리는 여전히 좋은 사람이었지만, 나는 좋은 사람도 짜증을 돋울 수 있다는 걸 깨달았다.

“인간과 똑같다고! 뭐, 야, 그럼 인생 조진 거네!”

나는 고개를 끄덕였다. “응. 그런 것 같아.”

아리는 걱정스러운 표정으로 미소 지었다. “야, 약 잘 챙겨 먹어. 진통제만 먹지 말고. 전부 다, 알았지?”

나는 고개를 끄덕였다. 아리는 내가 미쳤다고 생각했다. 어쩌면 그런 시각에 기대는 게 내게도 더 쉬울지 몰랐다. 이 모든 게 망상이라는 망상. 언젠가 내가 잠에서 깨어나 이 모든 일이 꿈이었다고 믿을 수만 있다면. "있잖아." 내가 말했다. "난 너에 대해 조사했어. 네가 양자물리학을 이해한다는 걸 알고, 네가 시뮬레이션 이론에 대한 글을 썼다는 것도 알아. 너는 이 모든 일이 현실이 아닐 가능성이 30퍼센트라고 말하지. 카페에서는 외계인의 존재를 믿는다고 했고. 그래서 난 네가 이 말을 믿을 수 있다는 걸 알아."

아리는 고개를 저었지만, 적어도 웃고 있지는 않았다. "아니. 네 말이 틀렸어. 난 못 믿어."

"괜찮아." 나는 아리가 나를 믿지 않는다면 이소벨 역시 절대 믿지 않으리라는 걸 깨달았다. 하지만 걸리버라면 어떨까? 내게는 언제나 걸리버가 있었다. 언젠가는 걸리버에게 진실을 말해줄 것이다. 하지만 그런 다음에는? 걸리버는 내가 거짓말을 했다는 걸 알고도 나를 아버지로 받아들일 수 있을까?

나는 갇혀 있었다. 과거에도 거짓말을 했고, 앞으로도 거짓말을 계속해야 했다.

"하지만 아리." 내가 말했다. "만일 언젠가 내가 너한테 부탁할 일이 생기면, 혹시라도 걸리버랑 이소벨을 너희 집에 머물게 해야 한다면, 그건 괜찮을까?"

아리가 미소 지었다. "당연하지, 인마. 당연히 괜찮아."

평첨 분포*

다음 날, 나는 여전히 멍 들어 부은 채 대학으로 돌아갔다.

뉴턴이 함께 있다지만 집에 있으니 왠지 마음이 어지러웠다. 전에는 한 번도 그런 적이 없지만, 지금은 집에 있는 것이 믿을 수 없이 외로웠다. 그래서 나는 출근했고, 지구에서 일이 왜 그렇게 중요한지 깨달았다. 일은 외로운 느낌을 멈춰준다. 그러나 분포 모형에 관한 강의를 마치고 연구실로 돌아갔을 때, 외로움은 그곳에서 나를 기다리고 있었다. 다만 머리가 아팠기에 그 평온함은 꽤 반가웠다.

잠시 후 누가 문을 두드렸다. 나는 못 들은 체했다. 외로움에서 두통을 뺀 상태가 내게는 더 나았다. 하지만 또다시 노크 소리가 들렸다. 앞으로도 계속 그러리라는 걸 짐작할 수 있는 노크였으므로 나는 일어서서 문으로 갔다. 잠시 후 문을 열었다.

젊은 여자가 있었다.

매기였다.

피어난 야생화. 빨간 곱슬머리에 입술이 도톰한 여자. 그녀는 다시 손가락으로 머리카락을 꼬았다. 깊이 숨을 들이쉬는 모습이 꼭

* 중심값 주변이 평평하고 뾰족하지 않은 확률 분포.

다른 종류의 공기를 들이마시는 것 같았다. 황홀함을 약속하는, 신비의 최음제가 들어 있는 공기를. 그녀는 미소 짓고 있었다.

"그래서." 그녀가 말했다.

나는 나머지 문장을 기다렸지만 그런 일은 벌어지지 않았다. '그래서'가 처음이자 중간이며 끝이었다. 무슨 의미가 있겠지만, 나는 그 의미를 알지 못했다.

"무슨 일로 왔지?" 내가 물었다.

매기가 다시 미소 지으며 입술을 깨물었다. "종형 곡선과 평첨 분포 모델의 호환성에 대해 의논하고 싶어서요."

"그렇군."

"평첨 분포(platykurtic distribution)." 그녀는 내 셔츠를 따라 바지 쪽으로 손가락을 훑어내리며 말했다. "그리스어에서 온 말이죠. 플라투스(Platus)는 평평한, 쿠르토스(kurtos)는…… 부풀어오른."

"아."

그녀의 손가락이 춤추듯 내게서 멀어졌다. "그럼, 가죠, 제이크 라모타*."

"내 이름은 제이크 라모타가 아니야."

"알아요. 당신 얼굴을 말한 거예요."

"아."

"그래서, 가는 건가요?"

"어디에?"

* 미국의 프로 권투선수.

"모자와 깃털."

나는 매기가 무슨 말을 하는 건지 전혀 몰랐다. 사실, 매기가 내게, 앤드루 마틴 교수였던 남자에게 어떤 사람인지도 몰랐다.

"좋아." 내가 말했다. "가자."

바로 그 순간이 내가 하루 중 처음으로 실수한 순간이었다. 하지만 마지막 실수는 아니었다.

모자와 깃털

나는 모자와 깃털이 오해를 불러일으키는 이름이라는 걸 곧 깨달았다. 그 안에는 모자도 없었고, 깃털은 더더욱 없었다. 그저 자기가 한 농담에 웃는, 얼굴이 붉어진 심하게 취한 사람들만 있었다. 나는 이곳이 평범한 펍임을 곧 알아냈다. '펍'은 영국에 사는 인간들의 발명품으로, 영국에 살아야 한다는 사실을 보상받기 위해 고안된 것이었다. 나는 그곳이 꽤 마음에 들었다.

"조용한 구석을 찾죠." 그녀가, 젊은 매기가 내게 말했다.

구석은 많았다. 인간이 만든 환경은 늘 그런 것 같았다. 지구의 거주자들은 아직 직선과 정신병 사이의 연관성을 이해하지 못한 듯했다. 그게 술집에 공격적인 인간이 가득한 이유를 설명해줄지도 모른다. 이곳에는 사방에 서로 부딪히는 직선이 있었다. 모든 테이블에, 모든 의자에. 바에도, '과일 그림 맞추기 기계'에도(나는 그 기계에 대해 물어보고, 그것이 번쩍이는 네모난 조명에 매료되는 동시에 확률 이론을 제대로 이해하지 못하는 남자들을 겨냥한 것임을 알았다). 고를 만한 구석이 너무 많았지만, 뜻밖에도 우리는 곧게 이어지는 벽 근처의 타원형 테이블과 둥근 스툴에 앉게 되었다.

"완벽하네요." 매기가 말했다.

"그래?"

"네."

"그렇구나."

"뭐 드실래요?"

"액화 질소." 나는 생각 없이 대답했다.

"위스키소다?"

"그래. 그거."

우리는 오랜 친구처럼 술을 마시고 수다를 떨었다. 난 우리가 오랜 친구라고 생각했다. 다만 매기의 대화 접근법은 이소벨과 상당히 다르게 보였다.

"교수님 성기가 사방에 떴어요." 어느 시점에 매기가 말했다.

나는 주위를 둘러보았다. "그래?"

"유튜브 조회수가 22만 회라니까요."

"그렇구나." 내가 말했다.

"근데 유튜브에서 블러 처리를 했더라고요. 꽤 현명한 행동이었죠, 내가 겪어봐서 아는데." 이 말을 하며 매기는 더 크게 웃었다. 내 얼굴을 안팎으로 누르는 고통을 조금도 덜어주지 못하는 웃음이었다.

나는 분위기를 바꾸었다. 인간으로 산다는 게 어떤 의미냐고 매기에게 물었다. 나는 온 세상에 이 질문을 던지고 싶었지만, 지금은 매기로 괜찮았다. 그리고 그녀가 내게 말했다.

이상적인 성

그녀는 인간으로 산다는 건 크리스마스 선물로 절대적으로 훌륭한 성(城)을 받는 어린아이가 되는 것이라고 말했다. 그 성은 상자 위에 완벽하게 찍힌 사진으로 존재하고, 아이는 성과 기사와 공주 들을 가지고 놀고 싶어 안달이 난다. 유일한 문제는, 성이 조립되어 있지 않다는 것이다. 성은 아주 작고 복잡한 조각으로 이루어져 있고, 안내서가 있긴 하지만 아이는 그것을 이해하지 못한다. 부모도, 실비 이모도 마찬가지다. 그래서 아이는 그냥 상자에 그려진 이상적인 성을, 아무도 완성할 수 없는 그 성을 바라보며 울게 된다.

다른 곳

나는 매기의 해석에 고마움을 표했다. 그런 다음, 내게는 그 이야기의 의미가 잊으면 잊을수록 와닿는 것 같다고 설명했다. 그런 다음 이소벨에 대해 아주 많이 말했다. 이것 때문에 짜증이 났는지 매기는 화제를 바꾸었다.

"이따가……." 그녀는 잔 가장자리를 손으로 빙글빙글 돌리며 말했다. "우리 다른 곳 가나요?"

나는 그녀가 '다른 곳'이라고 말할 때의 말투를 알아차렸다. 지난 토요일, 이소벨이 '위층'이라는 단어를 말했을 때와 정확히 똑같은 주파수였다.

"우리, 섹스할 거야?"

매기가 좀 더 웃었다. 내가 깨달은 바로 그 웃음은 진실이 거짓에 부딪혔을 때의 반향음이었다. 인간은 각자 자신만의 망상 안에 존재하고, 웃음은 그 망상에서 빠져나오는 방법이다. 인간이 서로와의 사이에 둘 수 있는 유일한 다리다. 웃음과 사랑만이. 그러나 나와 매기 사이에 사랑은 없었다. 그것만은 분명히 말하고 싶다.

아무튼, 우리는 섹스를 하려는 게 맞았다. 그래서 우리는 펍에서 나와 몇 골목을 걸어간 끝에 월로가에 있는 매기의 아파트에 도착했다. 그건 그렇고, 매기의 아파트는 핵분열의 직접적인 결과로 인한 경우를 제외하면 내가 본 것 중 가장 엉망진창인 장소였다. 엄청나게 많은 책과 옷, 빈 와인병, 담배꽁초, 오래된 토스트와 열지 않은 봉투가 뒤엉켜 있었다.

나는 그녀의 풀네임이 마거릿 로웰임을 알게 되었다. 지구의 이름에 대한 전문 지식은 없지만, 그 이름이 말도 안 되게 부적절하다는 건 알았다. 그녀는 래나 벨커브나 애슐리 브레인섹스 같은 이름으로 불렸어야 마땅했다. 아무튼, 나는 절대 그녀를 마거릿이라 부르지 않는 모양이었다.("통신사 말고는 아무도 날 그렇게 부르지 않아요.") 그녀는 매기였다.

알고 보니 매기는 관습적이지 않은 인간이었다. 예컨대 종교에 관한 질문에 그녀는 "피타고라스주의자"라고 대답했다. 그녀는 "여행을 많이 했다"고 했는데, 기껏 달에나 가본 종족이 쓰기에는 대단히 우스꽝스러운 표현이었다(알고 보니 매기는 달에도 간 적이 없었다). 이 경우, 여행을 많이 했다는 말은 매기가 스페인과 탄자니아, 남아메리카의 여러 곳에서 4년간 영어를 가르친 뒤 수학을 공부하러 돌아왔다는 뜻일 뿐이었다. 그녀는 인간의 기준으로 보아 신체적 수치심을 아주 제한적으로만 느끼는 것처럼 보였다. 또한, 그녀는 학부 시절 등록금을 벌기 위해 랩댄서로 일한 적도 있었다.

매기는 바닥에서 섹스하고 싶어 했다. 섹스하기에는 대단히 불편한 방식이었다. 우리는 서로의 옷을 벗기면서 키스했지만, 이건 서로를 가깝게 만드는 키스, 이소벨이 잘하는 키스가 아니었다. 이건 자기 자신을 위한 키스, 키스를 위한 키스, 연극적이고 빠르고 가짜로 강렬한 키스였다. 게다가 아팠다. 내 얼굴은 아직 예민했고, 매기의 메타적 입맞춤은 고통의 가능성을 딱히 고려하지 않는 것처럼 보였다. 그런 다음 우리는 벌거벗었다. 적어도 벌거벗어야 하는 부위는 벌거벗었다. 이 섹스는 다른 무엇보다 이상한 싸움처럼 느껴졌다. 나는 매기의 얼굴을, 그녀의 목과 가슴을 보았고, 인체의 근본적 해괴함을 다시 떠올렸다. 이소벨과 함께 있을 때, 나는 한 번도 외계인과 잔다고 느낀 적이 없었다. 하지만 매기와 있을 때 그 낯섦은 공포에 가까웠다. 생리학적인 쾌락은 분명히 있었다. 때때로 아주 큰 쾌감도. 하지만 그건 국소적이고 해부학적인 쾌감이었다. 나는 매기의 살냄새를 맡았고, 그 냄새가 마음에 들었다. 코코넛 향 로션과 박테리아가 뒤섞인 냄새였다. 하지만 내 마음은 끔찍했다. 단순히 머리가 아파서는 아니었다.

나는 거의 섹스가 시작되자마자 메스꺼움을 느꼈다. 고도가 극적으로 바뀐 것만 같았다. 나는 멈추었다. 매기에게서 떨어졌다.

"왜 그래요?" 매기가 내게 물었다.

"모르겠어. 근데 뭔가 잘못됐어. 지금은 오르가슴을 느끼고 싶지 않다는 걸 깨달았어."

"양심의 가책을 느끼기엔 좀 늦었는데."

정말이지 나는 뭐가 문제인지 몰랐다. 어쨌거나 그저 섹스일 뿐이었으니까.

나는 옷을 입었고, 휴대전화에 부재중 전화 네 통이 와 있는 걸 보았다.

"잘 있어, 매기."

매기가 좀 더 웃었다. "아내한테 제가 사랑한다고 전해주세요."

나는 뭐가 그렇게 우스운지 알 수 없었지만, 예의상 같이 웃어주었다. 그렇게 나는 차가운 저녁 공기 속으로 발을 내디뎠다. 공기는 내가 전에 알던 것보다 조금 많은 이산화탄소로 얼룩져 있었던 것 같다.

논리를 넘어서는 공간

"늦었네." 이소벨이 말했다. "걱정했어. 그 남자가 당신을 쫓아왔을지 모른다고 생각했거든."

"어떤 남자?"

"당신 얼굴을 뭉개놓은 그 짐승 말이야."

이소벨은 거실에 있었다. 벽에는 역사와 수학에 관한 책들이 줄지어 꽂혀 있었다. 대부분 수학에 관한 책이었다. 그녀는 연필꽂이에 펜을 꽂으며 나를 매섭게 보았다. 그러더니 조금 누그러졌다. "오늘 하루는 어땠어?"

"아." 나는 가방을 내려놓으며 말했다. "그럭저럭 괜찮았어. 수업을 했고, 학생들도 몇 만났어. 그 애랑 섹스했어. 내 학생. 매기라는 애랑."

우습게도 나는 이 말들이 나를 어딘가로, 위험한 계곡으로 데려간다는 느낌을 받았다. 그러면서도 그렇게 말했다. 한편 이소벨은 인간 기준으로 봐도 좀 오래 걸려서야 이 정보를 처리했다. 뱃속의 메스꺼운 느낌은 가시지 않았다. 오히려 더 심해졌다.

"별로 웃긴 얘기는 아니네."

"웃기려고 한 말은 아니야."

그녀는 오랫동안 나를 살펴보았다. 그러다 바닥에 만년필을 떨어뜨렸다. 뚜껑이 벗겨지고 잉크가 튀었다. “무슨 소리야?”

나는 이소벨에게 다시 말해주었다. 이소벨이 가장 신경 쓰는 부분은 마지막 부분, 내가 매기와 섹스했다는 부분인 것 같았다. 사실, 이소벨은 그 부분에 너무 관심을 가진 나머지 과호흡을 하며 내 머리 쪽으로 연필꽂이를 던졌다. 그러고는 울기 시작했다.

“왜 울어?” 내가 말했다. 하지만 점점 이해가 되기 시작했다. 나는 이소벨에게 다가갔다. 이소벨이 나를 공격한 건 그때였다. 그녀의 두 손이 해부학적으로 허용되는 최대 속도로 움직였다. 그녀의 손톱이 내 얼굴을 할퀴며 새로운 상처를 추가했다. 그런 다음, 그녀는 가만히 서서 나를 바라보았다. 그녀에게도 상처가, 보이지 않는 상처가 난 것처럼.

“미안해, 이소벨. 당신이 이해해줘. 내가 나쁜 짓을 한다는 걸 몰랐어. 이 모든 게 너무 새로워서. 이 모든 게 나한테 얼마나 낯선 일인지 당신은 몰라. 다른 여자를 사랑하는 게 도덕적으로 그른 일이라는 건 알지만, 매기를 사랑하지는 않았어. 그냥 쾌락이었어. 땅콩버터 샌드위치가 쾌락인 것처럼. 당신은 이 체제의 복잡성과 모순을 모르고…….”

이소벨은 멈추었다. 그녀의 호흡이 느려지고 깊어졌다. 첫 번째 질문이 그녀의 유일한 질문이 되었다. “누구야?” 그런 다음에, “누구야?” 그리고 얼마 지나지 않아 **“누구냐고?”**

나는 말하기가 꺼려졌다. 사랑하는 사람에게 뭔가 말한다는 행위에는 숨겨진 위험이 너무 많았다. 인간이 대화를 하는 것 자체가 놀라운 일이라는 생각이 들었다. 거짓말을 할 수도 있었다. 내가 한 말을 취소할 수도 있었다. 하지만 계속 사랑받기 위해 거짓말이 꼭 필요할지는 모르겠지만, 내 사랑이 요구하는 것은 진실이었다.

그래서 나는 내가 찾을 수 있는 가장 단순한 언어로 말했다. "모르겠어. 근데 난 걜 사랑하지 않아. 당신을 사랑해. 난 이게 그렇게 큰일인지 몰랐어. 그 일이 일어났을 때에야 조금 알게 됐어. 뱃속의 느낌으로 알았어. 땅콩버터를 먹을 때는 절대 그런 느낌이 들지 않는데. 그래서 멈췄어." 내가 불륜이라는 개념을 접한 건 《코스모폴리탄》 잡지를 읽었을 때뿐이었고, 그 잡지에서는 불륜에 대해 제대로 설명해주지 않았다. 불륜이란 상황에 따라 다르다고 얼버무렸다. 내가 이해하기에는 너무나 낯선 개념이었다. 그건 인간에게 세포 간 치유를 이해시키는 것과 비슷했다. "미안해."

이소벨은 듣지 않았다. 그녀에게도 할 말이 있었다. "난 당신이 누군지조차 모르겠어. 도저히 모르겠다고. 전혀. 이런 짓을 했다면, 당신은 정말 나한테 외계인이나 마찬가지야……."

"그래? 들어봐, 이소벨. 당신 말이 맞아. 난 외계인이야. 여기 출신이 아니야. 난 지금껏 한 번도 사랑을 해본 적이 없어. 이 모든 일이 새로워. 나는 이런 일에 초보자야. 있잖아, 난 전에 불멸의 존재였어. 죽을 수도 없고 고통을 느낄 수도 없었어. 하지만 난 그걸 포기하고……."

이소벨은 듣지 않았다. 은하계 건너편에 있는 것 같았다.

"내가 아는 건, 의심의 여지 없이 확실하게 아는 건 단 하나야. 이혼하고 싶다는 거. 정말이야. 내가 원하는 건 그것뿐이야. 당신이 우리를 망쳤어. 걸리버를 망쳤고. 또다시."

이때 뉴턴이 나타났다. 그는 꼬리를 흔들며 분위기를 가라앉히려 노력했다.

이소벨은 뉴턴을 못 본 척하고 내게서 멀어지려 했다. 나는 그녀를 놓아주어야 했지만, 이상하게도 그럴 수가 없었다. 나는 그녀의 손목을 잡았다.

"가지 마." 내가 말했다.

그때 그 일이 일어났다. 이소벨이 맹렬한 힘으로 내게 팔을 휘둘렀다. 그녀의 꽉 쥔 주먹은 내 얼굴이라는 행성을 향해 빠르게 날아오는 소행성 같았다. 이번에는 따귀나 할퀴기가 아니라 강타였다. 사랑은 이렇게 끝나는 걸까? 상처 위의 상처 위의 상처로?

"난 지금 집에서 나갈 거야. 내가 돌아올 때쯤엔 당신이 없기를 바라. 내 말 알아들어? 사라지라고. 난 당신이 여기서, 우리 인생에서 나가주길 바라. 끝났어. 전부 다, 다 끝났어. 난 당신이 달라졌다고 생각했어. 진심으로 당신이 다른 사람이 되었다고 생각했어. 그래서 당신을 다시 받아들였다고! 무슨 이런 개 같은 멍청이가 있지?"

나는 손으로 계속 얼굴을 가리고 있었다. 여전히 아팠다. 내게서 멀어져가는 이소벨의 발소리를 들었다. 문이 열렸다. 문이 닫혔다. 나는 다시 뉴턴과 단둘이 있었다.

"정말 끝장났네." 내가 말했다.

뉴턴은 동의하는 듯했다. 그러나 나는 이제 뉴턴을 이해할 수 없었다. 평범한 개를 이해하려는 평범한 인간과 마찬가지였다. 그러나 뉴턴은 슬프기만 한 것 같지는 않았다. 그는 거실과 그 너머의 길을 보며 짖어댔다. 위로보다는 경고 같았다. 나는 거실 창문으로 다가가 밖을 내다보았다. 아무것도 보이지 않았다. 그래서 나는 한 번 더 뉴턴을 쓰다듬고 무의미한 사과를 한 뒤 집을 나섰다.

3부

상처 입은 사슴이 가장 높이 뛰어오른다*

* 에밀리 디킨슨의 시.

인간은 자신의 욕망을 이루기 위해 그 반대를 통과해야만 한다.
이 역설이 인간성을 완성하는 본질이다.

— **쇠렌 키르케고르, 《두려움과 떨림》**

윈스턴 처칠과의 조우

나는 가장 가까운 가게로 걸어갔다. 밝은 조명이 켜져 있는, 냉담한 느낌의 테스코 메트로라는 가게였다. 나는 오스트레일리아산 와인을 한 병 샀다.

자전거 도로를 따라 걸으며, 〈갓 온리 노우즈〉를 부르면서 그 술을 마셨다. 조용했다. 나는 나무 옆에 앉아 남은 술을 마저 마셨다.

나는 돌아가 와인을 한 병 더 사고 공원 의자에, 턱수염을 잔뜩 기른 남자 옆에 앉았다. 전에 본 적이 있는 남자였다. 첫날에 나를 주님이라고 불렀던 남자. 그는 그때와 똑같은 길고 더러운 긴 코트를 입고 그때와 똑같은 냄새를 풍겼다. 이번에 나는 그 냄새를 흥미롭다고 느꼈다. 나는 잠시 앉아 그 다양한 냄새를 파악했다. 알코올과 땀, 담배, 소변, 감염. 그것은 인간 특유의 냄새였고, 슬프지만 나름대로 근사했다.

"왜 더 많은 사람들이 이렇게 하지 않는 건지 궁금하네요." 나는 그에게 말을 걸었다.

"뭘 말이오?"

"그러니까, 술에 취해 공원에 앉아 있는 거요. 문제를 해결하는 좋은 방법 같은데 말이죠."

"지금 날 놀리는 거요?"

"아뇨. 난 이게 좋아요. 당신도 좋아하는 것 같은데요. 싫었으면 이렇게 하지 않았겠죠."

물론, 나로서는 약간 솔직하지 못한 말이었다. 인간은 언제나 하기 싫어하는 일을 한다. 사실, 최선을 다해 추정하자면 어느 시점에든 인간 중 겨우 0.3퍼센트만이 좋아하는 일을 적극적으로 하고 있다. 그럴 때조차 엄청나게 강한 죄책감을 느끼며, 곧 다시 끔찍하고 불쾌한 일로 돌아가겠다고 스스로에게 다짐한다.

파란색 비닐봉지가 바람에 둥실둥실 떠다녔다. 수염 난 남자가 담배를 말았다. 그의 손가락이 떨렸다. 신경 손상이었다.

"사랑에도, 삶에도 선택 따윈 없어." 그가 말했다.

"맞아요. 맞는 말이에요. 선택지가 있다고 생각할 때조차 실제로는 없죠. 하지만 저는 인간들이 자유의지라는 망상을 따른다고 생각했는데요?"

"난 아니야." 그는 아주 낮은 주파수의 바리톤으로 웅얼거리듯 노래하기 시작했다. "그녀가 떠난 자리에 햇빛은 없지……."*

"이름이 뭐요?"

"앤드루입니다." 내가 대답했다. "그런 셈이죠."

"무슨 일 있었소? 얻어맞았나? 얼굴이 엉망진창인데."

"네, 아주 여러 가지 방식으로요. 어떤 사람이 나를 사랑해줬어요. 그 사랑이 나한테는 가장 소중했죠. 그 사랑이 나한테 가족을 줬어요. 나한테 소속감을 줬어요. 그런데 내가 그걸 망쳐버렸어요."

* 빌 위더스의 〈애인트 노 선샤인〉의 가사.

그는 담배에 불을 붙였다. 담배는 마비된 안테나처럼 그의 얼굴에서 축 늘어졌다. "아내와 10년을 살았소." 그가 말했다. "그러다 내가 일자리를 잃었고, 그 주에 아내가 떠났다오. 그때부터 술을 마셨지. 그러고는 다리가 말썽을 부리기 시작했고."

그는 바지를 들어 올렸다. 왼쪽 다리가 퍼렇게 부어 있었다. 보라색으로. 그는 내가 혐오스러워하리라 생각하는 듯했다. "심부정맥혈전증이오. 빌어먹게 아픕니다. 아주 개같이 아파요. 염병할, 머잖아 날 죽이겠죠."

그는 내게 담배를 건넸다. 나는 빨아들였다. 내가 담배를 싫어한다는 걸 알면서도.

"당신은 이름이 뭐예요?" 내가 물었다.

그가 웃었다. "빌어먹을 윈스턴 처칠이오."

"아, 전시의 총리와 같네요." 나는 그가 눈을 감고 담배를 빨아들이는 모습을 지켜보았다. "사람은 왜 담배를 피우는 걸까요?"

"모르겠는데. 다른 걸 물어보쇼."

"네, 그러면. 나를 싫어하는 사람을 사랑하려면 어떻게 해야 하나요? 나를 다시는 보고 싶어 하지 않는 사람을요."

"그걸 누가 알까."

그는 얼굴을 움찔했다. 고통스러워 보였다. 첫날에도 그의 고통을 알아보긴 했지만, 이번에는 뭔가 해주고 싶었다. 너무 취한 나머지 내가 그런 일을 할 수 있다고 생각했다. 적어도, 내가 그런 일을 할 수 없다는 사실을 잊고 있었다.

그는 바짓단을 내리려 했지만, 그가 느끼는 고통을 본 나는 잠시 기다리라고 했다. 그의 다리에 손을 얹었다.

"뭐 하는 거요?"

"걱정하지 마세요. 생물학적 전이라는 아주 단순한 과정입니다. 역세포 자멸을 이용하는 거죠. 분자 차원에서 죽고 병든 세포를 복구하고 다시 만들어내는 겁니다. 당신이 보기에는 마법 같겠지만 마법이 아니에요."

내 손이 그 자리에 머물렀지만 아무 일도 일어나지 않았다. 아무 일도 일어나지 않는 상태가 계속되었다. 마법과는 거리가 멀어 보였다.

"당신 대체 누구요?"

"외계인입니다. 두 은하계에서 쓸모없는 실패작으로 여겨지죠."

"뭐, 그 빌어먹을 손 좀 다리에서 치워줄 수 있겠소?"

나는 손을 치웠다. "죄송합니다. 정말로. 아직 치유 능력이 있다고 생각했어요."

"난 당신을 알아." 그가 말했다.

"뭐라고요?"

"당신을 본 적이 있어."

"네. 알아요. 케임브리지에 처음 온 날, 내가 당신을 지나쳤죠. 기억할지도 모르겠네요. 난 벌거벗고 있었습니다."

그는 허리를 뒤로 젖히고 눈을 가늘게 뜨며 고개를 갸웃했다. "아니. 아니야. 그게 아니라 오늘 당신을 봤어."

"그럴 리가요. 그랬다면 내가 기억했을 겁니다."

"아니, 확실히 오늘이야. 난 얼굴을 잘 알아보거든."

“내가 누군가와 같이 있었나요? 젊은 여자? 빨간 머리?”

그는 고민했다. “아니. 당신 혼자였어.”

“어디서요?”

“흠, 어디 보자, 뉴마켓가였어.”

“뉴마켓가요?” 나는 그 거리 이름을 알았다. 아리가 사는 곳이기 때문이다. 하지만 그 거리에 가본 적은 없었다. 오늘도, 그 이브 때에도. 하지만 물론, 앤드루 마틴이—최초의 앤드루 마틴이—여러 차례 그곳에 가보았을 가능성은 매우 높았다. 그래, 아마 그랬을 것이다. 이 사람이 헷갈리는 것이다. “혼동하시는 것 같은데요.”

그가 고개를 저었다. “당신이 확실해. 오늘 아침이었지. 정오였을지도 모르고. 거짓말이 아니야.”

그 말과 함께, 남자는 일어서서 담배 연기와 흘린 술 냄새를 남기고 천천히 절뚝거리며 멀어졌다.

구름이 태양을 가로질러 갔다. 나는 하늘을 쳐다보았다. 그늘만큼이나 어두운 생각이 들었다. 나는 일어섰다. 주머니에서 휴대전화를 꺼내 아리에게 전화를 걸었다. 마침내 누가 전화를 받았다. 여자였다. 그녀는 거칠게 숨을 쉬며 콧물을 훌쩍거리느라 소리를 문장으로 만드는 데 애를 먹고 있었다.

“여보세요, 앤드루입니다. 아리 있습니까?”

그러자 말들이, 섬뜩하게도 연이어 들려왔다. “죽었어요, 죽었어요, 죽었어요.”

대체자

나는 달렸다.

와인은 내버려두고 최대한 빠르게 공원을 가로질러, 거리를 따라, 큰길을 건너서 달렸다. 자동차들은 거의 생각하지도 않았다. 이런 달리기는 고통스러웠다. 무릎도, 엉덩이도, 심장과 폐도 아팠다. 그 모든 부위가 언젠가 망가질 것임을 떠올리게 하는 아픔이었다. 어째서인지 그때까지 느껴지던 얼굴의 다양한 고통과 통증도 심해졌다. 하지만 무엇보다도 혼란스러운 건 내 정신이었다.

내 잘못이다. 리만 가설 따위는 아무 상관도 없었다. 그저 내가 고향에 대한 진실을 아리에게 말했기 때문이었다. 아리는 내 말을 믿지 않았지만, 그건 중요하지 않았다. 나는 보라색으로 얼룩진 괴로운 경고를 받지 않고도 그에게 사실을 말할 수 있었다. 본체들은 나와 연결을 끊었지만, 계속 나를 지켜보며 귀 기울이고 있었던 게 틀림없다. 말인즉슨, 지금 이 순간에도 본체들이 내 말을 들을 수 있다는 뜻이다.

"그러지 마세요. 이소벨이나 걸리버를 해치지 마세요. 둘은 아무것도 모릅니다."

나는 오늘 아침까지만 해도 사랑하는 사람들과 함께 살던 집에 이르렀다. 자갈이 깔린 진입로를 우적우적 올라갔다. 자동차는 없었다. 거실 창문을 들여다보았지만 사람의 흔적은 없었다. 나는 열쇠가 없었으므로 초인종을 눌렀다.

서서 기다리며 무엇을 할 수 있을지 고민했다. 잠시 후 문이 열렸지만 여전히 아무도 보이지 않았다. 누군지는 몰라도 문을 열어준 사람은 모습을 보이고 싶지 않은 게 분명했다.

나는 집으로 들어갔다. 주방을 지나쳤다. 뉴턴이 바구니에 잠들어 있었다. 나는 뉴턴에게로 다가가 녀석을 부드럽게 흔들었다. "뉴턴! 뉴턴!" 하지만 뉴턴은 깊이 숨을 쉬며 계속 잠들어 있었다. 이상하게도 녀석을 깨울 수 없었다.

"여기야." 어떤 목소리가 거실에서 들려왔다.

그래서 나는 그 소리를, 그 익숙한 목소리를 따라갔다. 거실에 들어가니 자주색 소파에 다리를 꼬고 앉아 있는 남자가 보였다. 너무도 익숙한 모습이었다. 사실, 그 이상 익숙할 수가 없었다. 동시에, 그 모습을 보는 것은 무시무시했다.

내가 본 것은 나 자신이었으니까.

옷은 달랐다(그는 코듀로이 바지 대신 청바지를, 셔츠 대신 티셔츠를, 구두 대신 운동화를 신고 있었다). 그러나 분명 앤드루 마틴의 형상이었다. 자연스럽게 가르마를 탄 갈색 머리, 지친 눈, 멍이 없다는 것만 빼면 나와 똑같은 얼굴.

"스냅!" 그가 미소 지으며 말했다. "여기서는 그렇게 말하지? 그 왜, 카드 게임을 할 때 말이야. 스냅! 우린 일란성 쌍둥이야."

"당신 누구야?"

그는 인상을 썼다. 내가 물어서는 안 되는 기본적인 질문을 했다는 듯이. "네 대체자."

"대체자?"

"그래. 난 네가 하지 못한 일을 하러 왔어."

심장이 요동쳤다. "무슨 뜻이야?"

"정보를 파괴하러 왔다고."

때로 두려움과 분노는 같은 것이다. "네가 아리를 죽였나?"

"응."

"왜? 아리는 리만 가설이 증명됐다는 걸 몰랐어."

"나도 알아. 하지만 난 너보다 광범위한 지시를 받았어. 내가 받은 명령에 따르면, 나는 네가……." 그는 잠시 말을 골랐다. "너의 '출신'에 대해 말해준 모든 사람을 파괴해야 해."

"그러니까, 본체들이 내 말을 듣고 있었다는 말이야? 내 연결이 끊어졌다고 했는데."

그는 내 왼손을 가리켰다. 아직 기술이 남아 있는 게 분명했다. "본체들은 네 힘을 빼앗아 갔을 뿐 자신들의 힘까지 거둬 가지는 않았어. 때로는 듣지. 감시도 하고."

나는 내 손을 응시했다. 손이 갑자기 적군처럼 보였다.

"여기 온 지 얼마나 됐어? 그러니까, 지구에."

"얼마 안 됐어."

"며칠 전 밤에 누가 이 집에 침입했어. 이소벨의 컴퓨터에 접근했지."

"나였어."

"그럼 왜 시간을 끈 거야? 왜 그날 밤에 임무를 마치지 않았지?"

"네가 여기 있었잖아. 너를 해치고 싶지는 않았어. 어떤 보나도리아인도 다른 보나도리아인을 죽인 적은 없으니까. 직접적으로는."

"뭐, 난 사실상 보나도리아인이 아니야. 난 인간이야. 역설적이게도 고향에서 몇 광년이나 떨어진 여기가 더 고향처럼 느껴져. 이상하지. 그래서, 넌 뭘 하고 있었어? 어디에 살았지?"

그는 망설이며 침을 꿀꺽 삼켰다. "어떤 여자랑 같이 살았어."

"인간 여자?"

"응."

"어디서?"

"케임브리지 외곽의 어느 작은 마을에서. 그 여자는 내 이름을 몰라. 내가 조너선 로퍼인 줄 알아. 나는 우리가 결혼한 사이라고 믿게 했어."

나는 웃었다. 그는 놀란 듯했다. "왜 웃지?"

"모르겠어. 유머 감각이 생겼달까. 선물을 잃으면서 얻은 것 중 하나야."

"난 그 사람들을 죽일 거야. 그건 알아?"

"아니. 사실 모르겠어. 난 본체들에게 그건 의미 없는 짓이라고 말했어. 그게 내가 마지막으로 한 말이었어. 본체들도 내 말을 이해하는 것 같았고."

"난 죽이라는 명령을 받았어. 그렇게 할 거고."

"하지만 너도 그게 의미 없다고 생각하지 않아? 진짜 이유라고 할 만한 게 없잖아?"

그는 한숨을 쉬며 고개를 저었다. "아니, 난 그렇게 생각하지 않아." 그가 말했다. 나와 같지만 어딘가 더 낮고 건조한 목소리였다. "난 진짜 이유가 따로 있는지 모르겠어. 인간과 겨우 며칠 살았을 뿐이지만 이 종족 전체에 흐르는 폭력과 위선을 봤거든."

"그래, 하지만 인간에게는 좋은 점도 있어. 아주 많아."

"아니, 난 모르겠던데. 인간은 가만히 앉아 TV 화면으로 죽은 동족의 시체를 보면서도 아무것도 느끼지 않아."

"나도 처음에는 그렇게 생각했지만……."

"인간은 차를 타고 매일 48킬로미터를 가면서, 잼병 두어 개를 재활용했다고 자부심을 느껴. 평화가 좋다고 이야기하면서도 전쟁을 미화하지. 화가 나서 자기 아내를 죽인 남자를 경멸하면서도 폭탄을 떨어뜨려 100명의 아이를 죽인 냉정한 군인을 숭배해."

"그래, 논리적으로 형편없다는 건 알아. 나도 같은 의견이야. 하지만 난 진심으로……."

그는 듣지 않았다. 이제 그는 자리에서 일어나더니 단호한 눈빛으로 나를 보면서 방 안을 어슬렁거리며 연설을 늘어놓았다. "인간은 신이 늘 자기 편이라고 생각하지. 다른 인간 전체와 충돌하고 있을 때조차도. 인간은 생물학적으로 가장 중요한 두 가지 사건, 즉 번식과 죽음을 제대로 받아들이지 못해. 돈으로 행복을 살 수 없다는 걸 아는 척하지만, 언제나 돈을 선택하곤 해. 인간은 기회가 있을 때마다 평범함을 기념하고, 남의 불행을 보는 걸 좋아해. 인간은 이 행성에 10만 세대 이상 살아왔으면서도 자신이 정말 누구인지, 어떻게 살아야 하는지 전혀 몰라. 사실, 인간은 한때 알았던 것보다도 모르고 있어."

"네 말이 맞아. 하지만 이런 모순에 뭔가 아름답고 신비로운 게 있다고 생각하진 않아?"

"아니. 아니, 그렇게 생각 안 해. 내 생각은 인간의 폭력적 의지가 세상을 지배하고 '문명화'하는 데 도움이 되었지만, 이제 인간에게는 나아갈 곳이 남아 있지 않다는 거야. 그러니 인간의 세상이 자기 자신을 향해 뒤틀리기 시작한 셈이지. 인간의 세상은 자기 손을 먹어치우는 괴물이야. 그런데도 인간은 그 괴물을 보지 못해. 아니, 그 괴물을 본다고 해도 자기가 그 괴물 안에 있다는 걸 몰라. 실제로는 그 괴물 속 분자이면서."

나는 책장을 보았다. "인간의 시를 읽어봤어? 인간은 이런 결함들을 이해하고 있어."

그는 여전히 내 말을 듣지 않았다.

"인간은 자신을 잃었으면서도 야망은 잃지 않았어. 기회만 있으면 여기를 떠나려 해. 안 그럴 거라는 생각은 하지도 마. 인간은 바깥세상에 생명이 있다는 걸, 우리나 우리 비슷한 존재가 있다는 걸 깨닫기 시작했어. 그들은 거기서 멈추지 않을 거야. 인간은 탐험하고 싶어 할 테고, 수학적 이해가 확장됨에 따라 결국 그렇게 할 거야. 인간은 결국 우리를 발견할 테고, 그때는 우리와 친구가 되려 하지 않겠지. 설령 인간이—언제나 그랬듯—자기 목적이 완벽하게 선량하다고 생각할지라도. 인간은 다른 생명체를 파괴하거나 굴복시킬 이유를 찾아낼 거야."

교복을 입은 소녀가 집 옆을 지나갔다. 머잖아 걸리버가 돌아올 것이다.

"하지만 이 사람들을 죽이는 것과 인간의 진보를 막는 것 사이에는 아무런 관련이 없어. 내가 장담해. 아무 관련이 없다고."

그는 방 안을 걸어 다니다 말고 다가와 허리를 숙이며 내 얼굴을 바라보았다. "관련이라. 그게 뭔지 알려줄까. 스위스 베른의 특허청에서 일하는 아마추어 독일인 물리학자가 있었어. 그 사람이 떠올린 어떤 이론은 50년 뒤 일본의 도시를, 거기에 사는 수많은 사람들—남편, 아내, 아들, 딸—까지 통째로 파괴하게 되지. 물론 물리학자는 그런 결과를 바라지 않았어. 그렇다고 해서 관련이 없는 건 아니야."

"그건 아주 다른 얘기야."

"아니. 그렇지 않아. 지구는 공상이 죽음으로 끝날 수 있고, 수학자가 멸망을 초래할 수 있는 행성이야. 그게 인간에 대한 내 시각이야. 네 시각은 다른가?"

"그래도 인간은 나름대로 잘못을 통해 배워." 내가 말했다. "네 생각보다 서로를 아끼기도 하고."

"아니. 내가 아는 바대로라면, 인간은 자기와 비슷하거나 자기 집에 같이 사는 이에게만 그래. 약간의 차이만 있어도 공감 능력을 잃어. 자기들끼리도 너무 쉽게 등을 돌리지. 그런 그들이 우리를 만난다면 어쩔 것 같아?"

물론, 나는 이미 그 상상을 해보았다. 그리고 그 답이 두려웠다. 나는 약해지고 있었다. 피곤했고 혼란스러웠다.

"우리도 인간을 죽이도록 여기 보내졌어. 우리라고 나을 게 뭔데?"

"우리는 논리의 결과로, 합리적 사고의 결과로 행동해. 우리는 지키기 위해 여기 온 거야. 심지어 인간을 보존하기 위해. 생각해봐. 진보는 인간에게 너무 위험해. 여자는 살리더라도 아이는 죽어야 해. 아이는 알고 있어. 네가 직접 우리한테 말했잖아."

"넌 한 가지 착각을 하고 있어."

"무슨 착각?"

"아들을 죽이면서 어머니를 살릴 방법은 없어."

"수수께끼처럼 말하네. 인간처럼 변했군."

나는 시계를 보았다. 4시 30분이었다. 걸리버가 언제든 집에 돌아올 터였다. 나는 무엇을 해야 할지 생각하려 애썼다. 어쩌면 또 다른 내가, '조너선'이 옳을지도 몰랐다. 글쎄, 실은 '어쩌면'이 아니라 조너선이 옳았다. 인간은 진보에 제대로 대처할 수 없으며, 세계에서 자신이 차지하는 자리를 제대로 이해하지 못했다. 그들은 궁극적으로 자기 자신과 다른 존재에게 엄청난 위협이었다.

그래서 나는 고개를 끄덕이고는 걸어가 자주색 소파에 앉았다. 이제 정신이 맑아졌고, 내 고통을 또렷하게 인식하고 있었다.

"네 말이 맞아." 내가 말했다. "네 말이 맞아. 널 돕고 싶어."

"네 말이 맞아." 나는 조너선의 눈을 똑바로 들여다보며 17번째로 그에게 말했다. "근데 난 약해졌어. 인정할게. 나는 약해져서, 지금도 인간을 해칠 수 없어. 나와 함께 살던 인간은 더더욱. 하지만 네가 하는 말을 들으니 내 원래 목표가 생각나. 나는 그 목표를 이룰 수 없고, 목표를 이루기 위한 선물도 잃어버렸지. 그래도 목표가 완수되어야 한다는 것만은 알겠어. 그러니까, 어떤 면에서는 네가 여기에 있다는 게 고마워. 내가 어리석었어. 노력했지만 실패했지."

조너선은 다시 소파에 앉아 나를 살펴보았다. 내 멍을 빤히 응시하며 우리 사이의 공기 냄새를 맡았다. "술 마셨구나."

"그래. 난 오염됐어. 인간처럼 살다 보면 인간의 나쁜 습관에 물들기 매우 쉽거든. 난 알코올을 마셨어. 섹스도 했어. 담배도 피웠어. 땅콩버터 샌드위치를 먹고 인간의 단순한 음악을 들었어. 그들이 느끼는 조악한 쾌락을 너무 많이 느꼈어. 그들의 신체적, 감정적 고통도. 하지만 아무리 오염됐어도 아직 내게 남아 있는 부분이 있어. 명료하고 합리적인 자아 말이야. 그래서 나는 내가 무슨 일을 해야 하는지 알아."

조너선은 나를 지켜보았다. 내 말을 믿었다. 내가 하는 모든 말이 진실이었기 때문이다. "그 말을 들으니 위로가 되네."

나는 지체하지 않았다. "잘 들어. 걸리버가 곧 집에 돌아올 거야. 차나 자전거를 타지는 않을 거야. 걸어서 올 거야. 갠 걷는 걸 좋아하거든. 우리는 자갈을 밟는 걸리버의 발소리를 듣게 될 테고, 그다음에는 현관문에 열쇠 꽂히는 소리를 듣게 될 거야. 보통 걸리버는 곧장 주방으로 가서 뭔가 마시거나 시리얼 한 그릇을 먹어. 하루에 시리얼을 세 그릇쯤 먹지. 아무튼, 그건 중요하지 않고, 중요한 건 걸리버가 가장 먼저 주방에 들어올 거라는 거지."

조너선은 내가 하는 모든 말에 유심히 관심을 기울였다. 그에게 이런 정보를 주자니 이상한 기분, 심지어 끔찍한 기분이 들었지만 다른 방법은 생각나지 않았다.

"서둘러야 할 거야." 내가 말했다. "걔 엄마도 곧 집에 올 테니까. 또, 걸리버가 널 보고 놀랄 수도 있어. 그러니까…… 내가 바람을 피웠다는 이유로 집에서 쫓겨났거든. 정확히 말하자면 내가 가진 믿음이 그녀가 원하는 종류의 믿음이 아니었던 거지. 인간은 독심술을 못 하는 까닭에 일부일처제가 가능하다고 생각하거든. 또 한 가지 고려해야 할 사실은, 걸리버가 전에 독립적으로 자기 목숨을 끊으려 했다는 거야. 그러니까 어떤 방법으로 걸리버를 죽이든 자살로 위장하는 게 좋아. 걸리버의 심장이 멈춘 뒤에 손목을 그어서 혈관을 끊을 수도 있고. 그러면 의심을 덜 살 거야."

조너선은 고개를 끄덕이고 주위를 둘러보았다. TV와 역사책, 안락의자, 벽에 걸린 액자 속 그림, 제자리에 놓여 있는 전화기.

"TV를 켜놓는 게 좋을 거야." 내가 말했다. "네가 이 방에 없더라도 말야. 난 뉴스를 보느라 늘 TV를 켜두거든."

그가 TV를 켰다.

우리는 앉아서 아무 말 없이 중동 전쟁 뉴스 영상을 지켜보았다. 그때, 조너선이 나로서는 들을 수 없는 소리를 들었다. 그의 감각이 나보다 훨씬 예민했기 때문이다.

"발소리다." 그가 말했다. "자갈을 밟는."

"왔네." 내가 말했다. "넌 주방으로 가. 나는 숨을게."

90.2MHz

나는 응접실에서 기다렸다. 문은 닫혀 있었다. 걸리버가 여기에 들어올 이유는 없었다. 거실과는 달리, 걸리버는 이 방에 들어온 적이 거의 없는 것 같다.

그래서 나는 고요히, 조용하게 그곳에 머물렀다. 현관이 열렸다 닫혔다. 걸리버는 복도에서 움직이지 않고 있었다. 발소리가 들리지 않았다.

"다녀왔습니다."

그때 대답이 들렸다. 내 목소리이지만 내 목소리가 아닌 소리가 주방에서 났다. "안녕, 걸리버."

"여기서 뭐 해요? 엄마가 아빠는 떠났을 거라고 했는데. 저한테 전화해서 아빠랑 싸웠다고 했어요."

나는 그가—나, 앤드루, 조너선이—차분하게 대답하는 소리를 들었다. "맞아. 싸웠어. 말다툼했다. 걱정하지 마, 그렇게 심각한 건 아니었어."

"아, 그래요? 엄마 얘기로는 꽤 심각한 것 같던데." 걸리버가 잠시 말을 멈추었다. "그 옷은 누구 거예요?"

"아, 이거? 옛날 옷이야. 있는지도 몰랐던."

"본 적 없는 옷인데. 게다가 얼굴도 완전히 고쳐졌네요. 완전히 나은 것처럼 보여요."

"그러게 말이야."

"네, 아무튼 위층으로 올라갈게요. 밥은 나중에 먹을게요."

"아니. 아니. 여기 그대로 있어라." 정신 패턴화가 시작되고 있었다. 그의 말이 의식을 몰아내는 목동처럼 작용했다. "너는 여기에 남아서 칼을, 날카로운, 이 방에서 가장 날카로운 칼을 집어 들고……."

일이 벌어지기 직전이었다. 나는 느낄 수 있었다. 그래서 계획한 일을 했다. 나는 책장으로 가서 라디오 시계를 집어 들고 전원 다이얼을 360도 돌린 다음 작은 초록색 원이 그려진 버튼을 눌렀다.

전원 켜기.

작은 화면에 빛이 들어왔다. 90.2MHz.

나는 라디오를 들고 복도로 갔다. 클래식 음악이 거의 최고 볼륨으로 흘러나왔다. 내가 잘못 안 게 아니라면 드뷔시의 곡이었다.

"이제 그 칼을 손목에 대고 그어라. 혈관이 끊어질 정도로 깊이."

"이게 무슨 소리죠?" 걸리버가 물었다. 그의 머리가 맑아지고 있었다. 나는 아직 주방 문에 다다르지 못했기에 걸리버를 볼 수 없었다.

"그냥 그렇게 해라. 목숨을 끊어라, 걸리버."

나는 주방에 들어갔다가, 나를 등진 채 걸리버의 머리에 손을 얹고 있는 도플갱어를 보았다. 칼이 바닥에 떨어졌다. 인간이 하는 세례식의 이상한 변종을 보는 것 같았다. 조너선이 하는 일이 그의 관점에서는 올바른 일, 논리적인 일이라는 걸 알았지만, 관점이란 참 이상한 것이었다.

걸리버가 쓰러졌다. 그의 온몸이 경련했다. 나는 라디오를 조리대에 내려놓았다. 주방에도 라디오가 하나 있었다. 나는 그 라디오도 켰다. 다른 방에는 여전히 TV가 켜져 있었다. 그 역시 내 의도대로였다. 클래식 음악과 뉴스, 록 음악의 불협화음이 공기를 가득 채웠다. 그 와중에 나는 조너선에게 손을 뻗어 그의 팔을 당겼다. 이제 그와 걸리버의 접촉이 끊겼다.

그는 몸을 돌려 내 목을 움켜쥐더니 나를 냉장고에 밀어붙였다.

"너 실수한 거야." 그가 말했다.

걸리버의 경련이 멈추었다. 그는 주위를 둘러보며 혼란스러운 표정을 지었다. 아빠처럼 생긴 두 남자가 서로의 목을 누르는 모습을 보았다.

무슨 일이 있어도 조너선을 주방에 잡아두어야 한다는 걸 알았다. 조너선이 주방을 나가지 않는다면, 라디오가 켜져 있고 옆 방에 TV가 켜져 있다면, 우리는 동등한 상대가 될 터였다.

"걸리버." 내가 말했다. "걸리버, 칼을 줘. 아무 칼이나. 그 칼. 그 칼을 나한테 줘."

"아빠? 아빠예요?"

"그래, 맞아. 이제 그 칼을 줘."

"저 말 무시해라, 걸리버." 조너선이 말했다. "저놈은 네 아버지가 아니야. 내가 네 아버지다. 저놈은 사기꾼이야. 보기와는 달라. 저놈은 괴물이다. 외계인이야. 우리가 저놈을 없애야 해."

우리가 싸우는 자세를 유지한 채 힘에 힘으로 맞서며 말을 이어가는 동안, 나는 걸리버의 눈 가득 의심이 차오르는 것을 보았다.

걸리버가 나를 보았다.

진실을 말할 시간이었다.

"난 네 아버지가 아니야. 이자도 마찬가지고. 네 아버지는 죽었어, 걸리버. 4월 17일 토요일에 죽었어. 네 아버지는……." 나는 걸리버가 이해할 만한 방식으로 설명할 방법을 찾았다. "……우리 윗사람들한테 잡혀갔어. 그 사람들이 네 아버지한테서 정보를 빼낸 다음 죽였어. 그리고 나를 네 아버지로 가장해서 여기 보낸 거야. 널 죽이라고. 네 엄마도 죽이라고. 네 아버지가 그날 성취한 일에 대해 아는 모든 사람을 죽이라고 했어. 하지만 난 그럴 수가 없었다. 왜냐하면 내가, 내가 불가능한 무언가를 느끼기 시작했거든. ……나는 너에게 공감했어. 너를 좋아하게 됐어. 널 걱정하게 됐어. 너와 네 엄마를 사랑하게 됐어. 그래서 난 모든 걸 포기했어. ……지금 내게는 힘이, 능력이 없어."

"이놈 말 듣지 마라, 아들아." 조너선이 말했다. 그때, 그는 무언가를 깨달았다. "라디오를 꺼. 내 말 들어. 지금 당장 라디오를 꺼."

나는 애원하는 눈으로 걸리버를 보았다. "무슨 일이 있어도 라디오를 끄면 안 돼. 라디오 신호가 기술에 간섭할 거야. 놈의 왼손이 핵심이야. 왼손. 모든 것이 놈의 왼손에 있어……."

걸리버는 애써 일어서고 있었다. 멍해 보였다. 표정을 읽을 수가 없었다.

나는 열심히 생각했다.

"나뭇잎!" 내가 소리쳤다. "걸리버, 네가 옳았어. 그 나뭇잎 기억하지? 그 나뭇잎 말이야! 그리고……."

그때, 나의 또 다른 버전이 세차고 잔혹하게 머리로 내 코를 박았다. 내 머리가 냉장고 문에 부딪혔고 모든 것이 무너져 내렸다. 색깔이 희미해지고 라디오 소리와 멀리서 들리는 뉴스 소리가 서로 뒤섞였다. 소리의 소용돌이, 오디오 수프.

다 끝났다.

"걸리……."

다른 내가 라디오 하나를 껐다. 드뷔시가 사라졌다. 하지만 음악이 사라진 순간, 나는 비명을 들었다. 걸리버의 목소리 같았다. 정말 걸리버였다. 그러나 그건 고통의 비명이 아니었다. 의지의 고함이었다. 자기 손목을 베려던 칼을 어느 모로 보나 그의 아버지처럼 보이는 남자의 등에 찔러 넣는 데 필요한 용기를 내게 해주는, 원초적인 분노의 포효.

칼은 깊이 박혔다.

그 포효와 그 모습 덕분에 사방이 선명해지며 초점이 맞았다. 나는 조너선의 손가락이 다른 라디오에 닿기 전에 몸을 일으킬 수 있었다. 나는 놈의 머리카락을 잡고 뒤로 홱 당겼다. 그의 얼굴을 보았다. 오직 인간의 얼굴만이 표현할 수 있는 방식으로 고통이 분명하게 드러나 있었다. 눈은 충격에 빠진 동시에 애원하는 듯했다. 입은 녹아내리는 것 같았다.

녹아내린다. 녹아내린다. 녹아내린다.

용서받지 못할 죄

나는 그의 얼굴을 다시 보지 않으려 했다. 기술이 몸속에 남아 있는 한 그는 죽을 수 없었다. 나는 그를 AGA 스토브로 끌고 갔다.

"들어 올려." 내가 걸리버에게 명령했다. "뚜껑을 들어 올려."

"뚜껑요?"

"핫플레이트 말이야."

걸리버는 그렇게 했다. 그는 둥근 강철 고리를 들어 올렸다가 다시 떨어뜨렸다. 눈에 단 한 점의 의문도 품지 않고 그렇게 했다.

"도와줘." 내가 말했다. "놈이 맞서 싸우고 있어. 팔을 잡아줘."

함께라면, 우리에게는 그의 손바닥을 뜨거운 금속에 대고 누를 힘이 있었다. 우리에게 붙들린 채 그가 지른 비명은 끔찍했다. 내가 하는 일이 무슨 짓인지 알았기에, 그 비명은 정말이지 우주의 종말처럼 들렸다.

나는 용서받지 못할 죄를 저지르고 있었다. 선물을 파괴하고, 나의 동족을 죽이고 있었다.

"계속 붙잡고 있어야 해." 내가 걸리버에게 소리쳤다. "계속 잡아둬야 해! 붙잡아! 붙잡아! 붙잡아!"

그런 다음, 나는 조너선을 보았다.

"놈들에게 다 끝났다고 말해." 내가 속삭였다. "임무를 완수했다고 말해. 선물에 문제가 생겨서 돌아갈 수 없을 거라고 말해. 그렇게 말하면 내가 고통을 멈춰주지."

그 말은 거짓말이었다. 본체들이 내가 아닌 조너선에게 귀 기울이고 있으리라고 믿고 벌인 도박이기도 했다. 그러나 그건 필요한 거짓말이었다. 조너선은 본체들에게 내가 시키는 대로 말했지만 고통은 지속되었다.

그렇게 얼마나 있었을까? 몇 초? 몇 분? 아인슈타인의 수수께끼 같았다. 뜨거운 난로와 아름다운 여자. 그 일이 끝나갈 때쯤 조너선은 무릎을 꿇었고, 의식을 잃어가고 있었다.

마침내 끈적끈적한 곤죽이 된 손을 치우면서, 내 얼굴에는 눈물이 흘러내렸다. 나는 조너선의 맥박을 확인했다. 그는 떠났다. 가슴을 칼로 관통당한 채로 뒤로 쓰러졌다. 나는 그의 손을, 그의 얼굴을 보았다. 확실해졌다. 그의 연결은 끊겼다. 본체만이 아니라 생명과의 연결도.

그렇게 확신할 수 있었던 건 그가 자신의 모습으로 돌아오고 있었기 때문이다. 죽음에 따른 세포 재구성이 시작되었다. 그의 형체 전체가 변화하고 오그라들었다. 얼굴은 납작해지고 두개골은 길어졌다. 피부는 자주색과 보라색의 얼룩덜룩한 색깔을 띠었다. 그의 등에 박힌 칼만 그대로였다. 이상했다. 지구의 주방이라는 맥락 속에서, 나의 과거 모습과 정확히 같은 구조를 가진 이 생명체가 내게도 완선히 외계인처럼 보였다.

괴물. 짐승. 다른 것.

걸리버는 빤히 보면서도 아무 말도 하지 않았다. 충격이 너무 깊어, 말은커녕 숨 쉬는 것조차 버거워했다.

나도 말하고 싶지 않았다. 하지만 거기에는 좀 더 실용적인 이유가 있었다. 사실, 나는 이미 너무 많은 말을 한 게 아닐까 걱정됐다. 어쩌면 본체들은 내가 주방에서 한 말을 모두 들었을지 몰랐다. 알 수가 없었다. 내가 아는 건, 내게 할 일이 하나 더 있다는 것뿐이었다.

본체들은 네 힘을 빼앗아 갔을 뿐 자신들의 힘까지 거둬 가지는 않았어.

그러나 내가 무언가를 하기도 전에 자동차가 집 앞에 멈춰 섰다. 이소벨이 집에 온 것이다.

"걸리버, 엄마다. 못 들어오게 막아. 들어오면 안 된다고 경고해."

걸리버가 나갔다. 나는 뜨거운 핫플레이트 쪽으로 돌아서서 조너선의 손이 있던 자리 옆에 내 손을 두었다. 옆에서는 여전히 그의 살점이 지글거리고 있었다. 나는 손을 내리눌렀다. 공간과 시간과 죄책감을 모두 앗아가는 순수하고도 절대적인 고통을 느꼈다.

현실의 본성

> 알겠지만, 문명화된 삶은 우리 모두 자발적으로 협조해 만든 수많은 망상에 근거한다. 문제는, 시간이 지나면서 우리가 그것들이 망상임을 잊어버린다는 것이다. 그러므로 우리는 주변의 현실이 무너져 내릴 때 깊은 충격을 받는다.
>
> — J. G. 밸러드

무엇이 현실일까?

객관적인 진실? 집단적인 환상? 다수의 의견? 역사적 이해의 산물? 꿈? 꿈. 그래, 그럴지도 모르겠다. 하지만 이게 꿈이라면, 나는 아직 그 꿈에서 깨어나지 못했다.

양자물리학, 생물학, 신경 과학, 수학, 사랑 등 인공적으로 나뉜 어떤 분야건 간에 무언가를 깊이 탐구하면 인간은 점점 더 무의미와 비합리, 무정부주의에 가까워진다. 그들이 아는 모든 것이 거듭 반박된다. 지구는 평평하지 않고, 거머리에게는 의학적 가치가 없으며, 신은 존재하지 않고, 진보는 신화다. 현재만이 그들이 가진 전부다.

이런 일은 대규모로만 일어나는 것이 아니다. 인간 개개인에게도 일어난다.

모든 삶에는 위기의 순간이, 내가 믿어온 것이 틀렸다고 말해주는 순간이 존재한다. 이런 일은 모두에게 일어난다. 유일한 차이는, 그 깨달음이 사람을 어떻게 바꿔놓느냐는 것뿐이다. 대부분의 경우, 인간은 그 정보를 묻어두고 모른 척한다. 그렇게 늙어간다. 인간의 얼굴에 주름을 만들고, 등을 굽어지게 하고, 입과 야망을 움츠리게 하는 것도 결국은 그 부정(否定)의 무게다. 이는 인간만의 문제는 아니다. 누가 됐든, 용감하거나 광기 어린 대단한 행동을 하려면 변화해야만 한다.

나는 무언가였다. 그리고 이제는 다른 무언가가 되었다.

나는 괴물이었고, 이제는 다른 유형의 괴물이 되었다. 언젠가 죽고 고통을 느끼겠지만, 또한 살아갈 괴물. 언젠가 행복을 발견할지도 모르는 괴물. 이제 내게 행복이 가능하기 때문이다. 행복은 상처의 뒷면에 존재한다.

달처럼 창백한 얼굴

걸리버는 어려서 엄마보다 상황을 잘 받아들일 수 있었다. 본래부터 삶의 의미를 찾지 못한 그였기에 자기 인생이 그토록 비합리적이었던 이유가 결정적으로 드러나자 일종의 안도감을 느꼈다. 그는 아버지를 잃고, 또 살인을 저지른 사람이었다. 그러나 그가 죽인 것은 이해할 수도, 이입할 수도 없었던 존재였다. 죽은 개를 위해서라면 걸리버도 울 수 있겠지만, 죽은 보나도리아인은 그에게 아무 의미가 없었다. 애도라는 측면에서, 걸리버가 아버지에 대해 걱정했으며 아버지가 고통을 느꼈는지 알고 싶어 했던 것은 사실이다. 나는 그렇지 않았다고 말해주었다. 사실이었을까? 모른다. 나는 그게 인간으로 사는 삶의 일부임을 알게 되었다. 인간으로 산다는 것은 어떤 거짓말을 언제 해야 할지 아는 것이다. 누군가를 사랑하는 것은 그들에게 거짓말을 하는 것이다. 나는 걸리버가 아빠 때문에 우는 모습을 보지 못했다. 왜인지는 모르겠다. 아마도 진정 거기 있었던 적 없는 사람의 상실을 느끼는 것이 어려운 일이기 때문일지도 모른다.

아무튼, 어두워지고 나지 걸리버는 나를 도와 시체를 밖으로 끌어냈다. 뉴턴은 이제 깨어 있었다. 조너선의 기술이 녹아내리자 그는 눈을 떴고, 지금은 자기 눈에 보이는 모습을 있는 그대로 받아들이고 있었다. 개들은 모든 것을 받아들이니까. 개에게는 역사학자가 없었으므로 상황이 더 단순했다. 개에게는 그 무엇도 예상치 못한 일이 아니었다. 뉴턴은 어느 순간 우리를 도우려는 것처럼 땅을 파기 시작했으나 그럴 필요는 없었다. 이곳 대기에 산소가 풍부한 만큼 그 괴물은—나는 이제 머릿속에서 조너선을 괴물이라고 부르고 있었다—자연스러운 상태에서 빠르게 분해될 것이기 때문이었다. 그를 끌고 나가는 건 꽤 힘든 일이었다. 내가 손에 화상을 입었고 걸리버가 어느 시점에는 토악질을 멈춰야 했다는 점을 생각하면 특히 그랬다. 걸리버는 끔찍해 보였다. 걸리버가 앞머리 속에서, 달처럼 창백한 얼굴로 나를 바라보던 모습이 기억난다.

뉴턴만 우리를 지켜본 건 아니었다.

이소벨도 믿을 수 없다는 눈길로 우리를 보고 있었다. 나는 그녀가 밖에 나와 이 광경을 보는 걸 원하지 않았지만, 이소벨은 그렇게 했다. 그 시점에, 이소벨은 아직 모든 것을 알지는 못했다. 예컨대 남편이 죽었다거나 내가 끌고 가는 시신이 본질적으로 예전 내 모습과 같다는 사실을 몰랐다.

이소벨은 이런 사실들을 천천히 받아들였지만, 그녀가 감당하기엔 그마저도 너무 빠른 듯했다. 이런 정보를 흡수하려면 몇 세기, 어쩌면 그보다 더 긴 시간이 필요할 것 같았다. 마치 섭정 시대*에 사는 영국인을 21세기의 도쿄 도심 한복판에 떨궈놓는 것과 같은 일이었다. 이소벨은 말 그대로 받아들일 수 없었다. 어쨌거나 그녀

* 영국 역사에서 1811년부터 1820년까지를 일컫는다.

는 역사학자였으니까. 패턴과 연속성, 원인을 찾고 과거를 지금의 곡선형 경로를 따라 걷는 하나의 서사로 바꾸는 일을 하는 사람이었으니까. 그런데 누가 그 경로 위에 무언가를 떨어뜨린 것이다. 그 무언가가 너무도 세게 떨어져 땅이 깨지고, 지구가 기울고, 더는 그 길을 따라 걸을 수 없게 되어버렸다.

다시 말해, 그녀는 의사를 찾아가 약을 처방받았다. 그녀가 받은 알약은 도움이 되지 않았고, 결국 그녀는 기진맥진한 채 3주간 침대에서 지내야 했다. 그녀에게는 ME*라는 이름의 질병이 있을지도 모른다고 했다. 물론, 그건 사실이 아니었다. 그녀는 슬픔으로 고통스러워하는 것뿐이었다. 단순히 남편을 잃은 슬픔이 아니라, 익숙했던 현실 전체를 상실한 데 대한 슬픔이었다.

그 시기에 이소벨은 나를 증오했다. 나는 이소벨에게 모든 사정을 설명했다. 이중 어떤 것도 내 결정에 따른 일이 아니며, 나는 인류의 진보를 멈추고 우주의 더 큰 선(善)을 위해 행동하라는 임무를 받아 마지못해 이곳에 파견되었다고. 그러나 이소벨은 나를 쳐다볼 수조차 없었다. 자기가 보는 것이 무엇인지 몰랐기 때문이다. 나는 그녀를 속였었다. 그녀와 잤다. 그녀가 내 상처를 돌보게 놔두었다. 그러나 그녀는 자신이 누구와 자는지도 모르고 있었던 것이다. 내가 그녀와 사랑에 빠졌다는 것, 그녀와 걸리버의 목숨을 구한 것이 본체들에 대한 전면적인 반항 행위였다는 점은 중요하

* 근육통성 뇌척수염(Myalgic Encephalomyelitis)의 약자로, 극심한 피로, 집중력 저하, 근육통, 기억력 장애 등을 주요 증상으로 하는 만성 질환. 흔히 만성 피로 증후군이라 불린다.

지 않았다. 그랬다. 그건 전혀 중요하지 않았다.

나는 살인자였고, 이소벨에게는 외계인이었다.

내 손은 천천히 회복되었다. 병원에 갔더니, 안에 살균 연고가 든 투명한 비닐 장갑을 주었다. 병원에서는 어쩌다 이런 일이 벌어졌느냐고 물었고, 나는 술에 취해 아무 생각 없이 핫플레이트를 짚었다고 말했다. 너무 늦게야 고통을 느꼈다고. 화상은 물집이 되었고, 간호사가 물집을 터뜨렸다. 나는 맑은 액체가 흘러나오는 모습을 흥미롭게 지켜보았다.

이기적인 생각이지만, 나의 다친 손이 이소벨의 연민을 조금 끌어낼 수 있지 않을까 기대했다. 그녀의 눈을 다시 보고 싶었다. 잠든 상태의 걸리버가 나를 공격했을 때 나를 걱정스럽게 보던 그 눈을.

내가 한 말이 전부 거짓말이라고 이소벨을 설득하는 방법도 잠시 생각해보았다. 우리는 SF가 아니라 마술적 리얼리즘의 영역에 있다는 식으로. 신뢰할 수 없는 화자가 등장하는 그 문학 장르 말이다. 사실 나는 외계인이 아니라고. 나는 신경쇠약을 겪은 인간이며, 외계나 외도에 관한 비밀은 전혀 없다고. 걸리버는 자기가 본 것을 기억하겠지만, 걸리버의 정신은 연약한 편이었다. 나는 모든 것을 쉽게 부정할 수 있었다. 개의 건강이야 오락가락하게 마련이다. 사람은 지붕에서 떨어지고도 살아남을 수 있다. 어쨌거나 인간은—특히 어른은—가장 시시한 진실을 믿고 싶어 한다. 세계관과 정신이 뒤집히고 불가해성이라는 광활한 바다에 스스로 내던져지는 걸 막기 위해서라도 말이다.

하지만 그건 어쩐지 너무 불경스럽게 느껴졌고, 나는 그렇게 할 수 없었다. 이 행성 어디에나 거짓말이 있지만, 진정한 사랑이 진정한 사랑으로 불리는 데에는 이유가 있었다. 화자가 이 모든 게 꿈이었다고 말하면, 독자는 그가 한 가지 망상에서 또 다른 망상으로 옮겨간 것뿐이라며, 새로운 현실에서도 언제든 깰 수 있을 거라고 말하고 싶어진다. 삶의 망상에 대해서는 일관성은 유지해야 한다. 당신에게 있는 것은 당신의 관점뿐이다. 객관적 진실은 무의미하다. 당신은 꿈을 하나 선택해 고수해야 한다. 다른 모든 것은 사기다. 진실과 사랑이 뒤섞인 강렬한 칵테일을 한 번이라도 맛보고 나면 다시는 어떤 속임수도 통하지 않는다. 하지만 이 현실을 품위 있게 바로잡을 수 없다는 걸 알면서도 그대로 살아간다는 건 힘든 일이었다.

왜냐하면, 지구에 오기 전까지 나는 누군가의 돌봄을 원하지도, 필요로 하지도 않았지만, 지금은 돌봄을 받는 느낌, 소속감, 사랑받는 느낌에 굶주렸기 때문이다.

어쩌면 나는 너무 많은 것을 기대했는지도 모른다. 끔찍한 자주색 소파에서 자야 할지언정 같은 집에 머물도록 허락받은 것만으로도 분에 넘치는 일인지 몰랐다.

이런 일이 허락된 유일한 이유는 걸리버 때문인 것 같았다. 걸리버는 내가 머물기를 바랐다. 나는 걸리버의 목숨을 구해주었다. 나는 걸리버가 괴롭힘에 맞서도록 도와주었다. 하지만 그가 나를 용서했다는 사실은 여전히 놀라웠다.

오해하지 말기 바란다. 이건 〈시네마 천국〉이 아니다. 하지만 걸리버는 나를 아버지보다 외계 생명체로 받아들이는 게 훨씬 쉬운 듯했다.

"어디서 왔어요?" 어느 토요일 아침, 7시 5분 전에 걸리버가 물었다. 아이 엄마가 깨기 전이었다.

"멀리, 멀리, 멀리, 멀리, 멀리, 멀리, 멀리, 멀리 떨어진 곳에서."

"얼마나 먼데요?"

"설명하기가 몹시 어려워." 내가 말했다. "그러니까, 넌 프랑스도 멀다고 생각하잖아."

"그냥 한번 해봐요." 걸리버가 말했다.

나는 과일 바구니를 보았다. 불과 하루 전, 나는 병원에서 이소벨에게 추천한 건강식을 사러 슈퍼마켓에 다녀왔다.

"좋아." 내가 커다란 자몽을 집어 들며 말했다. "이게 태양이야."

나는 자몽을 커피 테이블에 올려놓았다. 그런 다음, 가능한 한 가장 작은 포도알을 찾았다. 그것을 테이블의 반대쪽 끝에 두었다.

"저게 지구야. 너무 작아서 거의 보이지도 않지."

뉴턴이 지구를 삼켜버리려는 게 분명한 태도로 다가왔다. "안 돼, 뉴턴." 내가 말했다. "아직 설명 안 끝났어."

뉴턴은 꼬리를 내리고 물러났다.

걸리버는 자몽과 작고 연약한 포도를 살펴보며 인상을 찡그렸다. 그가 주위를 둘러보았다. "그럼, 당신 행성은 어디 있어요?"

걸리버는 진심으로 내가 들고 있던 오렌지를 방 안 어딘가에 둘 거라고 생각했던 것 같다. TV 근처나 어느 책장에. 꼭 필요하다면 위층에.

“정확히 말하자면, 이 오렌지는 뉴질랜드의 커피 테이블에 놓여야 해.”

걸리버는 잠시 침묵하며 내가 말하는 ‘멀다’에 대해 이해하려 애썼다. 여전히 멍한 표정으로 그가 물었다.

“내가 거기 가볼 수 있어요?”

“아니. 그건 불가능해.”

“왜요? 우주선이 있을 텐데.”

나는 고개를 저었다. “아니야. 난 이동한 게 아니야. 여기 도착했을지는 몰라도 이동을 하지는 않았어.”

걸리버가 혼란스러워하기에 내가 설명해주었다. 그러자 걸리버는 더욱 혼란스러워했다.

“중요한 건, 이제 내게는 우주를 가로질러 갈 수 있는 가능성이 다른 인간만큼이나 없다는 거야. 이제 나는 그런 존재고, 여기서 살아야 해.”

“소파에서 살려고 우주를 포기했다고요?”

“당시에는 이렇게 될 줄 몰랐지.”

이소벨이 아래층으로 내려왔다. 그녀는 흰색 실내복에 파자마를 입고 있었다. 창백했다. 하긴, 아침에는 늘 창백했지만. 그녀는 나와 걸리버가 대화하는 것을 바라보았고, 잠시 좀처럼 보기 힘든 애정 어린 눈빛으로 그 장면을 맞이하는 듯했다. 그러나 이내 모든 것을 떠올렸고 그 표정은 희미해졌다.

“무슨 일이야?” 이소벨이 물었다.

“아무것도 아니에요.” 걸리버가 말했다.

"과일은 왜?" 이소벨은 아직 잠기운이 역력한 목소리로 조용히 물었다.

"걸리버한테 내가 어디에서 왔는지 설명해주고 있었어. 얼마나 먼 곳에서 왔는지."

"자몽에서 왔다는 거야?"

"아니. 자몽은 태양이야. 당신의 태양. 우리 태양. 나는 오렌지에 살았어. 오렌지는 뉴질랜드에 있어야 해. 우리 지구는 지금 뉴턴의 뱃속에 있고."

나는 이소벨에게 미소 지었다. 이소벨이 이 말을 우습다고 여길지도 모른다고 생각했다. 그러나 그녀는 몇 주 동안 나를 보았던 표정으로 빤히 바라볼 뿐이었다. 내가 그녀에게서 수십 광년은 떨어져 있는 것처럼.

이소벨이 방을 나섰다.

"걸리버." 내가 말했다. "난 여기를 떠나는 게 최선일 것 같아. 사실, 난 여기 남아서는 안 됐어. 그게, 이 모든 일만이 문제가 아니야. 나랑 네 엄마랑 했던 말다툼 알지? 네가 결국 알아내지 못한 그 말다툼 말이야."

"네."

"그게, 내가 신의를 지키지 못했어. 매기라는 여자랑 섹스했거든. 내 학생, 그러니까, 너희 아빠의 학생이야. 즐기지는 않았지만, 그게 중요한 건 아니었어. 나는 그런 행동이 네 어머니에게 상처가 되리라는 걸 몰랐어. 근데 상처가 됐어. 나는 신의의 정확한 규칙을 몰랐지만, 그건 변명이 되지 못해. 이소벨이나 네 목숨을 위험에 빠뜨렸을 때처럼, 나는 고의로 다른 많은 거짓말을 하고 있었으니까." 나는 한숨을 쉬었다. "난 떠나야 할 것 같아."

"왜요?"

그 질문이 나를 잡아당겼다. 내 뱃속까지 파고들었다.

"당장은 그냥, 그게 최선일 것 같아."

"어디로 가게요?"

"모르겠다. 아직은. 그래도 걱정하지 마. 도착하면 알려줄게."

걸리버의 엄마가 문 앞에 돌아와 있었다.

"난 떠날 거야." 내가 이소벨에게 말했다.

이소벨이 눈을 감았다. 숨을 들이쉬었다. "그래." 그녀는 내가 한때 키스하던 입으로 말했다. "그래. 그게 최선일지도 모르겠어." 그녀의 얼굴 전체가 구겨졌다. 구겨서 버리고 싶은 감정이 피부에 배어 있는 듯했다.

나는 눈에 뜨뜻하고도 부드러운 긴장을 느꼈다. 시야가 흐려졌다. 무언가가 내 뺨을 따라 흐르더니 입술이 있는 곳까지 흘렀다. 액체였다. 비와 비슷하지만 더 따뜻한. 소금기 어린.

나는 눈물을 흘렸다.

두 번째 유형의 중력

떠나기 전, 나는 다락방으로 올라갔다. 방 안은 어두웠다. 컴퓨터 불빛뿐이었다. 걸리버가 침대에 누워 창밖을 보고 있었다.

"난 네 아빠가 아니야, 걸리버. 여기 있을 권리가 없어."

"네. 알아요." 걸리버는 손목 밴드를 물어뜯었다. 그의 눈에서 적대감이 깨진 유리처럼 반짝였다.

"당신은 우리 아빠가 아니죠. 하지만 아빠랑 똑같아요. 우리한텐 눈곱만큼도 신경 쓰지 않아요. 엄마 몰래 바람까지 피우고. 아빠도 그랬어요, 알겠지만."

"잘 들어, 걸리버. 난 너를 떠나려는 게 아니야. 네 엄마를 다시 데려오려는 거지. 알겠어? 엄마는 지금 잠시 길을 잃었어. 내가 여기 있는 건 도움이 되지 않아."

"그냥 모든 게 다 엉망이에요. 완전히 혼자가 된 기분이에요."

우리 기분을 모르는 햇살이 갑자기 창을 통해 쏟아져 들어왔다.

"걸리버, 외로움은 수소처럼 온 우주에 퍼져 있어."

걸리버는 마땅히 훨씬 더 나이 든 인간의 것이어야 할 한숨을 쉬었다. "그냥, 가끔은 내가 이 삶에 어울리지 않는다는 생각이 들어요. 학교에서 보면 부모가 이혼한 애들도 아주 많은데, 대체로 아빠랑 그럭저럭 잘 지내는 것 같더라고요. 사람들은 늘 내게 이렇게 말해요. 쟤는 뭐가 힘들다고 저러는 거야? 부모도 이혼하지 않았고, 좋은 집에서 부유하게 살면서 대체 뭐가 문제지? 다 개소리죠. 엄마랑 아빠는 한 번도 서로를 사랑하지 않았으니까. 어쨌거나 내가 기억하는 범위 내에서는요. 엄마는 아빠가 신경쇠약을 겪은 이후로—그러니까, 당신이 온 후로—달라진 것처럼 보였지만 그건 그냥 엄마의 망상이었어요. 제 말은, 당신은 엄마가 생각한 사람조차 아니었다는 거예요. 아빠보다 E.T.랑 사귀는 게 더 쉽다니 대단한 일이죠. 아빠는 쓰레기였어요. 진지하게, 아빠가 해준 조언이 한마디도 기억나지 않아요. 건축이 제 가치를 인정받으려면 100년이 걸리니 건축가가 되어서는 안 된다는 말밖에는요."

"잘 들어, 걸리버. 너한테는 안내자가 필요 없어, 걸리버. 너한테 필요한 모든 건 네 머릿속에 있어. 넌 너희 행성의 그 누구보다 우주에 대해 더 많이 알고 있어." 나는 창문을 가리켰다. "넌 저 바깥에 뭐가 있는지 봤어. 그리고 또 하나. 넌 네가 정말 강하다는 걸 증명했어."

걸리버는 다시 창문을 내다보았다. "저 위는 어때요?"

"아주 달라. 모든 게."

"어떻게요?"

"글쎄, 그냥 존재하는 방식 자체가 달라. 거기선 아무도 죽지 않아. 고통이 없어. 모든 것이 아름답지. 그곳의 종교는 수학이야. 가족은 없어. 본체들이 있긴 해. 지시를 내리는 존재. 그리고 나머지 사람들이 있고. 걱정거리라고는 수학의 진보와 우주의 안보뿐이야. 증오심은 없어. 아버지와 아들도 없어. 생물학과 기술 사이에는 분명한 선이 없어. 모든 것이 보라색이고."

"끝내줄 것 같은데요."

"지루해. 상상할 수 있는 가장 지루한 삶이야. 여기에는 고통과 상실이 있지. 지구에서 살기 위해 치러야 하는 대가야. 하지만 그 보상은 훌륭할 수 있어, 걸리버."

걸리버는 못 믿겠다는 듯 나를 보았다. "그러시겠죠. 뭐, 어떻게 보상을 찾아야 하는지는 전혀 모르겠지만."

전화가 울렸다. 이소벨이 받았다. 잠시 후, 그녀가 다락방을 향해 소리쳤다.

"걸리버, 네 전화야. 여자애야. 이름이 냇이래."

나는 걸리버의 얼굴에 떠오르는 희미하디희미한 미소를 눈치챘다. 걸리버는 부끄러웠는지, 방을 나서면서 불만의 구름 아래에 그 미소를 숨기려 했다.

나는 앉아서 숨을 쉬었다. 언젠가는 기능을 멈추겠지만, 아직은 따뜻하고 깨끗한 들숨이 가득 들어 있는 폐로. 그런 다음, 나는 걸리버의 원시적인 지구 컴퓨터를 켜서 입력하기 시작했다. 인간을 위한 조언을 최대한 많이 적었다.

인간을 위한 조언

1. 수치심은 족쇄다. 스스로 자유로워져라.
2. 네 능력에 대해서는 걱정하지 마라. 너한테는 사랑할 능력이 있다. 그것으로 충분하다.
3. 다른 사람들에게 친절하게 대해라. 우주적인 차원에서는 다른 사람들이 곧 너다.
4. 기술은 인류를 구하지 못한다. 인간이 인간을 구할 것이다.
5. 웃어라. 네게 어울린다.
6. 호기심을 가져라. 모든 것에 질문을 던져라. 오늘의 '사실'은 미래의 '허구'일 수 있다.
7. 아이러니도 나쁘지 않지만 감정만큼 훌륭하진 않다.
8. 땅콩버터 샌드위치는 화이트와인과 완벽하게 잘 어울린다. 다른 사람이 아니라고 해도 듣지 마라.
9. 때로 자신을 찾기 위해 자신을 잊고 다른 무언가가 되어야 한다. 네 인격은 고정된 것이 아니다. 때로는 그 인격에 발맞추기 위해 움직여야 한다.
10. 역사는 수학의 한 분야다. 문학도 마찬가지다. 경제학은 종교의 한 분야다.
11. 섹스는 사랑을 망칠 수 있지만 사랑은 섹스를 망칠 수 없다.

12. 뉴스는 수학으로 시작해 시를 다룬 후 다른 소식으로 넘어가야 한다.
13. 너는 태어날 수 없는 존재였다. 네 존재는 불가능에 가까운 기적이다. 불가능을 무시하는 건 너 자신을 무시하는 것이다.
14. 네 삶에는 2만 5,000번의 하루가 있을 것이다. 그중 며칠은 기억에 남는 하루로 만들어라.
15. 속물이 되는 것은 비참함으로 가는 길이다. 그 역도 참이다.
16. 비극은 아직 완성되지 않은 희극일 뿐이다. 언젠가 우리는 지금 벌어지는 일을 두고 웃을 것이다. 모든 일에.
17. 무슨 수를 써서라도 옷을 입되, 옷은 그냥 옷일 뿐임을 기억해라.
18. 한 생명체에게 금(金)인 것이 다른 생명체에게는 깡통일 수도 있다.
19. 시를 읽어라. 특히 에밀리 디킨슨의 시를 읽어라. 그게 널 구해줄 수도 있다. 앤 섹스턴은 정신을, 월트 휘트먼은 풀을 잘 안다. 하지만 에밀리 디킨슨은 모든 것을 안다.
20. 만일 네가 건축가가 된다면 이 점을 기억해라. 정사각형도 괜찮다. 직사각형도 괜찮다. 하지만 너는 그 이상을 해낼 수 있다.
21. 태양계에서 벗어날 수 있을 때까지는 굳이 우주에 가지 마라. 그다음에는 자비(Zabii)에 가라.
22. 화가 나는 건 걱정하지 마라. 오히려 화조차 낼 수 없게

되었을 때 걱정해라. 그때는 네가 기진맥진한 것이니까.

23. 행복은 바깥에 있는 것이 아니다. 저 안에 있다.

24. 지구에서 신기술이란 5년만 지나면 비웃게 될 존재다. 5년 후에도 비웃음당하지 않을 것을 가치 있게 여겨라. 사랑이라든가. 좋은 시라든가. 노래라든가. 하늘이라든가.

25. 소설에는 한 가지 장르밖에 없다. 그 장르의 이름은 '책'이다.

26. 라디오에서 너무 멀리 떨어져 있지 마라. 라디오가 네 목숨을 구할 수도 있다.

27. 개는 충성스러움의 천재다. 곁에 두기 좋은 종류의 천재.

28. 네 엄마는 소설을 써야 한다. 엄마를 응원해라.

29. 노을이 보이면 멈춰 서서 노을을 봐라. 지식은 유한하다. 경이로움은 무한하다.

30. 완벽함을 목표로 삼지 마라. 진화와 생명은 실수를 통해서만 일어난다.

31. 실패란 빛의 속임수일 뿐이다.

32. 너는 인간이다. 돈에 신경을 쓸 것이다. 하지만 돈이 너를 행복하게 해줄 수 없다는 것을 명심해라. 행복은 파는 물건이 아니기 때문이다.

33. 너는 우주에서 가장 지능이 높은 생명체가 아니다. 심지어 네 행성에서 가장 지능이 높은 생명체도 아니다. 혹등고래의 노래에서 드러나는 음조 언어는 셰익스피어의 작품 전체보다 더한 복잡성을 보여준다. 이건 경쟁이 아니

다. 뭐, 실은 경쟁이다. 하지만 너무 걱정하지는 마라.

34. 데이비드 보위의 〈스페이스 오디티〉는 우주에 대해 아무 것도 알려주지 않지만 그 음악 패턴은 듣기에 매우 좋다.

35. 맑은 밤에 하늘을 올려다보고 수천 개의 별과 행성이 보이면, 그중 대부분에서는 거의 아무 일도 일어나지 않음을 생각해라. 중요한 일은 더 멀리서 벌어지고 있다.

36. 언젠가 인간은 화성에서 살게 될 것이다. 하지만 거기서도 지구의 어느 흐린 아침보다 더 흥미로운 것은 없을 것이다.

37. 쿨하게 보이려고 너무 애쓰지 마라. 우주는 원래 차갑다(cool). 중요한 건 따뜻한 부분이다.

38. 적어도 한 가지 점에서는 월트 휘트먼이 옳았다. 너는 너 자신에게 모순된다. 너는 크다. 너는 무수한 존재들을 내포하고 있다.*

39. 모든 것에 대해 완전히 옳은 사람은 없다. 그 어디에도.

40. 모두가 희극이다. 사람들이 너를 비웃는다면, 그건 자기 자신이 우스꽝스러운 존재임을 모르기 때문이다.

41. 네 뇌는 열려 있다. 절대 닫히게 하지 마라.

42. 1,000년 뒤, 인간이 그때까지 살아남는다면 네가 아는 모든 것은 틀렸다고 판명될 것이다. 그리고 더 큰 신화로 교체될 것이다.

* 월트 휘트먼의 시집 《풀잎》 중 〈나 자신의 노래〉의 구절.

43. 모든 것이 중요하다.

44. 네게는 시간을 멈출 능력이 있다. 키스하면 된다. 음악을 들으면 된다. 그건 그렇고, 음악은 다른 방법으로는 볼 수 없는 것들을 보는 방법이다. 음악은 네가 가진 가장 진보된 것이다. 음악은 초능력이다. 베이스 기타를 계속 연습해라. 너는 솜씨가 좋다. 밴드에 들어가라.

45. 내 친구 아리는 여태껏 살았던 인간 중 가장 현명한 인간에 속한다. 아리의 글을 읽어라.

46. 역설적이지만, 생존에 필요 없는 물건들—책, 예술, 영화, 와인 등—이야말로 생존에 꼭 필요한 것이다.

47. 소는 쇠고기라 부르더라도 소다.

48. 서로 같은 도덕이란 없다. 상처를 입을 만큼 날카롭지만 않다면 다양한 형태의 도덕을 받아들여라.

49. 누구도 두려워하지 마라. 너는 우주 반대편에서 파견된 외계인을 빵칼로 죽인 사람이다. 게다가 네 주먹은 아주 단단하다.

50. 언젠가는 나쁜 일이 일어날 것이다. 그때 붙잡을 사람을 곁에 두어라.

51. 저녁에 마시는 알코올은 매우 즐겁다. 아침의 숙취는 매우 불쾌하다. 어느 시점에는 저녁과 아침 중 하나를 선택해야 한다.

52. 웃음이 나온다면, 정말로는 울고 싶은 게 아닌지 확인해라. 그 반대도 마찬가지다.

53. 사랑한다고 말하는 일을 겁내지 마라. 너의 세상에는 잘못된 것들이 많지만, 사랑의 과잉은 잘못이 아니다.
54. 지금 통화 중인 그 여자애가 전부는 아니다. 앞으로도 그 애와 비슷한 다른 아이들이 있을 것이다. 아무튼 나는 그 애가 괜찮은 아이이기를 바란다.
55. 지구에 기술을 가진 종족은 인간만이 아니다. 개미를 봐라. 정말이다. 잘 봐라. 개미가 잔가지와 잎사귀로 하는 일은 상당히 놀랍다.
56. 네 엄마는 네 아빠를 사랑했다. 아닌 척하더라도.
57. 네 종족에는 바보가 많다. 엄청나게 많다. 너는 그런 바보가 아니다. 네 자리를 지켜라.
58. 중요한 건 삶의 길이가 아니라 깊이다. 하지만 깊이 파고들 때도 태양이 계속 너를 비추게 해라.
59. 숫자는 예쁘다. 소수는 아름답다. 그 점을 이해해라.
60. 네 머리에 따라라. 네 가슴에 따라라. 네 직감에 따라라. 명령에만 빼고 전부 따라라.
61. 언젠가, 네가 힘 있는 자리에 가게 되면 사람들에게 이렇게 말해라. 뭔가를 할 수 있다는 이유만으로 그 일을 해야 하는 건 아니라고. 증명되지 않은 추측, 맞닿지 않은 입술, 따지 않은 꽃에는 힘과 아름다움이 있다.
62. 불을 피워라. 비유적으로만. 단, 네가 춥고 안전한 환경에 있다면 진짜 불을 피워도 좋다.
63. 중요한 건 기술이 아니라 방법이다. 중요한 건 말이 아니

라 멜로디다.

64. 살아 있어라. 그게 이 세상에 대한 너의 가장 중요한 의무다.

65. 뭔가를 안다고 생각하지 마라. 다만, '생각하고 있다'는 사실을 알아라.

66. 블랙홀은 형성되면서 어마어마한 감마선 폭발을 일으켜 온 은하를 빛으로 눈멀게 하고 수백만 개의 세상을 파괴한다. 너는 어느 순간에든 사라질 수 있다. 이 순간에도. 이 순간에도. 이 순간에도. 네가 하다가 죽어도 행복할 만한 일을 최대한 자주 해라.

67. 전쟁은 하나의 답이다. 그러나 잘못된 질문에 대한 답이다.

68. 신체적 매력은 대체로 호르몬에 의한 것이다.

69. 아리는 우리가 모두 시뮬레이션에 속해 있다고 생각했다. 물질은 환상이고 모든 것이 실리콘이라고. 아리의 말이 옳을 수도 있다. 하지만 네 감정은? 그것은 실체가 있다.

70. 문제는 네가 아니다. 저들이다(아니, 정말로. 정말로 그렇다).

71. 할 수 있을 때마다 뉴턴을 산책시켜라. 뉴턴은 집에서 나가는 걸 좋아한다. 게다가 아주 사랑스러운 개다.

72. 대부분의 인간은 사물에 대해 별로 생각하지 않는다. 오직 '욕구'와 '필요'만을 생각하며 살아남는다. 그러나 너는 그런 사람이 아니다. 조심해라.

73. 아무도 너를 이해하지 못할 것이다. 궁극적으로 그건 별로 중요하지 않다. 중요한 건 네가 너 자신을 이해하는 것

이다.

74. 우주에서 가장 작은 존재는 쿼크가 아니다. 네가 임종을 맞았을 때 바라게 되는 것, 더 열심히 노력할걸 그랬다고 생각하게 되는 것이 가장 작은 것이다. 그건 존재하지 않을 테니까.

75. 예의는 종종 두려움이다. 친절은 언제나 용기다. 하지만 돌봄이야말로 너를 인간으로 만든다. 더 많이 돌보고, 더욱 인간이 되어라.

76. 마음속에서 모든 날의 이름을 토요일로 바꿔라. 그리고 일의 이름을 놀이로 바꿔라.

77. 뉴스에서 네 종족의 구성원들이 혼란스러워하는 모습을 보았을 때, 네가 할 수 있는 일은 아무것도 없다고 생각하지 마라. 하지만 알아둬라, 뉴스 시청만으로는 무엇도 바뀌지 않는다.

78. 너는 잠에서 깨어나 옷을 입는다. 그런 다음 성격을 걸친다. 부디 현명한 선택을 하기를.

79. 레오나르도 다빈치는 너희 종족이 아니었다. 우리 중 하나였다.

80. 언어란 돌려 말하기다. 사랑은 진실이다.

81. 인생의 의미를 찾음으로써 행복을 발견할 수는 없다. 의미란 세 번째로 중요한 것이다. 사랑하고 존재하는 일이 그보다 앞선다.

82. 뭔가 추하다고 생각된다면 더 자세히 보아라. 추함이란

결국 제대로 보지 못함일 뿐이다.

83. 냄비를 지켜보고 있으면 절대 물이 끓지 않는다. 네가 양자물리학에 대해 알아야 할 것은 그게 전부다.

84. 너는 너를 이루는 입자들의 총합보다 더 크다. 입자의 총합만으로도 꽤 대단한데도.

85. 암흑시대는 끝나지 않았다(네 엄마에게는 말하지 마라).

86. 무언가를 좋아한다는 건 그것을 모욕하는 짓이다. 사랑하거나 증오해라. 열정을 품어라. 문명이 진보할수록 무관심도 커진다. 무관심은 병이다. 예술로, 사랑으로 면역력을 키워라.

87. 은하계를 유지하는 데는 암흑 물질이 필요하다. 네 정신도 하나의 은하다. 그 안에는 빛보다 어둠이 많다. 그러나 가치를 만드는 것은 빛이다.

88. 그 말인즉슨, 자살하지 말라는 뜻이다. 어둠이 만연할 때조차도. 삶은 정지된 것이 아님을 늘 기억해야 한다. 시간은 곧 공간이다. 너는 그 은하를 통과해 나아가는 중이다. 별을 기다려라.

89. 원자 이하의 차원에서는 모든 것이 복잡하다. 하지만 너는 원자 이하의 차원에 살지 않는다. 네게는 단순화할 권리가 있다. 그러지 않으면 미쳐버릴 것이다.

90. 하지만 이것만은 알아둬라. 남자는 화성에서 오지 않았다. 여자는 금성에서 오지 않았다. 범주화의 오류에 빠지지 마라. 모든 사람은 모든 것이다. 별을 이루는 모든 재

료가 네 안에도 있고, 여태 존재했던 모든 인격이 네 정신이라는 극장에서 주연 자리를 놓고 다투고 있다.

91. 살아 있다는 것은 행운이다. 숨을 들이쉬며 삶의 기적을 받아들여라. 꽃 한 송이, 꽃잎 한 장도 당연하게 받아들이지 마라.

92. 자식이 생겼는데 그중 한 명을 다른 아이보다 사랑하는 마음이 들면 노력해서 고쳐라. 원자 하나만큼 덜 사랑해도 아이들은 안다. 아주 커다란 폭발을 일으키는 데 필요한 것은 원자 하나뿐이다.

93. 학교는 우스갯소리다. 하지만 그냥 받아들여라. 결정적으로 우스운 한마디가 나오기 직전이기 때문이다.

94. 학자가 될 필요는 없다. 무엇이든 될 필요는 없다. 억지로 하지 마라. 네 감각으로 길을 찾아라. 그 길이 맞는 것처럼 느껴질 때까지 멈추지 말고 나아가라. 어쩌면 무엇도 맞아떨어지지 않을지 모른다. 어쩌면 너는 목적지가 아니라 길 자체일지도 모른다. 그것도 괜찮다. 길이 되어라. 하지만 창밖으로 구경할 만한 것이 있는 길이 되도록 해라.

95. 엄마에게 친절하게 대해라. 엄마를 행복하게 해주려고 노력해라.

96. 너는 훌륭한 인간이다, 걸리버 마틴.

97. 나는 너를 사랑한다. 그 점을 기억해라.

아주 짧은 포옹

나는 앤드루 마틴의 옷을 가방 가득 꾸려 떠났다.

"어디로 가게?" 이소벨이 물었다.

"모르겠어. 어디든 찾을 거야. 걱정하지 마."

이소벨은 걱정할 것 같은 표정이었다. 우리는 포옹했다. 나는 그녀가 〈시네마 천국〉 테마곡을 흥얼거려주기를 간절히 바랐다. 그녀가 내게 앨프레드 대왕에 대해 이야기해주기를 바랐다. 그녀가 내게 샌드위치를 만들어주기를, 아니면 솜에 소독약을 묻혀주기를 너무도 원했다. 그녀가 일이든 걸리버에 대한 걱정이든 내게 털어놓아주기를. 하지만 이소벨은 그러지 않을 것이다. 그럴 수 없을 것이다.

포옹은 끝났다. 이소벨의 옆에 있던 뉴턴이 세상에서 가장 애처로운 눈빛으로 나를 올려다보았다.

"안녕." 내가 말했다.

그렇게 나는 자갈 진입로를 가로질러 도로로 향했다. 내 영혼의 우주 어딘가에서 타오르며 생명을 주던 별 하나가 붕괴했고, 매우 검고 깊은 블랙홀 하나가 형성되기 시작했다.

석양의 우울한 아름다움

때로 가장 어려운 일이란, 인간으로 남아 있는 것이다.

— 마이클 프랜티

물론, 블랙홀의 특징은 대단히 깔끔하고 정돈되어 있다는 것이다. 블랙홀 안에 지저분함은 없다. 사건의 지평선을 넘어가는 모든 무질서한 물질과 방사선은 가능한 한 가장 작은 상태로 압축된다. 아무것도 아니라고 말할 수 있을 만한 상태로.

달리 말해, 블랙홀은 명료함이다. 별의 온기와 불꽃은 잃지만, 질서와 평화, 완전한 집중을 얻는다.

그러니까, 나는 무엇을 해야 할지 알게 되었다.

나는 앤드루 마틴으로 남기로 했다. 그게 이소벨이 원하는 일이었다. 뭐랄까, 이소벨은 가능한 한 소란스럽지 않기를 바랐다. 그녀는 스캔들이나 실종 사건, 장례식을 원하지 않았다. 그래서 나는 최선이라고 생각되는 방법에 따라 집을 나왔고, 한동안 케임브리지의 작은 아파트를 임대했다가, 다른 나라의 일자리에 지원했다.

결과적으로 나는 미국에서, 캘리포니아주 스탠퍼드 대학교에서 가르치는 일을 하게 되었다. 그곳에서 나는 기술의 비약적 발전으로 이어질 정도로 수학적 이해를 발전시키지 않으면서 꼭 필요한 만큼만 잘 해냈다. 사실, 내 연구실 벽에는 알베르트 아인슈타인의 사진과 그의 유명한 한마디가 들어간 포스터가 붙어 있었다. "기술적 진보는 병적인 범죄자의 손에 쥐인 도끼와 같다."

나는 리만 가설의 증명에 대해서는 절대 언급하지 않았다. 그것이 불가능하다고 동료들을 설득할 때를 제외하고. 어떤 보나도리아인도 지구를 다시 방문할 필요가 없도록 하기 위해서였다. 하지만 아인슈타인은 옳았다. 인간은 진보를 잘 다루지 못했고, 나는 이 행성 위에서든, 이 행성에 의해서든 불필요한 파괴가 더 일어나는 걸 보고 싶지 않았다.

나는 혼자 살았다. 팔로알토에 괜찮은 아파트를 얻었고, 그곳을 식물로 채웠다.

나는 술에 취했고, 약에 취했고, 비루한 것보다 더 비루해졌다.

나는 그림을 좀 그렸고, 땅콩버터로 아침을 때웠으며, 한번은 예술영화관에 가서 페데리코 펠리니의 영화 세 편을 연달아 보기도 했다.

나는 감기에 걸렸고, 이명이 생겼으며, 상한 새우를 먹고 탈이 났다.

나는 지구본을 하나 샀고, 종종 앉아서 그것을 돌려보았다.

나는 슬픔으로 파랗게, 분노로 빨갛게, 질투로 초록색이 되었다. 나는 인간의 무지개 전체를 느꼈다.

나는 윗집에 사는 나이 든 여자를 위해 개를 산책시켰다. 하지만 그 개는 뉴턴과 달랐다. 나는 답답한 학술 행사에서 미지근한 샴페인을 놓고 이야기하기도 했다. 그냥 메아리를 들으려고 숲속에서 고함을 쳤다. 매일 밤, 나는 집으로 돌아와 에밀리 디킨슨을 다시 읽곤 했다.

나는 외로웠다. 하지만 동시에, 사람들이 알지 못하는 그들의 가치를 조금 더 알아보았다. 어쨌거나, 나는 몇 광년에 걸친 여행을 해도 인간 하나 마주치지 못할 수 있다는 걸 알고 있었으니까. 때로 나는 그들이 캠퍼스의 커다란 도서관에 앉아 있는 모습을 보는 것만으로 눈물이 나기도 했다.

때로 나는 새벽 3시에 깨어 별다른 이유 없이 울었다. 때로는 빈백에 앉아 허공을 바라보며 햇빛에 떠다니는 먼지를 지켜보았다.

나는 친구를 사귀지 않으려고 노력했다. 우정이 깊어질수록 질문은 점점 집요해지는 법. 나는 사람들에게 거짓말하고 싶지 않았다. 사람들은 내 과거에 대해, 내가 어디에서 왔는지에 대해, 내 어린 시절에 대해 물을 테니까. 때로는 학생이나 동료 교수가 내 손을, 거기 남은 흉터와 자주색 피부를 힐끔거렸다. 그러나 절대로 캐묻지는 않았다.

스탠퍼드 대학교는 행복한 곳이었다. 모든 학생이 미소 짓고 빨간 스웨터를 입고 다녔다. 온종일 컴퓨터 화면 앞에 앉아 있는 생명체라기에 그들은 햇볕에 잘 그을린, 건강한 모습이었다. 나는 북적거리는 교정을 유령처럼 가로지르며 그 따뜻한 공기를 들이마셨고, 내 주위에 가득한 인간의 야망에 압도되지 않으려 노력했다.

나는 화이트와인을 마시고 아주 많이 취했다. 그래서 희귀한 존재가 되었다. 여기서는 누구도 숙취를 겪지 않는 듯했다. 또, 나는 요거트 아이스크림을 싫어했다. 스탠퍼드에서는 다들 요거트 아이스크림만 먹고 살았으므로 이건 큰 문제였다.

나는 나 자신에게 음악을 사주었다. 드뷔시, 엔니오 모리코네, 비치 보이스, 앨 그린. 나는 〈시네마 천국〉을 보았다. 토킹 헤즈의 〈디스 머스트 비 더 플레이스〉라는 노래를 틀고 또 틀었다. 그 노래는 나를 슬프게 만들고, 그녀의 목소리가 그리워지게 만들고, 계단을 오르내리는 걸리버의 발소리를 그리워지게 했다.

시도 아주 많이 읽었다. 시도 보통은 음악 비슷한 효과를 냈다. 어느 날, 나는 캠퍼스 서점에 있다가 이소벨 마틴이 쓴《암흑시대》를 발견했다. 나는 거의 30분 동안 그 자리에 서서 이소벨의 말을 소리 내 읽었다. "바이킹의 새로운 침탈로 절망에 빠진 잉글랜드는……" 나는 뒤에서 두 번째 페이지를 읽었다. "1002년에 덴마크 정착민에 대한 잔인한 대학살로 응답했다. 이후 10년에 걸쳐 이런 소요는 더 큰 폭력을 낳고 말았다. 덴마크인들이 일련의 보복을 시작했고, 1013년 잉글랜드는 덴마크의 지배를 받게 되었다……." 나는 그 페이지를 얼굴에 대고 누르며 그게 이소벨의 피부라 상상했다.

나는 일하며 여행했다. 파리, 보스턴, 로마, 상파울루, 베를린, 마드리드, 도쿄에 갔다. 마음속에서 이소벨의 얼굴을 지우기 위해 다른 인간의 얼굴들로 그것을 채우려 했다. 그러나 그것은 정반대의 결과를 낳았다. 인류 전체를 들여다볼수록 나는 이소벨이라는 구체적 인간에게 더 끌렸다. 구름을 생각함으로써 빗방울을 더욱 갈망하게 되듯이.

그래서 나는 여행을 멈추고 스탠퍼드로 돌아와 다른 전략을 썼다. 자연 속에서 나 자신을 잊어보려 했다.

하루의 하이라이트는 저녁이었다. 나는 차를 타고 도시를 나섰다. 대개는 산타크루즈 산맥으로 향했다. 빅베이슨 레드우즈 주립공원이라는 곳이 있었다. 나는 차를 대놓고 산책하며 거대한 나무를 보고 경탄하거나 어치와 딱따구리, 다람쥐와 라쿤을 발견했다. 때로는 검은꼬리사슴도 보았다. 가끔 일찍 가면, 베리 크리크 폭포 근처의 가파른 길로 내려가 나무개구리가 낮게 개굴개굴 우는 소리나 그 소리에 뒤섞이는 급류 소리에 귀 기울이곤 했다.

다른 날에는 캘리포니아 해안도로를 따라 차를 몰며 해변으로 가서 일몰을 지켜보았다. 일몰이 정말 아름다운 곳이었다. 나는 그 광경에 완전히 매혹되었다. 과거에 일몰은 내게 아무 의미도 없었다. 일몰이란 결국 빛이 느려지는 현상일 뿐이니까. 해 질 녘에는 빛이 통과해야 할 것이 더 많아져, 구름의 물방울과 공기 분자에 산란된다. 그러나 인간이 된 이후로 나는 그 색채에 마음을 빼앗겼다. 빨간색, 주황색, 분홍색. 때로는 보라색의 아련한 흔적도 섞여 있었다.

나는 해변에 앉아 있곤 했다. 그러면 파도가 반짝이는 모래 위로 잃어버린 꿈처럼 몰려왔다가 물러났다. 그 무심한 분자들이 서로 결합해 불가능한 기적을 만들어내고 있었다.

그 광경은 종종 눈물에 흐려지곤 했다. 나는 인간으로 사는 것의 아름다운 우울함을, 일몰에 완벽하게 포착된 그 우울함을 느꼈다. 해 질 녘이 그렇듯, 인간으로 산다는 것은 무언가의 '사이'에 존재하는 것이기 때문이다. 돌이킬 수 없이 밤을 향해 가는 하루가 절박한 색으로 터져 나오는 순간처럼.

어느 날 밤, 나는 땅거미가 지는 해변에 앉아 있었다. 마흔 몇 살쯤 되어 보이는 여자가 맨발로 걸어왔다. 스패니얼과 십 대 아들을 데리고 있었다. 그 여자는 이소벨과 상당히 달라 보였고 그녀의 아들은 금발이었다. 그러나 그 모습을 보자 뱃속이 철렁하며 콧구멍이 시큰해지는 것을 느꼈다.

나는 9,600킬로미터가 무한히 먼 거리일 수도 있음을 깨달았다.

"나, 너무 인간적인데." 나는 나의 에스파드리유*를 보며 말했다.

진심이었다. 나는 선물을 잃었을 뿐 아니라 감정적으로도 여느 인간만큼 나약해졌다. 나는 이소벨이 자리에 앉아 앨프레드 대왕이나 카롤링거 왕조의 유럽, 알렉산드리아의 고대 도서관에 대한 책을 읽는 모습을 떠올렸다.

나는 지구가 아름다운 행성임을 깨달았다. 어쩌면 그 어디보다 아름다운 행성인지도 몰랐다. 하지만 아름다움은 그 나름의 문제를 빚어낸다. 폭포나 바다나 노을을 보면, 누군가와 그것을 나누고 싶어지는 것이다.

"아름다움은—원인으로 야기되지 않고—." 에밀리 디킨슨은 말했다. "존재한다."

어느 면에서 디킨슨은 틀렸다. 석양은 장거리를 통과하는 빛의 산란으로 만들어진다. 해변에 부서지는 파도는 조수(潮水)로 인한

* 짚이나 삼베로 된 밑창에 발등에는 천을 덧댄 가벼운 신발.

것이고, 그 조수는 태양과 달의 인력, 그리고 지구의 자전에 의해 생겨난다. 이것들이 모두 '원인'이다.

진짜 신비는, 그런 것들이 어떻게 아름다움이 되는가에 있다.

한때는 그것들이 아름답지 않았을 것이다. 적어도 내 눈에는 말이다. 지구에서 아름다움을 경험하려면 고통을 경험하고 필멸을 알아야 한다. 지구에서 너무도 많은 아름다운 것이 시간의 경과와 지구의 회전에 관계되는 이유가 그래서다. 자연의 아름다움을 바라보는 것이 슬픔과 살지 못한 삶에 대한 열망을 느끼는 것이기도 한 이유도 그렇게 설명될지 모른다.

그날 저녁 내가 느낀 것은 바로 그런 특별한 슬픔이었다. 그 슬픔은 고유한 중력을 가지고 다가와 나를 동쪽으로, 영국으로 끌어당겼다. 나는 그저 그들을 다시, 마지막으로 한 번만 보고 싶을 뿐이라고 나 자신을 설득했다. 그저 멀리서 그들의 모습만을 보고 싶었다. 그들이 안전하다는 걸 내 눈으로 보고 싶었다.

우연하게도 약 2주 뒤, 나는 케임브리지에서 열리는 수학과 기술의 관계에 대한 토론식 강연에 초청받았다. 크리스토스라는 이름의, 강인하면서도 쾌활한 학과장이 내게 그곳에 가야 할 것 같다고 말했다.

"네, 크리스토스." 나는 복도의 윤이 나는 소나무 바닥에 서서 말했다. "저도 그래야 할 것 같네요."

은하가 충돌할 때

나는 하고 많은 장소 중 코퍼스 크리스티의 학생 기숙사에 머무르며 눈에 띄지 않으려 노력했다. 이제 나는 턱수염을 길렀고 햇볕에 그을렸으며 살도 좀 쪄서 사람들은 나를 잘 알아보지 못하곤 했다.

나는 강연을 했다.

상당한 야유를 받으며 동료 학자들에게 수학이란 믿을 수 없이 위험한 영역이며 인간은 그 영역을 최대한 완전하게 탐사해왔다고 말했다. 그 이상 진보하기 위해서는 미지의 위험으로 가득한 무인지대로 향해야 한다고.

청중 가운데 예쁘장한 빨간 머리 여자가 있었다. 나는 그녀가 매기임을 즉시 알아보았다. 강의가 끝나고 나서 매기가 내게 다가와 모자와 깃털에 가겠느냐고 물었다. 나는 싫다고 했고, 매기는 내 말의 의미를 아는 듯했다. 내 턱수염에 관한 장난스러운 질문을 던진 뒤, 그녀는 강당을 떠났다.

그 후 나는 산책을 나갔다. 자연스럽게 이소벨이 강의하는 칼리지 쪽으로 이끌렸다.

그리 멀리 가기도 전에 나는 이소벨을 보았다. 이소벨은 길 건너편을 걷고 있었으며 나를 보지 못했다. 이상했다. 그 순간이 내게 띤 의미와 그녀에게 띤 무의미가. 하지만 그때 나는 은하가 충돌할 때는 그들이 서로를 가로질러 지나간다는 사실을 떠올렸다.

이소벨을 지켜보고 있자니 숨을 쉬기 힘들었다. 비가 내리기 시작했다는 것도 알아차리지 못했다. 그냥 이소벨에게 사로잡혀 있었다. 이소벨을 이룬 11조 개의 세포 전부에.

또 하나 이상한 점은, 이소벨이 없다는 사실이 그녀에 대한 나의 감정을 오히려 강화했다는 것이다. 그녀와 함께하며 각자의 하루에 관해 대화를 나누던 달콤한 일상. 나는 그런 현실을 얼마나 열망했던가? 온화하면서도 속박되지 않는 편안한 공존. 이소벨과 함께하는 것 말고 우주에 더 나은 목적이 있으리라고는 생각할 수 없었다.

이소벨은 우산을 펴는 여느 여자처럼 우산을 펼쳤고, 계속 걸어갔다. 다리를 다친 긴 코트 차림의 노숙자에게 돈을 줄 때만 잠시 멈추었다. 그 사람은 윈스턴 처칠이었다.

집

사랑하면서 아무것도 하지 않을 수는 없다.

—그레이엄 그린, 《사랑의 종말》

이소벨을 따라갈 수 없다는 걸 알지만, 누군가와 연결되고 싶은 욕구를 느꼈기에 나는 대신 윈스턴 처칠을 따라갔다. 비에 아랑곳없이 천천히 그의 뒤를 따랐다. 내가 이소벨을 보았고, 이소벨이 안전하게 살아 있으며, 늘(내가 알아보지 못하던 때조차) 그랬듯 조용하게 아름답다는 걸 알았기에 기뻤다.

윈스턴 처칠은 공원으로 향하고 있었다. 걸리버가 뉴턴을 산책시키던 바로 그 공원이었다. 다만 지금은 이른 오후여서 그들과 우연히 마주칠 수 없다는 걸 알았다. 그래서 계속 따라갔다. 윈스턴 처칠은 천천히 걸었다. 다리가 몸의 나머지 부분보다 세 배는 무거운 것처럼 다리를 끌었다. 결국 그는 벤치에 이르렀다. 벤치는 초록색으로 칠해져 있었지만, 페인트가 벗어지며 나무가 드러나 있었다. 나도 그 벤치에 앉았다. 우리는 비에 젖은 침묵 속에 나란히 앉아 있었다.

그가 내게 사과술 한 잔을 권했다. 나는 괜찮다고 말했다. 나는 그가 나를 알아보았다고 생각했으나 확실하지는 않았다.

"한때 난 모든 걸 가지고 있었소." 그가 말했다.

"모든 것요?"

"집, 자동차, 일자리, 여자, 아이."

"아, 어쩌다 잃었습니까?"

"내가 교회를 두 군데 다녔거든. 하나는 도박장, 다른 하나는 주류 판매점. 거기서부터는 줄곧 내리막이었지. 지금 나는 아무것도 없이 여기에 있지만, 그래도 나 자신으로 존재하고 있소. 빌어먹을, 정직하게 아무것도 아니지."

"음, 무슨 느낌인지 알겠네요."

윈스턴 처칠은 미심쩍다는 표정이었다. "그래. 그러시겠지."

"저는 영원한 생명을 포기했습니다."

"아, 종교인이었나 보지?"

"비슷했죠."

"그런데 지금은 여기 내려와 우리랑 똑같이 죄를 짓고 있고."

"네."

"뭐, 다시 내 다리를 만지려고만 하지 않으면 우린 잘 지낼 수 있을 거요."

내가 미소 지었다. 그는 정말로 나를 알아보았다. "안 그럴게요. 약속하죠."

"그래서, 물어봐도 될지 모르겠지만, 무엇 때문에 영생을 포기했나?"

"모르겠네요. 지금도 알아보는 중입니다."

"행운을 빌겠소, 친구. 행운을 빌어요."

"감사합니다."

그는 뺨을 긁적이더니 긴장한 듯 휘파람을 불었다. "저기, 돈 좀 있소?"

나는 주머니에서 10파운드짜리 지폐를 꺼냈다.

"당신은 별이오, 친구."

"뭐, 우리 모두 그럴지도 모르죠." 나는 하늘을 보며 말했다.

그게 우리 대화의 끝이었다. 그에게는 사과술이 더 없었고, 여기에 더 남아 있을 이유도 없었다. 그래서 그는 자리에서 일어나, 망가진 다리의 통증으로 움찔거리며 떠났다. 산들바람이 그가 있는 방향으로 꽃들을 기울였다.

이상했다. 나는 왜 내면에 이런 공허함을 느끼는 것일까? 어딘가에 소속되어야 한다는 이 욕구를?

비가 멎었다. 이제 하늘은 맑았다. 나는 있던 자리에, 천천히 증발하는 빗방울로 뒤덮인 벤치에 그대로 앉아 있었다. 나는 시간이 제법 흘렀다는 걸 알았고, 코퍼스 크리스티로 돌아가야 한다는 것도 알았지만, 움직일 동기가 없었다.

난 여기서 뭘 하는 걸까?

지금 이 우주에서 내 기능은 무엇일까?

나는 생각하고, 생각하고, 생각하다가 이상한 감각을 느꼈다. 미끄러지듯이 초점이 맞는 것 같은 느낌을.

나는 지구에 있으면서도 지난 1년 동안 늘 살던 것과 똑같이 살아왔음을 깨달았다. 나는 계속 앞으로 나아갈 수 있을 거라고 생각했다. 하지만 나는 예전의 내가 아니었다. 좋든 싫든, 나는 인간이었다. 그리고 인간의 핵심은 변화였다. 그게 인간이 살아남는 방식이었다. 행하고, 되돌리고, 다시 하는 것.

나는 되돌릴 수 없는 일을 저질렀다. 그러나 되돌릴 수 있는 일들도 있었다. 나는 이성을 배반하고 감정에 따름으로써 인간이 되었다. 그리고 나로 남아 있으려면 언젠가 또다시 그래야 할 때가 올 것임을 알았다.

시간이 흘렀다.

나는 눈을 가늘게 뜨고 다시 하늘을 보았다.

지구의 태양은 매우 외로워 보여도 이 은하 전체에 친족을 두고 있다. 정확히 같은 곳에서 태어났지만, 지금은 서로 아주 멀리 떨어져 있으면서 아주 다른 세상을 밝히는 항성들.

나는 태양과 같았다.

출발한 곳에서 멀리 떨어져 있었다. 변화했다. 한때 나는 중성미자가 물질을 가로지르듯 애쓰지 않고, 멈춰 생각할 필요도 없이 시간을 가로지를 수 있을 거라고 생각했다. 시간은 절대 바닥나지 않을 테니까.

내가 벤치에 앉아 있는데 개 한 마리가 다가오더니 내 다리에 코를 대고 눌렀다.

"안녕." 나는 이 특정한 잉글리시 스프링어 스패니얼을 모르는 척하며 속삭였다. 하지만 녀석의 애원하는 듯한 눈은 계속 내게 머물렀다. 자기 엉덩이 쪽으로 코를 틀 때조차. 녀석의 관절염이 돌아온 것이다. 녀석은 아파하고 있었다.

나는 녀석을 쓰다듬으며 본능적으로 그 자리에 손을 댔지만, 당연히 이번에는 그를 고쳐줄 수 없었다.

그때 내 뒤에서 목소리가 들렸다. "개가 인간보다 낫죠. 알면서도 말을 안 하니까."

나는 돌아보았다. 검은 머리에 피부가 희고, 머뭇거리듯 긴장된 미소를 짓는 키 큰 소년. "걸리버."

걸리버는 뉴턴에게서 눈을 떼지 않았다. "에밀리 디킨슨 얘기는 당신이 맞았어요."

"뭐라고?"

"당신 조언요. 디킨슨 시를 읽었거든요."

"아. 그래. 디킨슨은 아주 훌륭한 시인이었지."

걸리버는 벤치를 돌아와 내 옆에 앉았다. 나는 걸리버가 나이를 먹었다는 걸 알아차렸다. 단지 시를 인용해서가 아니었다. 걸리버의 머리통도 좀 더 남자다운 모습으로 변했다. 아래턱 피부에는 약간 검은 흔적이 나 있었다. 티셔츠에는 '길 잃은 자'라고 적혀 있었다. 마침내 밴드를 시작한 것이다.

애타는 가슴 하나 달랠 수 있다면 내 삶은 결코 헛되지 않으리. 시인은 그렇게 말했다.

"어떻게 지내?" 나는 자주 마주치는 지인이라도 된 것처럼 물었다.

"자살하지 않으려고 노력했어요, 그 얘기를 하는 거라면."

"그 사람……." 내가 물었다. "네 엄마는?"

뉴턴이 막대를 가져와 던져달라는 듯 내게 떨어뜨렸다. 나는 막대를 던져주었다.

"당신을 그리워해요."

"나를? 아니면 네 아빠를?"

"당신요. 우리를 돌봐준 사람은 당신이었으니까요."

"지금은 너희를 돌봐줄 힘이 전혀 없어. 네가 다시 지붕에서 뛰어내리면, 이번엔 아마 진짜로 죽을 거야."

"이제 지붕에서 안 뛰어내려요."

"좋은 일이네." 내가 말했다. "발전이 있었구나."

긴 침묵이 흘렀다. "엄마는 당신이 돌아오기를 바라는 것 같아요."

"그런 말을 했니?"

"아뇨. 근데 제 생각엔 그런 것 같아요."

걸리버의 말은 사막의 비와 같았다. 어느 정도 시간이 흐른 뒤 나는 조용하고도 중립적인 말투로 말했다. "그게 현명한 일인지 모르겠다. 네 엄마는 속마음을 알기 어려운 사람이거든. 네 생각이 틀리지 않았더라도 온갖 어려움이 있을 거야. 뭐랄까, 네 엄마가 날 뭐라고 부를지부터가 문제잖아. 난 이름이 없어. 네 엄마가 날 앤드루라고 부르는 건 옳지 않잖니." 나는 잠시 말을 멈추었다. "정말 나를 그리워하는 것 같아?"

걸리버가 어깨를 으쓱했다. "네. 그런 것 같은데요."

"넌?"

"저도 그리워요."

감상주의는 인간의 또 다른 결점이다. 감상주의는 왜곡이다. 사랑의 뒤틀린 부산물 중 하나로, 그 어떤 이성적 목적도 없다. 하지만 그 이면에는 다른 모든 것만큼 진정한 힘이 있다.

"나도 네가 그리워." 내가 말했다. "둘 다 그리워."

저녁이었다. 구름은 주황색, 분홍색, 자주색이었다. 내가 원했던 게 이것일까? 내가 케임브리지로 돌아온 이유가 이것일까?

우리는 이야기했다.

빛이 서서히 사라졌다.

걸리버가 뉴턴에게 목줄을 채웠다. 개의 눈이 서글픈 온기를 전했다.

"우리가 어디 사는지 알죠?" 걸리버가 말했다.

나는 고개를 끄덕였다. "그래. 알지."

나는 걸리버가 떠나는 모습을 지켜보았다. 우주의 농담 같았다. 수천 날을 살아갈 수 있는 고귀한 인간. 나는 그날이 걸리버에게 최대한 행복하고 안전한 날이 되기를 바랐다. 내가 그런 사람으로 발전했다니, 논리적으로 말이 되지 않았다. 그러나 지구에 와서 논리를 찾으려 한다면 그 핵심을 놓치는 것이다. 아주 많은 것을 놓치는 것이다.

나는 몸을 뒤로 젖히고 하늘을 바라보며 그 무엇도 이해하지 않으려 노력했다. 밤이 될 때까지 그 자리에 앉아 있었다. 머나먼 항성과 행성이 더 나은 삶을 광고하는 거대한 광고판처럼 내 위에서 빛났다. 다른, 더 계몽된 행성에는 진보된 지능에 따른 평화와 평온과 논리성이 있으리라. 나는 내가 그런 것을 원하지 않는다는 걸 깨달았다.

내가 원한 것은 만물 가운데 가장 이질적인 존재였다. 과연 가능한 일인지는 알 수 없었다. 아마 불가능하겠지만, 알아봐야 했다.

나는 내가 사랑할 수 있고 나를 사랑해줄 사람들과 살고 싶었다. 나는 가족을 원했다. 나는 행복을, 내일이나 어제가 아니라 지금을 원했다.

결국 내가 원한 것은 돌아가는 것이었다. 고향으로, 나의 집으로. 그래서 나는 일어섰다.

조금만 걸으면 됐으니까.

고향은—내가 머물고 싶은 곳
하지만 나는 이미 그곳에 있겠지
고향에 돌아오면—그녀가 날개를 들어 올리니
그래, 여기가 바로 그곳이겠지

—토킹 헤즈, 〈디스 머스트 비 더 플레이스〉

작가의 말

나는 이 이야기를 써야겠다는 생각을 2000년에 처음 떠올렸다. 그때 나는 공황장애에 시달리고 있었다. 인간의 삶이 이 책의 이름 없는 화자에게만큼이나 내게도 이상하게 느껴지던 시절이었다. 나는 강렬하고도 비합리적인 두려움 속에 살고 있었다. 공황발작 때문에 혼자서는 가게도 갈 수 없을 정도였다. 내가 평온을 찾기 위해 할 수 있는 유일한 일은 책을 읽는 것이었다. 그건 일종의 붕괴였고, R. D. 랭이 (나중에는 제리 맥과이어가) 한 유명한 말처럼, 붕괴는 종종 돌파구가 된다. 이상하게도, 지금 나는 그 개인적 지옥을 후회하지 않는다.

나는 나아졌다. 읽기가 도움이 되었다. 쓰기도 도움이 되었다. 그게 내가 작가가 된 이유다. 나는 말과 이야기 속에서 일종의 지도를 발견했다. 자기 자신으로 돌아가는 길을 찾는 지도 말이다. 나는 진심으로, 소설이 생명과 마음을 구할 수 있다고 믿는다. 그러나 이 책, 내가 가장 먼저 전하고 싶었던 이 이야기에 이르기까지 나는 여러 권의 책을 거쳐야 했다. 인간으로 산다는 것의 기묘하고도 종종 무시무시한 아름다움을 보려고 노력하는 이야기를.

왜 그렇게 오래 걸렸을까? 아마도 내가 그때의 나로부터 일정한 거리를 둘 필요가 있었기 때문일 것이다. 이 이야기에는 자전적인 요소가 전혀 없지만, 내게는 너무나도 개인적인 이야기로 느껴졌기 때문이다. 아마도 그 아이디어가 나온 어둠의 심연을—농담이든 아니든—너무 잘 알고 있었기 때문일 것이다.

막상 쓰기 시작하자 글쓰기는 기쁨이었다. 나는 2000년의 나 자신을 위해, 혹은 나와 비슷한 상태에 있는 누군가를 위해 글을 쓴다고 상상했다. 그런 이에게 지도를 건네고 싶었고, 조금이나마 위로가 되었으면 했다. 이야기가 내 속에서 너무도 오래 발효되어서인지 단어는 전부 준비된 듯했고, 이야기는 급류처럼 쏟아졌다.

그렇다고 편집이 필요하지 않았다는 말은 아니다. 사실, 내가 쓴 모든 이야기 중에서 가장 편집자의 존재가 절실했다. 그래서 나는 캐넌게이트의 프랜시스 비크모어처럼 현명한 편집자가 있었다는 점에 매우 감사한다. 그는 다른 것 외에도 '외우주에서의 이사회'는 소설을 시작하는 좋은 방법이 아니라는 의견을 냈고, 서사시 〈노수부의 노래〉를 떠올리고 그 기이함을 서서히 흘려 넣어야겠다고 생각하게 해주었다. 그러면서도 그는 뭔가를 덜어내자고 한 만큼 다시 집어넣으라고도 말해주었다. 그 점이 정말 기뻤다.

이 글의 초고를 읽어준 중요한 사람들에게도 감사한다. 나의 에이전트 캐러독 킹, 그리고 AP 와트/유나이티드 에이전시의 루이즈 라몬트와 엘리너 쿠퍼, 미국 사이먼 앤드 슈스터의 편집자 밀리선트 베넷, 캐나다 하퍼 콜린스의 케이트 캐서디와 영화 제작자 타냐 세거치엔에게 감사한다. 지금 나는 그녀를 위해 극본을 쓰고 있다. 타냐는 그야말로 내 편으로 삼기에 가장 좋은 사람이며, 나의 첫 소설부터, 카페에서 만난 10년 전부터 줄곧 나를 응원하고

도와주고 있다. 나는 그녀에게 특별한 의리를 느낀다.

제이미 빙과 캐넌게이트의 지원을 받은 것에 나의 모든 행운의 별에 감사해야 할 일이다. 이들은 작가가 원할 수 있는 가장 열정적인 출판인이었다. 물론 안드레아—내 첫 번째 독자이자 비평가이자 지속적인 편집자이며 가장 친한 친구—와 루카스와 펄에게도 나의 매일의 존재에 경이로움을 더해준 것에 감사한다

인간들이여, 고맙다.

휴먼
인간에 대한 비공식 보고서

초판 1쇄 2025년 8월 13일

지은이 매트 헤이그
옮긴이 강동혁

발행인 문태진
본부장 서금선
책임편집 이준환 **편집 3팀** 허문선

기획편집팀 한성수 임은선 임선아 최지인 송은하 김광연 송현경 이은지 김수현 이예림 원지연
마케팅팀 김동준 이재성 박병국 문무현 김은지 이지현 전지혜 조용환 천윤정
저작권팀 정선주
디자인팀 김현철 이아름
경영지원팀 노강희 윤현성 정헌준 조샘 이지연 조희연 김기현
강연팀 장진항 조은빛 신유리 김수연 송해인

펴낸곳 ㈜인플루엔셜
출판신고 2012년 5월 18일 제300-2012-1043호
주소 (06619) 서울특별시 서초구 서초대로 398 BnK디지털타워 11층
전화 02)720-1034(기획편집) 02)720-1024(마케팅) 02)720-1042(강연섭외)
팩스 02)720-1043
전자우편 books@influential.co.kr
홈페이지 www.influential.co.kr

ISBN 979-11-6834-311-5 (03840)